FORCE DANS LES HIGHLANDS

8 · LA BANDE DE COUSINS

KEIRA MONTCLAIR

Cher lecteur, chère lectrice

Ce tome est l'un de mes favoris.
J'espère qu'il le deviendra aussi pour vous.

LES GRANT ET LES
RAMSAY DANS LES ANNÉES 1280

GRANT

LAIRD ALEXANDER GRANT et sa femme, MADDIE

John (Jake) et sa femme, Aline
James (Jamie) et sa femme, Gracie
Kyla et son mari, Finlay
Connor
Elizabeth
Maeve (adoptée)

BRENNA GRANT et son mari, QUADE RAMSAY

Torrian (fils de Quade d'un premier mariage), sa femme, Heather, Nellie (fille de Heather d'une ancienne relation) et leur fils, Lachlan
Lily (fille de Quade d'un premier mariage), son mari, Kyle et leurs filles jumelles, Lise et Liliana
Bethia, son mari, Donnan et leur fils, Drystan
Gregor
Jennet
Geva (adoptée)
Emma (adoptée)

ROBBIE GRANT et sa femme, CARALYN
Ashlyn (fille de Caralyn d'une ancienne relation),
son mari, Magnus et leur fille, Ishbel
Gracie (fille de Caralyn d'une ancienne relation)
et son mari, Jamie
Rodric (Roddy) et sa femme, Rose
Padraig

BRODIE GRANT et sa femme, CELESTINA
Loki (adopté), sa femme, Arabella, leurs fils, Kenzie
(adopté) et Lucas, et leur fille, Ami (adoptée)
Braden, sa femme, Cairstine et Steenie (fils de
Cairstine d'une ancienne relation)
Catriona
Alison

JENNIE GRANT et son mari, AEDAN CAMERON
Riley
Tara
Brin

RAMSAY

QUADE RAMSAY et sa femme, BRENNA GRANT (voir ci-dessus)

LOGAN RAMSAY et sa femme, GWYNETH
Molly (adoptée) et son mari, Tormod
Maggie (adoptée) et son mari, Will

Sorcha et son mari, Cailean
Gavin et sa femme, Merewen
Brigid
Simone (adoptée)
Beatris (adoptée)

MICHEIL RAMSAY et sa femme, DIANA
David et sa femme, Anna
Daniel et sa femme, Constance
Crisly (adoptée)
Mariana (adoptée)

AVELINA RAMSAY et DREW MENZIE
Elyse
Tad
Tomag
Maitland

CHAPITRE 1

«ARRÊTEZ CETTE FEMME ! »
Connor Grant poussa un juron, car
la petite foule qui se trouvait devant lui ignora
sa demande. Bon sang, voilà une journée qu'il
recherchait cette femme aux cheveux si blonds
qu'ils en étaient presque blancs. Il avait exploré de
long en large toutes les rues du sud de Berwick, en
vain. De toute évidence, Sela pouvait se montrer
insaisissable quand elle le désirait.

Il poussa les hommes devant lui pour se frayer
un chemin – chose facile, puisqu'il faisait au moins
une tête de plus que tous les autres. Son père lui
avait enseigné que s'il valait mieux garder la tête
froide, certaines situations exigeaient parfois une
démonstration de force. Sa taille et sa carrure
massive lui conféraient un avantage, et il n'hésitait
pas à s'en servir en cet instant, bousculant les
passants dans sa hâte de rejoindre Sela. Cette
fois-ci, il était déterminé à ne pas perdre sa trace.

Lorsqu'il atteignit le bout de la rue, il poussa un
autre juron.

Elle avait disparu.

« Thorn ! »

Il tourna les talons, à la recherche de son petit compagnon, ou plutôt écuyer, comme il préférait qu'on l'appelle. « Où diable es-tu passé, Thorn ? »

Le petit garçon aux cheveux sombres apparut alors dans la foule et leva vers lui un regard d'adoration qui l'émut. « Qu'allons-nous faire maintenant, milord ? »

Il n'aimait pas du tout que le garçon de huit ans s'adresse à lui de cette façon, mais puisqu'ils n'avaient pas de temps à prendre, il ne releva pas. Pour le moment, rien n'était plus important que de trouver Sela. « Cherche la femme blonde. Elle était juste devant nous. »

Thorn jeta un bref coup d'œil avant de désigner immédiatement un endroit sur la gauche. « Vous voulez dire celle-là ? » Elle venait de disparaître derrière un groupe de passants.

« Bon sang, ce qu'elle m'énerve ! » dit-il en se mordant la langue au milieu de sa litanie de jurons. « Oui, c'est elle. Suis-la. »

Il s'élança en direction de Sela, sachant pertinemment que Thorn serait sur ses talons.

Ils coururent sans s'arrêter jusqu'à ce que Connor eût l'impression que sa poitrine allait exploser. Après avoir jeté deux fois un coup d'œil dans leur direction, elle accéléra de plus en plus pour les semer – lui et Thorn furent donc forcés de l'imiter. Si seulement il parvenait à la convaincre de se précipiter vers lui plutôt que l'inverse, mais elle semblait méfiante.

Elle tourna à l'angle d'une taverne, et il poussa un soupir de soulagement. Si elle avait l'intention d'entrer dans le bâtiment, alors il serait en mesure de la rattraper.

Mais elle le berna une fois de plus. Il s'arrêta brusquement tandis qu'il tournait lui aussi à l'angle – la longue allée attenante à la taverne était déserte. Avant d'avoir le temps de se retourner, cinq hommes fondirent sur lui par-derrière. Il asséna des coups de pied à deux d'entre eux, tout en donnant un coup de poing à deux autres pour les assommer, mais ils étaient trop nombreux, et il n'eut pas le temps de dégainer son épée. Cinq hommes le clouèrent au sol, et s'il parvint à en poignarder deux à l'aide de la dague qu'il cachait dans sa botte, ils finirent par le désarmer au moment où sa tête heurtait le sol. On lui mit les mains dans le dos.

Un instant plus tard, fermement attaché, il entendit la voix d'un enfant l'appeler. « Maître, ils sont en train de m'enlever ! Les hommes de Dubh. Je suis sur un cheval marron qui se dirige vers le nord. » La voix de Thorn s'éloigna à mesure que grandissait la distance entre eux. « Aidez-moi, Connor ! »

Une sensation désagréable s'insinua en lui, mais il ne pouvait rien faire. Les hommes qui lui avaient tendu une embuscade ne cessaient de lui donner des coups de poing et des coups de pied en riant. Au bout d'un moment, ils s'éloignèrent et l'un d'eux lui dit : « Pas mal pour un seul homme, mais ce n'est pas si facile d'en battre une douzaine, pas vrai ? »

Ces bâtards n'hésitaient pas à enlever des jeunes filles et des garçons en plein milieu de la ville, et personne ne se souciait de les arrêter. Ils avaient probablement soudoyé tous les marchands des environs, leur promettant de grosses sommes d'argent en échange de leur silence sur leurs agissements.

Le monde devenait de pire en pire, et Connor et ses cousins devaient absolument arranger les choses.

Une rage monta en lui et il eut envie de la déchaîner, mais il repensa à un autre conseil que lui avait donné son père. « Si tu t'attires des ennuis, il vaut mieux refouler tes émotions. » Son père avait raison. S'efforçant de calmer sa colère, il se mit à tirer sur les cordes qui lui liaient les mains.

Quelque chose apparut soudain dans son champ de vision, qui lui procura une grande joie.

« Bon sang, dans quoi t'es-tu encore fourré ? » Son cousin Roddy descendit de son cheval, se précipita à ses côtés, puis sortit une dague pour lui couper ses liens. Ses cousins venaient de le rattraper. Ils étaient en train de patrouiller en ville ensemble à la recherche de toute activité illégale lorsque Connor et Thorn avaient aperçu Sela. Elle s'était dirigée vers le marché, ce qui l'avait empêché de la suivre à cheval, aussi avaient-ils mis pied à terre pour se lancer à sa poursuite. Ils n'avaient pas eu le temps d'informer les autres. « Je ne pensais pas voir le jour où tu te ferais passer à tabac » poursuivit Roddy.

« Garde tes railleries pour plus tard » grommela-t-il en se frottant les mains une fois libéré de ses cordes.

Leur cousin Braden arriva à cheval derrière

Roddy, les yeux écarquillés de surprise lorsqu'il remarqua les blessures de Connor.

« Reste en selle, Braden. Les hommes du Canal de Dubh ont enlevé Thorn » déclara-t-il. « Nous devons aller le chercher. *Tout de suite.* » Il parcourut brièvement les environs du regard à la recherche de son épée, et à sa grande surprise, Midnight Moon s'approcha en trottant derrière Braden.

« Merci beaucoup, Braden » dit-il, car il savait que son loyal étalon n'aurait pas accepté de suivre n'importe qui.

Lorsqu'ils furent tous à cheval, Connor désigna le nord. « Il m'a crié la direction dans laquelle ils l'emmenaient pendant qu'ils étaient en train de me tabasser. »

« Combien étaient-ils ? » demanda Braden.

« Environ une douzaine. » Ils quittèrent l'allée, se mêlant au chaos de l'artère principale de la ville. C'était jour de marché, et partout où Connor posait les yeux, il voyait des étals de marchands de poissons frais, de pâtisseries et de bières, tous bondés de clients.

« Ton père avait raison » dit Braden, comme s'il avait lu dans ses pensées. « Le sud de Berwick est encore plus agité qu'Edinburgh ou Inverness. Hors de mon chemin ! » cria-t-il aux passants.

Le cheval de Connor était une bête si imposante que les badauds s'écartaient rapidement de son chemin, ce dont il fut soulagé parce qu'il ne voulait pas avoir à s'inquiéter d'écraser des enfants sous les puissants sabots de son destrier noir.

Habitués à patrouiller ensemble sur les terres des

Grant, les cousins adoptèrent comme toujours un rythme soutenu. Lorsque la foule se fut dispersée, ils aperçurent bientôt le groupe de voleurs. Le sud de Berwick en attirait beaucoup les jours de marché, mais lorsqu'ils quittèrent la zone la plus bondée, la foule disparut rapidement.

Ils étaient seuls sur ce chemin, et Connor se demanda où ils comptaient emmener Thorn. Le quartier général du Canal de Dubh près de Berwick devait être bien isolé.

« Tuez ces bâtards » s'écria celui qui transportait Thorn. Le garçon poussa un cri de guerre – celui des Grant, que Connor lui avait appris sur le chemin de Berwick – puis mordit rapidement la main de l'homme. « Aïe, espèce de petit bâtard ! » Malheureusement, l'homme tenait toujours fermement Thorn et s'éloigna des Grant en plaçant plusieurs hommes devant lui.

Braden, Roddy et Connor se séparèrent, entourant bientôt le groupe. Les trois cousins avaient appris très jeunes à manier l'épée d'un côté ou de l'autre de leur monture, ce dont leurs adversaires étaient incapables. Les Grant se battirent comme des diables, poussant leurs chevaux à s'élancer pour terrasser leurs ennemis. Des lames s'entrechoquèrent, le sang coula, et des corps tombèrent de leurs montures en hurlant. Enfin, Connor se dirigea vers le ravisseur de Thorn, qui avait battu en retraite à l'arrière du groupe. L'homme n'eut qu'à lui adresser un regard avant de bondir à terre et de courir aussi vite que ses jambes le lui permettaient.

Connor souleva Thorn du cheval et l'installa sur sa selle devant lui. Maintenant qu'ils l'avaient récupéré, ils retournèrent au galop en direction de Berwick. Deux voleurs avaient suffisamment récupéré pour les suivre, mais ils ne parvinrent jamais à rattraper le rythme de leurs chevaux de bataille.

« Vous êtes le meilleur combattant de tous les temps, milord ! » s'écria Thorn, savourant leur victoire.

Connor ne put réprimer un sourire face aux facéties du garçon. « Ce n'est pas que moi, petit. Mes cousins et moi avons été entraînés par nos pères, et nous avons pratiqué ensemble durant de nombreuses lunes. À présent, nous savons nous battre en équipe. »

« Oui » dit Roddy avec un sourire. « Et ces idiots qui t'ont enlevé n'ont même pas essayé de lutter ensemble contre nous. »

Braden gloussa. « C'est la preuve que les Anglais n'ont pas encore appris à se battre correctement. »

« Est-ce que vous me l'apprendrez un jour ? » demanda Thorn.

« Oui » répondit Connor, ravi de l'exubérance du garçon. « Mais d'abord, tu vas devoir travailler dur. »

« Oui, je vous le promets. Dès que j'aurai ma propre épée, je m'entraînerai avec vous trois. »

Une fois que leurs poursuivants eurent abandonné, ils tournèrent pour se rendre dans une clairière et descendirent de leurs chevaux afin de décider quoi faire ensuite.

« Tu vas bien, Thorn ? » s'enquit Connor, toujours légèrement hors d'haleine suite à leur combat. « Tu n'es pas blessé ? »

« Oui, merci de m'avoir sauvé. Les hommes de Dubh m'auraient vendu. Ils... » Il s'interrompit pour reprendre son souffle.

Connor posa une main sur l'épaule du garçon. « Doucement, petit. Nous ne les laisserons pas te reprendre. C'est de ma faute — je t'ai laissé tout seul. »

Braden but une gorgée de bière à son outre, s'essuya la bouche du revers de sa manche, puis demanda : « Pourquoi es-tu parti comme ça avec le garçon ? Je ne t'ai jamais vu courir aussi vite, même en combat. Je me suis retourné un instant, et tu avais disparu au loin. »

Roddy hocha la tête. « Tu as vu quoi de si important ? »

« Pas quoi » intervint Braden. « Mais qui ? Qui t'aurait poussé à partir sans assistance ? Je pense que nous connaissons tous la réponse. »

Thorn, toujours prêt à défendre son maître, déclara : « Mais on l'a vue. On a vu Sela. Elle a jeté un coup d'œil en arrière, et puis elle a disparu dans une grande foule au milieu des étals du marché. On devait la suivre. »

« Est-ce que tu l'as vue pendant qu'ils t'enlevaient, Thorn ? Est-ce qu'elle était avec ces hommes ? » demanda Connor.

« Non, elle n'était pas avec nous, mais je les ai entendus. Je les ai espionnés, et je sais où elle est. » Le garçon prit l'air important qu'il arborait habituellement lorsqu'il se pensait aussi puissant

que son homonyme – le fils de Thor. Enfant
orphelin, Thorn était fier de sa vitesse et de sa
dextérité. Lui et son ami Nari vivaient à proximité
d'Edinburgh, pauvres et affamés, lorsque Connor
et Gregor – un autre cousin – étaient tombés sur
eux. Les garçons avaient rapidement accepté de
les aider dans leur mission : mettre fin au Canal de
Dubh, le groupe de contrebandiers qui enlevait
des jeunes filles et des garçons pour les vendre
par-delà les mers.

Les cousins Grant et Ramsay luttaient contre ce
réseau depuis près d'un an à présent, et ils étaient
enfin proches d'en finir. À Edinburgh, ils avaient
découvert que le Canal de Dubh prévoyait
d'envoyer une nouvelle cargaison – massive
– qu'ils comptaient faire passer par Berwick.
Gregor et Nari étaient restés à Edinburgh en
attendant les renforts de la Bande de Cousins,
pendant que Connor et les autres s'étaient rendus
directement à Berwick. Connor avait également
une autre motivation : tout le monde parmi les
cousins savait qu'il avait une fascination pour
Sela. Elle avait été emmenée ici sous la contrainte,
et il l'avait suivie.

Connor était convaincu que Sela connaissait des
secrets à propos du Canal de Dubh, et bien qu'elle
eût travaillé avec eux par le passé, il soupçonnait
qu'on l'y eût forcée. La façon dont on l'avait
emmenée à Berwick – attachée – semblait le
confirmer, bien qu'elle fût libre à présent. Elle
avait joué un rôle dans cette embuscade, mais
une fois encore, il n'était pas certain qu'elle l'eût
fait de son plein gré. Les regards qu'elle lui avait

adressés – qui semblaient clairement vouloir dire *Va-t'en* – paraissaient soutenir sa théorie.

« Bien joué, petit. Où est-elle ? » Connor s'enthousiasma pendant un instant, puis se rappela que ce n'était qu'un jeune garçon, pas un adulte, et que son explication ne serait peut-être pas aussi utile qu'il l'espérait.

« Dans un château. »

Il émit un grognement et se massa le front. Combien y avait-il de châteaux en Écosse et en Angleterre ? Bien trop pour la trouver.

« Le grand qui se trouve près de l'eau, à Berwick » poursuivit Thorn.

Connor sourit, car le garçon venait de lui donner un indice fort utile. « En voilà, une bonne piste. »

« Est-ce qu'il parle du château construit par le roi Edward ? » s'enquit Braden.

« Oui, ils disent qu'il les laisse s'en servir. »

De toute évidence, le roi d'Angleterre n'était pas au courant de tels agissements, mais Connor ne pouvait pas se concentrer là-dessus pour le moment. Le garçon avait-il entendu les noms des chefs du Canal de Dubh, ces bâtards qui enlevaient des jeunes filles et des garçons pour les vendre par-delà les mers ?

Roddy prit la parole en même temps que Connor : « Qui ça, ils ? »

Braden, apparemment aussi impatient d'entendre cette information que Roddy et Connor, intervint : « Crache le morceau, petit.

Dis-nous exactement ce que tu as entendu. Qui se trouve dans ce château, d'après eux ? »

« Ces deux bâtards. »

Sela était assise sur une chaise dans le solarium, attendant l'arrivée de Guy et Dee, les chefs du Canal de Dubh, pour leur parler. Elle avait reçu des instructions très strictes à propos de ce qu'elle devait faire après avoir terminé sa mission. Elle ne devait pas s'attarder à l'endroit où le garçon avait été enlevé et retourner immédiatement au château une fois leur objectif accompli.

Guy et Dee désiraient écraser la bande de Highlanders qui avaient réussi à contrecarrer leurs plans à Inverness et dans d'autres parties de l'Écosse, et Connor Grant était le membre le plus grand et le plus fort de ce groupe. Le plus séduisant aussi, bien que Sela n'eût aucune envie de penser à lui de cette façon. Lorsqu'il avait débarqué à Berwick, Guy et Dee avaient insisté sur le fait que cette fois, il était temps de les arrêter, lui et les autres.

Sela avait espéré de tout son cœur que Connor et son petit compagnon échappent à l'enlèvement, pour lequel on lui avait ordonné d'attirer Connor en dehors de la ville – et elle avait eu le cœur brisé lorsqu'elle avait vu que c'était le petit garçon qui avait été capturé.

Et pourtant, d'après le vacarme qu'elle avait entendu ensuite, Connor avait vraisemblablement réussi à s'échapper. Il avait sauvé sa vie *et* celle du garçon.

Si seulement elle parvenait à croire que Connor Grant pouvait la sauver, *elle*.

Elle n'avait aucune envie de s'impliquer dans le Canal de Dubh, mais ils avaient un pouvoir implacable sur elle – et ils pouvaient la forcer à faire n'importe quoi.

N'importe quoi.

Guy et Dee avaient toujours été des hommes peu fréquentables, mais ils n'avaient développé leur opération actuelle – le Canal de Dubh – qu'un an auparavant. Sela avait été envoyée à Inverness pour s'occuper des femmes qu'ils gardaient captives, des femmes forcées de se battre, de se prostituer pour de l'argent dont elles ne verraient jamais la couleur. Elle avait été nommée à la tête de toute cette opération, et à sa grande honte, elle avait excellé à convaincre les jeunes femmes de lui obéir.

Au final, les hommes adoraient voir les femmes se battre, et Sela avait l'œil pour identifier celles qui pouvaient se montrer à la hauteur dans l'arène. Elle avait utilisé l'héritage de sa mère – sa beauté nordique – comme technique d'intimidation. Sa voix et son physique la démarquaient des autres, et elle s'en servait à son avantage. Tout le monde craignait la Reine au cœur de glace, bien qu'elle ignorât qui avait commencé à l'appeler ainsi.

Ses affaires marchaient tellement bien que Guy et Dee lui avaient apporté une nouvelle garde-robe à Inverness – une récompense qu'elle n'avait pas demandé et dont elle ne voulait pas – mais on lui avait aussi accordé un meilleur accès à son *autre* récompense, celle qu'elle chérissait plus que sa propre vie.

Elle se rassura en se disant qu'au moins, elle aidait les femmes. Elle veillait à ce qu'elles eussent un toit et de la nourriture à table. Elle leur trouvait des choses à faire. Tout cela était vrai, et c'était bien plus que ce qu'auraient pu faire les travailleurs volontaires de Guy et Dee, mais cela ne la libérait pas de sa culpabilité. Elle les forçait à se battre, détournait la tête lorsqu'on les punissait, et tolérait d'autres choses encore, auxquelles elle préférait ne pas penser...

Puis Connor Grant et sa bande de Highlanders étaient arrivés en ville. Dès le premier regard, Connor l'avait troublée. D'habitude, elle comprenait bien les désirs des hommes – leurs instincts les plus basiques.

Mais Connor était différent.

À cause de lui, elle ressentait plus fort la culpabilité qu'elle portait depuis tant d'années, tout comme la preuve de plus en plus flagrante que les agissements de Guy et Dee étaient bien pires que simplement prendre des paris et forcer des femmes à se prostituer. La scène dont elle avait été témoin à la fin de leur séjour à Inverness – les Highlanders qui se sont battus contre les hommes du Canal de Dubh, avant de sortir toutes ces jeunes filles de ces caisses...

La simple pensée des actes que Guy et Dee avaient commis, et dans lesquels elle était impliquée, l'anéantissait.

Il valait mieux ne pas savoir.

Il valait mieux ne pas demander confirmation.

Elle se réveillait déjà très souvent en hurlant la nuit, tourmentée par des souvenirs de jeunes filles abusées par les hommes du Canal de Dubh.

Elle savait que Connor devait se demander pourquoi elle ne quittait pas ce réseau. Des années auparavant, elle avait tenté de s'échapper, mais à présent, ce n'était plus possible. Elle était responsable d'une autre personne en plus d'elle-même, et cette pensée ne la quittait jamais.

Enfin, après ce qui sembla des heures d'attente, Guy entra et referma la porte, flanqué par deux gardes. Elle resta sur sa chaise, mais s'efforça de cesser de se tortiller les mains. Ces hommes profitaient du moindre signe de faiblesse. « J'apprécie que tu aies suivi nos instructions, Sela, mais notre opération a échoué. »

« Mais j'ai fait exactement ce que vous m'avez demandé » gémit-elle. Elle espérait pouvoir obtenir sa récompense plus vite en échange de sa coopération.

« C'est vrai, mais les Grant ont récupéré le garçon. » Il s'approcha d'elle et la força à se lever. « Pourquoi est-ce que Connor Grant n'arrête pas de te suivre ? Pourquoi est-ce qu'il voudrait te poursuivre ? » Sa voix avait pris ce ton grave et menaçant qu'elle haïssait.

Elle redressa les épaules et regarda Guy dans les yeux. « Je ne sais pas. Je ne l'avais jamais vu avant son arrivée à Inverness. »

Il leva le bras si vite qu'elle n'eut pas le temps de se protéger. « Tu mens. » Il la gifla avec violence, mais elle s'abstint de réagir, à l'exception d'un léger mouvement de la tête pour écarter son visage.

Combien de gifles avait-elle reçues au cours de ses cinq années de captivité ? Elle n'osait compter.

« J'ai fait ce que vous m'avez demandé. Je dis la vérité, je ne le connaissais pas avant Inverness. Le seul autre endroit où je l'ai vu, c'est au bordel à Edinburgh. Je ne sais pas pourquoi il me suit. Je dis la vérité, milord. » Bien qu'elle doutât qu'ils fussent de lignée noble, elle savait que Guy et Dee préféraient qu'on s'adresse à eux comme tels.

Il lui jeta un regard acerbe, mais recula et lui indiqua de se rasseoir.

Guy avait des cheveux bruns qu'il portait courts et une longue barbe mal entretenue. Il était étonnamment musclé pour un homme de son âge. Lui et Dee vivaient en Angleterre, dans un château de la noblesse très loin au sud, mais en raison de leurs récentes activités, il leur fallait voyager plus souvent que d'habitude.

Depuis ce qui était arrivé à Inverness, elle avait une vague idée de la nature de telles activités, mais elle avait choisi de ne pas regarder la vérité en face. Si elle avait raison, elle n'était pas sûre de pouvoir continuer – mais elle devait rester forte.

Car elle avait beau haïr son travail, elle n'avait pas d'autre choix que de coopérer.

« J'ai fait ce que vous m'avez demandé. Je dois recevoir ma prochaine récompense dans une semaine. Ai-je déjà accompli ma mission ? J'ai travaillé dur à Inverness. »

Il tourna brusquement les talons, comme s'il venait de se rappeler que c'était bientôt l'heure de sa récompense. Comment avait-il pu l'oublier ? Tout le monde le savait.

Il se figea, mâchonnant les longs poils de sa moustache tout en caressant sa barbe. « C'est un bon début, mais je pense que nous allons t'assigner une autre tâche. Nous allons avoir besoin de ton aide pour une nouvelle opération que nous lancerons dans quelques jours. Tu devras obéir à tous nos ordres. Sinon… »

Elle frissonna sans le vouloir, car elle savait exactement ce que ce *Sinon* voulait dire.

CHAPITRE 2

CONNOR MENA LE groupe jusqu'au château au bord de l'eau. C'était une vision magnifique, bien que l'édifice fût visiblement détérioré par endroits. Le donjon, qui se trouvait sur une colline en retrait de la côte, se démarquait par ses quatre tours et ses épaisses tourelles. Des drapeaux hissés tout en haut des mâts claquaient librement au vent. Depuis son point le plus élevé, la vue sur la mer devait être spectaculaire. Une demi-douzaine de gardes entourait les portes.

L'imposant mur d'enceinte du château se prolongeait jusqu'à la mer. Ainsi, aucun intrus ne pouvait pénétrer l'édifice par la côte, ce qui forçait les visiteurs à passer les portes ou à arriver par bateau. De l'avis de Connor, un tel agencement était stratégique – il permettait aux habitants du château de traverser librement le port bondé de Berwick.

Il envisagea la possibilité de passer par la côte pour entrer, puis se ravisa – même si les gardes ne pouvaient pas surveiller correctement le bord de mer, une telle entreprise serait dangereuse de nuit. S'ils devaient se faufiler à l'intérieur, il valait mieux escalader le mur par-derrière.

En voyant l'imposante forteresse qui se tenait devant lui, et compte tenu de la possibilité que le Canal de Dubh puisse envoyer des navires depuis ses portes, il se dit qu'il serait encore plus difficile pour la Bande de Cousins d'empêcher les cargaisons d'atteindre la mer.

« Qu'est-ce qu'on fait, milord ? » demanda Thorn. « Je sais que c'est le château dont ils ont parlé. Ils riaient du fait qu'il se trouvait tout près de la ville. Ils l'ont appelé le château de Berwick. »

« Pas de précipitation, Thorn. Puisque nous sommes si près de la mer, j'aimerais aller voir le port. Je veux savoir combien il y a de postes d'amarrage pour les bateaux » répondit Connor. « Mon père m'a dit que cette région était l'une des plus riches d'Écosse en raison de sa proximité avec la France par la mer. De nombreux navires s'y rendent, et une immense quantité de laine et d'autres produits quitte le port chaque jour. »

« J'espère que les gens de Berwick ne savent pas qu'ils vendent aussi des enfants. Ce serait triste pour eux de savoir que c'est en partie la raison de leur richesse, non ? » s'enquit Braden.

« J'espère aussi » intervint Roddy.

« Je suis d'accord avec vous » dit Connor. « J'aimerais aller fouiller la ville pour essayer de voir si nous trouvons quoi que ce soit d'inhabituel. À Inverness, les hommes du Canal de Dubh fréquentaient des tavernes et stockaient de nombreuses caisses dans les bâtiments à proximité des quais. Mais Berwick semble bien différente d'Inverness, donc c'est comme si nous repartions de zéro. Où sont les bordels ? Les auberges les plus populaires ? Les tavernes les plus bondées ? »

Après avoir laissé leurs chevaux en lieu sûr, ils se dirigèrent vers le centre-ville. Les rues étaient toujours noires de monde, avec un grand nombre de passants. Comme les autres villes qu'ils avaient visitées dans leur quête contre le Canal de Dubh, Berwick était très sale. Où qu'ils aillent, l'air était vicié, et des rats se faufilaient pour grignoter des miettes entre les étals de nourriture. Thorn leur apprit qu'il avait autrefois été engagé pour tuer cette vermine.

À mesure qu'ils approchaient de la côte, l'odeur salée de la mer leur emplit les narines. Près du centre du port, les postes d'amarrages étaient occupés par des navires de pêcheurs, et l'odeur de poisson mort l'emportait sur toutes les autres. Connor avait beau adorer le poisson, il ressentit soudain une envie de vomir. Il y avait moins de marchands près des postes d'amarrage, principalement parce qu'ils bourdonnaient d'activités. Des bateaux de toutes tailles étaient alignés le long de la côte, et d'autres étaient amarrés un peu plus loin.

Connor s'arrêta pour observer la mer qui s'étendait à l'horizon, suivi de près par le reste du groupe.

Thorn suivit son regard, puis leva les yeux vers lui. « Qu'est-ce que vous cherchez ? »

« Un bateau de la taille de celui que nous avons vu à Inverness, mais je n'en vois pas. »

« Quelle taille ? » demanda Braden. Ni lui ni Roddy n'avaient été à Inverness.

« Le double de tous ceux-là. Ce ne sont que des bateaux de pêche. Certains d'entre eux seraient peut-être en mesure de transporter des marchandises normales, mais une cargaison humaine pèse bien plus lourd. Et je ne vois aucun bâtiment à proximité qui pourrait servir à entreposer des prisonniers pour une grosse cargaison. Il n'y a pas non plus la place pour cacher des caisses. »

« Je vais me prendre une tourte à la viande pendant que vous continuez à chercher » dit Roddy. « Quelqu'un veut m'accompagner ? »

« Moi ! » s'écria Thorn. « Je meurs de faim. »

Braden hocha la tête. « Je ne dirai pas non à une bière. »

La perspective d'une petite pause était tentante, mais Connor ne pouvait pas se laisser distraire. Il ne s'arrêterait pas tant qu'il n'aurait pas retrouvé Sela. Elle n'était pas loin.

Il le *sentait*.

« Je vais continuer à chercher encore un peu. Dans quelle taverne allez-vous ? »

Braden désigna celle située au bout de la rue dans laquelle ils se trouvaient. « Je pense que celle-ci propose à manger. »

« Je vous y retrouve plus tard » dit Connor d'un air absent en adressant un geste de la main à ses cousins. Il ne cessait de jeter des coups d'œil dans les environs, absorbant tout ce qu'il voyait. Il remarqua une nouvelle fois que la ville était très différente d'Inverness. Certes, elles ne se ressemblaient pas, mais il y avait aussi autre chose.

Et il comprit enfin de quoi il s'agissait.

Il était entouré de pêcheurs, et non d'hommes en train de parcourir les quais pour déplacer des caisses.

C'était ça.

À chaque fois qu'ils s'étaient rendus dans les quais d'Inverness, ils avaient vu des hommes en train de marcher et de soulever des caisses. Ils les empilaient d'un côté, puis les chargeaient sur les bateaux en poussant des grognements, car les caisses étaient très lourdes. Mais pas ici. Il y avait bien un bateau qu'on commençait à charger de petites caisses, mais il soupçonna qu'il ne s'agissait de rien de plus que de laine ou de grain, ou bien encore une petite cargaison de l'or liquide écossais – le whisky.

Il n'y avait pas de caisses assez grandes pour y faire entrer une personne.

Son regard se tourna ensuite vers le château et la colline derrière. L'édifice était entouré de murs impénétrables, l'une des forteresses les plus solides qu'il eut jamais vues. Lorsqu'ils s'étaient approchés par l'autre côté, il avait remarqué la pierre usée, les bords qui s'effritaient. Mais d'ici, il paraissait majestueux et imposant.

Une voix familière attira son attention et il tourna les talons, surpris de se retrouver à contempler une paire d'yeux bleus comme la glace.

Sela. Elle était accompagnée de deux gardes qui la suivaient. Cette femme ne sortait jamais seule, une autre preuve qui lui indiquait qu'elle ne travaillait pas de son plein gré pour le Canal de Dubh.

Bon sang, on aurait dit qu'elle devenait plus belle à chaque fois qu'il la voyait. Elle avait attaché ses cheveux en une tresse qui démarrait au sommet de son crâne. Elle lui arrivait presque à la hanche, et sa blancheur était si saisissante dans son environnement qu'elle attirait l'attention de tous les hommes des environs. Cependant, les deux gardes derrière elle veillaient à ce que personne ne l'approche.

À Inverness et à Edinburgh, elle était vêtue de vêtements nobles, mais aujourd'hui, elle portait une simple robe en laine vert foncé, recouverte d'un manteau bleu sombre. Ses pommettes hautes et ses lèvres pulpeuses l'attiraient, mais il devait lutter contre cette réaction instinctive.

Belle ou non, elle avait un cœur de pierre. Ce n'était pas pour rien qu'on l'appelait la Reine au cœur de glace. Il avait beau soupçonner qu'elle n'était probablement pas impliquée volontairement dans le Canal de Dubh, il ne pouvait pas nier le fait qu'elle *travaillait* pour eux. Les jeunes filles qui se battaient pour elle à Inverness avaient-elles toutes été enlevées ? Était-ce elle qui avait donné l'ordre à ces hommes de les arracher à leurs foyers ?

« Pourquoi me suivez-vous ? » demanda-t-elle, les lèvres pressées, impitoyables.

« Je ne vous suis pas » répondit-il avec un sourire. « Je crois bien que c'est moi qui suis arrivé ici le premier. »

Elle gloussa, mais ses yeux ou ses lèvres ne riaient pas. « Votre terre natale se trouve au plus profond des Highlands. Nous avons passé les terres des Grant sur notre chemin pour venir ici. Et pourtant, vous voilà. D'abord, je vous vois à Inverness, puis à Edinburgh, et voilà maintenant que vous m'avez suivi jusqu'à Berwick. Je veux que vous me laissiez tranquille. »

« Non, je refuse. » Il obtiendrait les réponses à ses questions avant de partir.

« Que dois-je faire pour que vous partiez ? Vous me causez des ennuis, et je pourrais bien m'en passer. » Elle plissa les yeux tout en s'approchant de lui, le menton légèrement relevé pour croiser son regard.

Il savait qu'elle essayait de l'intimider, mais cela ne fonctionnait pas. Pour une raison ou pour une autre, il était plutôt heureux de la voir se rapprocher de lui.

Son regard croisa le sien, à la recherche de la moindre fissure dans son masque de glace. « Expliquez-moi pourquoi, et je partirai » dit-il.

« Pourquoi quoi ? » En voyant son regard glacé, il comprit qu'elle n'allait pas se laisser décontenancer si facilement.

Il brûlait d'envie de savoir ce qui avait gelé ainsi son cœur presque autant qu'il désirait connaître les noms des chefs du Canal de Dubh. Il pensait qu'elle pouvait le mener à eux, mais il fallait qu'il trouve un moyen de la convaincre.

Elle ne lui facilitait pas les choses.

Il fit un pas en avant et se pencha vers elle. « Pourquoi vous impliquez-vous dans ces opérations ? N'avez-vous pas la moindre morale ? Ni la moindre culpabilité ? »

Lorsqu'il prononça ce dernier mot, il vit une étincelle dans son regard de glace – pendant une seconde, certes, mais il l'avait vue. Comme elle n'avait pas encore répondu, il ajouta : « J'ai vu ça. »

« Vu quoi ? »

Il se pencha encore plus près pour lui murmurer sa réponse à l'oreille, et le doux parfum de fleurs sauvages de Sela lui envahit les sens, ce qu'il aurait préféré éviter. Il n'avait pas besoin de nouveaux souvenirs qui le hanteraient la nuit. Résistant à la tentation de humer encore plus son parfum, il soutint son regard et dit : « Vous avez tressailli. Vous vous *sentez* coupable. Alors pourquoi faites-vous ça ? »

Elle le surprit en se penchant légèrement vers lui, si près que leurs lèvres furent sur le point de s'effleurer. « J'ai mes raisons, comme je vous l'ai dit devant le bordel à Edinburgh. Mais vous ne les connaîtrez jamais. »

Ils s'étaient lancés dans une sorte de guerre mentale, et aucun des deux ne voulait reculer. Il oublia tous les sons autour de lui, mais son intuition lui dit qu'il pouvait parler assez bas pour que seule elle l'entende. « Parlez-moi, et je vous aiderai. »

La glace sembla fondre cette fois, révélant la femme emprisonnée derrière. De la crainte, de l'espoir, de la haine et de l'amour – tout cela passa sur son visage pendant un instant qui sembla se prolonger, mais l'émotion la plus forte qu'il aperçut fut le désespoir.

Il n'oublierait jamais ce regard.

Elle se recula et dit : « Laissez-moi tranquille. Je vous en prie. Vous n'avez aucune idée des dégâts que vous pourriez causer. »

Elle tourna les talons et s'éloigna d'un pas un peu moins puissant et confiant qu'à son habitude. Ce qu'il avait vu dans son regard lui disait tout ce qu'il avait besoin de savoir. Il la suivrait jusqu'à effacer pour toujours ce regard de son visage.

Cette femme forte était contrôlée par la crainte et le désespoir.

Sela ressentait une peur si forte qu'elle la consumait et dictait toutes ses actions.

Il ferait disparaître sa peur, même si c'était la dernière chose qu'il ferait. Sinon, il mourrait probablement en essayant.

CHAPITRE 3

ELA S'ÉLOIGNA À grands pas, effrayée à
l'idée d'en dire plus ou de rester trop près de
cet homme.

Connor Grant provoquait en elle quelque chose
qu'elle n'avait pas ressenti depuis des années.

De l'espoir.

Pourrait-il trouver un moyen de l'aider ? Non –
si la vie lui avait appris quelque chose, c'était bien
que l'espoir n'était qu'un rêve de fou. Connor
ne pourrait pas se mesurer seul à d'innombrables
Anglais. En un rien de temps, les deux hommes
qui l'avaient soumise à leur emprise pouvaient
faire appel à une armée entière de chevaliers
anglais en armure et cotte de mailles.

Elle avait contribué à ruiner la vie de tant de
personnes. Encore un peu et elle serait écrasée
sous le poids de sa culpabilité. Les Grant et
leurs amis avaient beau avoir remporté quelques
batailles contre le Canal de Dubh, ils seraient fous
de tenter de les défier ici, à Berwick.

De plus, le simple fait d'avoir parlé à Connor
risquait de lui attirer encore plus d'ennuis.

Oh, elle aurait tellement aimé se tromper. Si

elle le pouvait, elle s'enfuirait et vivrait sa vie en paix, cachée au plus profond de la forêt, là où personne ne pourrait la déranger.

Un homme traversa la foule pour s'approcher d'elle.

« Sela ! »

Elle se figea, choquée de le reconnaître. Tout son corps se mit à trembler rien qu'en le voyant. L'homme de petite taille s'avança à grands pas vers elle, et les deux gardes qui la suivaient se reculèrent. « Que fais-tu ici ? T'a-t-on donné la permission de quitter le château ? Qui est cet homme avec qui tu viens de parler ? »

Elle recula, l'estomac contracté de terreur. Elle détestait cet homme, connu sous le nom de Hord, qui adorait infliger des punitions aux jeunes filles forcées de travailler pour le Canal de Dubh. Il avait un esprit tordu, et sa cruauté étant sans limites.

« Sela ? Je viens de te poser une question. Dois-je te punir ? » demanda-t-il calmement, son sourire aux lèvres trahissant le fait qu'il adorait infliger d'horribles formes de torture.

« Non, Guy m'a demandé d'aller vérifier quelque chose au port. C'est pour ça qu'il a envoyé deux gardes avec moi. »

Il s'avança. S'il se rapprochait encore plus, elle risquait de s'évanouir. Elle sentit sa vision périphérique se troubler.

« Que t'a-t-on envoyée faire ? » Mal à l'aise, elle ressentit un irrépressible besoin de reculer à mesure que le petit homme ventripotent lui envahissait les sens.

« Il m'a demandé d'aller voir un bateau qui doit arriver aujourd'hui. »

« Qui était cet homme ? » insista-t-il, ses yeux vitreux la transperçant du regard.

« Je ne sais pas de quoi vous parlez… » bredouilla-t-elle en secouant la tête en signe de dénégation. Il ne pouvait pas l'avoir vue avec Connor. Elle ne lui avait parlé que pendant un instant.

Hord lui saisit durement le poignet et elle poussa une exclamation étouffée de terreur, mais ce qu'elle entendit ensuite faillit la faire s'effondrer au sol.

La voix de Connor Grant résonna comme un rugissement dans la ville.

« Lâchez-la. »

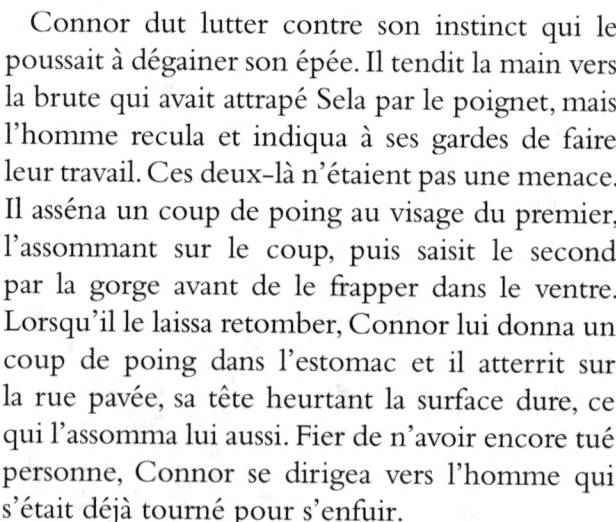

Connor dut lutter contre son instinct qui le poussait à dégainer son épée. Il tendit la main vers la brute qui avait attrapé Sela par le poignet, mais l'homme recula et indiqua à ses gardes de faire leur travail. Ces deux-là n'étaient pas une menace. Il asséna un coup de poing au visage du premier, l'assommant sur le coup, puis saisit le second par la gorge avant de le frapper dans le ventre. Lorsqu'il le laissa retomber, Connor lui donna un coup de poing dans l'estomac et il atterrit sur la rue pavée, sa tête heurtant la surface dure, ce qui l'assomma lui aussi. Fier de n'avoir encore tué personne, Connor se dirigea vers l'homme qui s'était déjà tourné pour s'enfuir.

Mais il n'était pas assez rapide.

Connor le saisit par la peau du cou et le jeta sur le côté. Il atterrit face contre terre. « Qui vous a élevé ainsi ? Qu'est-ce qui vous donne le droit de faire du mal à une femme ? »

L'homme n'avait pas l'air d'un guerrier – il était presque chauve et avait un ventre bedonnant – mais il eut l'audace de lever la tête pour répondre : « Je ferai ce que je veux de cette garce. » Il plaça ses mains sous l'homme pour le relever.

De toute évidence, il devait avoir envie de mourir. Connor décida donc d'obéir à ses désirs. Il se pencha, le fit rouler sur le dos, l'attrapa par la tunique et le souleva dans les airs. « Un seul mot de votre part, Sela, et je lui tords son petit cou maigrichon. »

Sela se précipita vers lui et lui prit le bras. « Non, ne lui faites pas de mal, je vous en prie. Reposez-le. Il ne m'a rien fait. »

Il regarda Sela, à peine capable de parler. « Vous le défendez ? Je l'ai vu vous prendre le poignet. Vous aurez des bleus demain. Il me suffit de lui tordre le cou et il ne vous fera plus jamais de mal. »

Il la vit jeter un coup d'œil dans la rue, en direction d'un petit groupe de chevaux qui s'approchait d'eux. Il tenait toujours l'homme dans les airs, et son visage avait pris une teinte rouge vif, mais la lueur dans ses yeux était d'un genre que Connor n'avait encore jamais vu. Malgré la situation – qui était très clairement en faveur de Connor – son adversaire plus âgé semblait le défier.

« Reposez-moi » ordonna-t-il d'une voix rauque.

« Tu as besoin d'aide, Sela ? Que se passe-t-il ici ? »

Trois cavaliers arrivèrent à leur hauteur, et Connor reconnut l'un d'entre eux qu'il avait aperçus à Inverness – un homme d'âge mûr aux cheveux poivre et sel.

« Aidez-nous, Vern, s'il vous plaît » appela Sela à l'attention de l'homme d'âge mûr.

Connor reposa l'idiot tout en parcourant les environs du regard. « Je n'ai fait que défendre l'honneur d'une femme. Quelqu'un devait bien apprendre à votre ami comment il faut traiter les femmes. »

« Qu'as-tu fait, Hord ? »

« Je fais toujours exactement ce que je veux. » L'homme se frotta le cou, à l'endroit où Connor l'avait saisi. « Tu vas payer pour ça, Sela. »

« Je n'ai rien fait de mal. Pitié… »

La peur qui se lisait sur le visage de Sela eut un effet particulier sur Connor, d'autant qu'elle arrivait d'habitude à bien dissimuler ses émotions, mais il ne savait pas comment l'aider. Il lui avait proposé de tordre le cou de son agresseur. Que pouvait-elle vouloir d'autre, à part se débarrasser de lui ?

« Monte, Sela, je te ramène au château » dit Vern. « Et tâche de mieux te comporter, Hord. »

Sela jeta un coup d'œil à Connor tandis qu'elle grimpait en selle, mais elle reporta ensuite son attention sur Hord avec une peur qui réveilla en lui son instinct de protection. Il n'oublierait jamais ce bâtard, ni le sourire tordu qu'il arborait à présent en regardant Sela. L'expression sur le visage de ce fou lui donna une envie brûlante de réagir.

Mais il était de loin en infériorité numérique, car un autre groupe de garde les avait rejoints. Six hommes s'avancèrent vers lui, mais il se retourna pour s'éloigner. Il n'était pas prêt à provoquer une autre bagarre.

Pour le moment, il n'avait pas d'autre choix que de s'en aller, mais il savait qu'il reverrait cet homme. Comment un faiblard comme lui avait-il réussi à transformer la Reine au cœur de glace en une si frêle créature ?

Connor bondit de son lit, essuyant la sueur de son visage.

Il venait de faire un rêve à propos de Sela, et il était si réel qu'il avait pu sentir son parfum de fleurs sauvages. Elle l'avait embrassé avant de s'éloigner en courant et en criant par-dessus son épaule : « Aidez-moi, Connor. Aidez-moi, je vous en prie. »

Il s'approcha de la table au centre de la pièce. Ils séjournaient dans une auberge en périphérie de la ville – l'auberge Buck's. Ainsi, Gregor et les autres pourraient les y retrouver.

Il se versa un gobelet d'eau à l'aide d'un pichet, puis le but d'une traite. Bon sang, son rêve lui avait semblé si réel.

Il allait devoir la faire parler. Il saisit son épée, puis quitta la chambre pour descendre l'escalier et prendre un peu l'air. Il entendit des ronflements derrière l'une des portes, et quelqu'un qui semblait s'affairer dans une autre chambre dans le hall, mais il douta que l'auberge fût pleine. Il n'avait pas vu grand monde auparavant. Il se dirigea vers la ville jusqu'à apercevoir le château au sommet de la colline – la puissante forteresse qu'il devait pénétrer. Dans l'obscurité de la nuit, elle paraissait encore plus imposante. Et il devait y entrer.

Mais comment ?

Comme il supposa qu'ils devaient avoir au moins une centaine de gardes, il se dit qu'il devrait utiliser un subterfuge.

« Milord » l'appela une voix dans l'obscurité.

Il jeta un coup d'œil par-dessus son épaule, surpris de voir Thorn se précipiter vers lui. « Que fais-tu réveillé à une heure pareille ? C'est le milieu de la nuit. »

« Mais je veux vous aider. Je me faufilerai dans le château et je trouverai maîtresse Sela. Je peux le faire. Je sais que je peux ! » Ses yeux étaient immenses et brillants dans l'obscurité de la nuit.

Connor se dit que son idée ne manquait pas de mérite, mais seulement s'il était certain qu'elle se trouvait à l'intérieur.

« Tu penses pouvoir te faufiler dans cette forteresse sur la colline pour trouver Sela ? »

« Oui. Vous seriez surpris de savoir où je peux aller sans être vu. N'oubliez pas que je suis le fils de Thor. »

Son commentaire espiègle donna envie de

glousser à Connor, mais il se retint car il voyait bien que le garçon en pensait chaque mot.

« Mais il y a des hommes du Canal de Dubh qui pourraient te reconnaître à cause de tout à l'heure » objecta-t-il.

« Si je me barbouille le visage de poussière, ils ne me verront même pas dans le noir. Que voulez-vous que je lui dise ? » Pour appuyer ses propos, le garçon saisit une poignée de terre dans l'obscurité.

Connor évalua sa proposition avec soin, les yeux levés vers la demi-lune, dissimulée de temps à autre derrière des nuages gris. Sa décision enfin prise, il hocha la tête en direction de Thorn. « Tu vas y aller, mais à une condition. »

« Quoi ? Je peux le faire » répondit le garçon en dansant d'un pied sur l'autre.

« Tu devras découvrir où elle se trouve – quelle fenêtre, quel étage – puis tu reviendras me le dire. Peux-tu faire ça et revenir en moins d'une heure ? »

« Oui, vous serez fier de moi, milord. Vous verrez. » Puis le petit s'éloigna en courant, avant de s'arrêter en entendant le sifflement de Connor. Il se figea alors et tourna les talons. « Qu'est-ce qu'il y a ? »

« Je viens avec toi pour t'aider à trouver le meilleur point d'entrée. »

Le garçon l'attendit, et il vit à quel point la tâche était difficile pour lui. Il avait hâte de prendre part à ce qu'il considérait visiblement comme une aventure. Les yeux levés vers Connor, il murmura : « On y va, maintenant ? »

Connor jeta un coup d'œil à quelques ivrognes qui erraient dans la rue et estima qu'ils ne représentaient pas une menace. Peut-être pourrait-il rebrousser chemin pour réveiller Braden ou Roddy au cas où il ait besoin d'aide. Mais il décida finalement de n'en rien faire, car lui et Thorn étaient parfaitement capables d'obtenir les informations dont ils avaient besoin et de retourner à l'auberge avant qu'ils ouvrent les yeux. Sa décision prise, il pointa le château du doigt. « Allons-y. Tu resteras avec moi jusqu'à ce que je te donne l'ordre de partir. Compris ? »

« Oui ! » L'enthousiasme du garçon rappela à Connor sa propre attitude lorsqu'il était enfant. Il essayait souvent de suivre ses frères, les jumeaux Jamie et Jake, mais ils finissaient souvent par le renvoyer au donjon sans le moindre remords.

Il avait beau être à présent le plus grand jeune homme de sa génération chez les Grant, il était pendant longtemps resté l'avorton de la famille. Même Braden et Roddy avaient grandi avant lui, et Loki ? Pour lui, il ressemblait à un géant.

Quand il était petit, son père avait l'habitude de le mettre sur ses épaules et de lui dire : « Voilà. Est-ce que les choses sont différentes de là-haut ? »

Tout lui avait semblé meilleur depuis les épaules de son père. « Un jour, tu seras peut-être plus grand que moi » lui disait-il à Connor. « Et si c'est le cas, voilà ce que tu verras. Sers-toi de ta taille à ton avantage, mon garçon. Car tout le monde voudra défier l'homme le plus grand de tous. »

Et son père avait eu parfaitement raison.

À présent, il était *bel et bien* devenu plus grand que son père – même s'il ne s'y était pas attendu – mais il l'admirait toujours autant. Alexander Grant était l'homme le plus sage des Highlands.

Lorsqu'il atteignit la façade extérieure des murs du château, Connor trouva un endroit pour se cacher et indiqua à Thorn où il devait escalader le mur pour trouver les meilleures prises. Le mur s'effritait par endroits, ce qui lui faciliterait les choses.

« Thorn, promets-moi que tu chercheras uniquement où se trouve Sela. Compris ? »

« Oui, milord. »

« Et tu dois revenir si tu tombes sur un trop grand nombre de gardes. Je ne veux pas que tu sois blessé. Tu m'écoutes ? » demanda-t-il.

Le garçon hocha la tête, assez fort pour se donner un mal de cou.

« Tu as une demi-heure pour entrer et ressortir. Reviens pour me donner son emplacement, et je t'achèterai la plus grosse tourte à la viande de tout Berwick demain. » La nourriture était toujours la meilleure des motivations pour le garçon.

« Une tourte à l'agneau ? Je pourrais avoir une tourte à l'agneau ? » Les yeux du garçon étaient aussi gros que les pierres précieuses incrustées sur la célèbre épée du père de Connor.

« Oui, s'ils en ont. Une tourte à l'agneau. Vas-y maintenant. »

Thorn lui sourit tout en commençant à escalader le mur sans la moindre difficulté. Connor fut surpris de la facilité avec laquelle il trouvait ses prises. Le garçon disparut de son champ de vision, et quelques instants plus tard, Connor poussa un soupir, réalisant à peine qu'il avait retenu son souffle. Comme il n'entendit rien, il en conclut que Thorn n'avait pas été repéré.

L'esprit de Connor ne cessait de s'agiter tandis qu'il attendait des nouvelles de Sela. Elle voudra savoir pourquoi elle l'avait suivi jusqu'au donjon. Il lui dirait qu'il avait besoin d'informations sur les hommes du Canal de Dubh, décida-t-il. C'était en partie la vérité. Mais sa plus grande motivation était de l'aider – et de découvrir ce qu'elle craignait exactement.

Il n'eut pas à attendre bien longtemps : bientôt, il entendit un bruit provenant du sommet du mur. Il se cacha dans un petit bosquet d'arbres, surpris de voir que Thorn était déjà de retour.

Le garçon attendit de se trouver tout près de lui, puis lâcha : « Je l'ai trouvée. Je sais où elle est. »

CHAPITRE 4

SELA SUIVIT GUY dans une chambre remplie de nombreux hommes en charge de cette opération. Elle en connaissait certains, mais pas tous.

Le silence s'installa à son arrivée.

Le groupe d'hommes se tourna pour la fixer. Hord, Dee et Guy étaient présents, ainsi que son unique ami, Vern, et quelques autres. Dee désigna une chaise et lui dit : « Assieds-toi, Sela. »

Elle obéit, s'efforçant d'ignorer Hord, dont le regard la mettait si mal à l'aise qu'elle en perdit le fil de ses pensées.

Le sourire tordu de ce bâtard ne cessait de la tourmenter.

« Nous avons trois grosses cargaisons en cours d'acheminement » déclara Dee. « L'une d'entre elles arrivera dans deux jours, les autres le jour suivant. Toutes les cargaisons quitteront le port dans cinq jours à partir de demain soir. Votre tâche consistera à vous occuper de la marchandise jusqu'à ce que les navires quittent le port. Si tout se passe comme prévu, nous aurons assez d'or pour ralentir un peu nos opérations et nous concentrer un peu plus sur les bordels et les combats. »

Ses paroles la blessèrent comme un couteau. Elle était secouée, mais se força à demeurer impassible. « Y aura-t-il des filles ou des garçons ? » demanda-t-elle d'une voix déterminée. Son regard se posa sur Vern, qui semblait lui aussi bouleversé par la nouvelle. Elle savait qu'il aurait quitté le Canal de Dubh depuis longtemps si elle n'avait pas été là − cela dit, la rumeur selon laquelle Guy et Dee assassinaient quiconque les désapprouvait ne devait pas non plus faciliter les choses.

« Des jeunes filles pour la plupart, entre douze et vingt ans. Vous ne devriez donc pas avoir de mal à les gérer, avec l'aide de plusieurs gardes. Vous recevrez de la nourriture à leur donner. Le dernier jour, on y ajoutera un somnifère afin que vous n'ayez pas de problèmes à les embarquer sur le bateau ce soir-là, bien que les plans pourraient changer. Nous n'avons pas encore décidé si nous allions les endormir avant ou après les avoir embarqués sur le bateau. Ça dépendra du nombre d'hommes et de caisses. S'il y en a assez, nous ne les mettrons pas dans des caisses. Cette information vous sera transmise lorsque nous en saurons plus sur la quantité exacte de la cargaison. Des questions ? »

« Combien y en a-t-il ? »

« Entre soixante-quinze et cent. »

Sela faillit en tomber de sa chaise. La simple pensée d'un tel nombre lui donna envie de pleurer. Elle se sentait déjà assez coupable après qu'ils eussent essayé d'envoyer des jeunes filles à Inverness – mais cent jeunes filles et garçons ?

« Ne pensez-vous pas que la tâche risque d'être difficile avec autant de personnes ? » demanda-t-elle à Dee, n'osant pas regarder quelqu'un d'autre.

« Nous attacherons les plus récalcitrants » répondit-il. « Vous devrez les garder dans le bâtiment et veiller à ce qu'ils reçoivent leurs rations. »

« Et si nous décidons de ne pas mettre de somnifère dans leur repas le dernier jour ? » demanda l'un des hommes. Il semblait ne pas avoir pris de bain depuis plusieurs lunes.

« L'autre solution, c'est de les emmener à un poste d'amarrage au sud du port pour les faire monter à pied » répondit Guy.

« Mais des témoins pourraient les voir embarquer, non ? » s'enquit Hord. « Ça ne risque pas de poser problème ? »

« Cet endroit se trouve assez loin pour que nous n'ayons pas à nous inquiéter d'éventuels témoins. » Guy se gratta la tête, signe qui trahissait habituellement son impatience. Puis il adressa un long regard plein de sous-entendus aux hommes rassemblés devant lui. « Et je vous rappelle que nous ne pouvons pas laisser se reproduire ce qu'il s'est passé dans les autres bâtiments en notre possession. Les gardes qui se trouvaient là-bas ont décidé de se soûler plutôt que de faire le guet, et ils ont payé cette erreur de leur vie. Il s'agit d'une grande opération, et nous devons agir avec la plus grande prudence. »

« Nous ne pouvons pas nous permettre de

perdre d'autres gardes ou prisonniers » ajouta Dee. « Faites votre travail. Vous aurez bien le temps de boire jusqu'à plus soif lorsque tout sera terminé. Pour ceux d'entre vous qui décident de ne pas faire de leur mieux, nous pouvons facilement trouver le moyen de vous rendre la vie plus difficile. » Il jeta tour à tour un coup d'œil à tous les hommes devant lui, mais la plupart refusèrent de lui rendre son regard. De toute évidence, ils avaient perdu beaucoup d'hommes durant l'autre opération.

Étaient-ce les guerriers Grant qui les avaient mis hors d'état de nuire ?

Sela hésita à se lancer dans cette conversation, mais elle se força à poser la question. « Dans quel bâtiment devons-nous les emmener ? »

Elle doutait d'avoir l'occasion de se servir de cette information, mais si elle pouvait aider à mettre fin à cette folie, elle le ferait. Si elle revoyait Connor Grant, que ferait-il d'une telle information ? Pourrait-il mettre un terme à l'embarquement des jeunes filles sur le navire, comme ils l'avaient fait à Inverness ?

« Vous l'apprendrez en temps utile. »

Sela se mit à tripoter les plis de sa robe. « Quand recevrai-je ma récompense ? » Elle retint son souffle et fit une rapide prière.

« Dans cinq jours, lorsque nous aurons terminé » répondit Dee. « *Si* nous réussissons. »

Elle vit Hord incliner la tête en direction de Guy, qui demanda alors : « Tu as des problèmes avec l'un des Grant ? J'ai entendu dire qu'il était en ville. Comment le connais-tu ? »

« Je l'ai rencontré à Inverness. Il fait partie de cette Bande dont nous avons entendu parler. Ces Highlanders qui ont vaincu nos hommes près du port d'Inverness. » Elle garda le dos aussi droit que possible, car elle ne voulait pas que ce bâtard de Hord sache à quel point il l'avait affectée.

« Débarrassez-vous de lui » dit Guy aux autres.

« Pourquoi ne pas le tuer et le jeter dans la mer ? » proposa Hord.

Son estomac se contracta à l'idée de voir ces hommes tuer Connor. Elle le connaissait à peine – pourquoi réagissait-elle de cette façon ?

Elle trouva la réponse plus rapidement qu'elle ne l'aurait pensé. Il était le seul homme véritablement honorable qu'elle eût rencontré depuis qu'elle avait perdu ses parents. Et même si les deux hommes ne se ressemblaient en rien, quelque chose chez Connor lui rappelait son père.

L'homme crasseux s'esclaffa devant la proposition de Hord. « Tu es complètement fou ? Tu ne sais pas à qui tu as affaire ? Connor Grant est le fils d'Alex, et il est devenu plus grand que son père. Tu ne pourras pas t'en débarrasser aussi facilement. »

Un autre homme sourit et intervint : « Mes hommes se sont occupés de lui. »

« Oui, j'en ai entendu parler » répondit Guy. « Mais il est encore en vie, et combien d'hommes as-tu perdus ? C'est un ennemi formidable, et nous ne devrions pas fricoter avec lui sauf si nous n'avons pas d'autre choix. »

Hord gloussa. « Tu n'as pas de cran. Envoie-le

par-delà les mers. Je ne vois pas pourquoi on ne pourrait pas se débarrasser de lui dans un endroit où personne ne le retrouvera. »

Dee se leva, le regard furieux. « Parce qu'il appartient au clan Grant, espèce d'idiot. Et à moins que tu aies envie de voir débarquer cinq cents sauvages sur nous avant l'expédition de la cargaison, je te conseille de le laisser tranquille. Une fois la marchandise envoyée, tu pourras faire ce que tu veux de lui. Mais ne le tue pas avant. Nous avons déjà bien assez d'hommes du clan Ramsay à gérer pour ne pas y ajouter les Grant. Je te préviens, Hord, contrôle-toi. »

Celui-ci grommela pendant un instant, mais n'ajouta rien.

« Ce sera tout, Sela. Va dans ta chambre. Nous viendrons te chercher après-demain, dès que la cargaison sera arrivée. »

Elle eut envie de lui cracher au visage. De crier. De hurler. De courir, courir, courir.

Mais elle ne pouvait pas. Ils détenaient la seule chose qui pouvait la pousser à rester.

Elle était impuissante.

Elle hocha donc la tête et quitta le solarium, suivie de près par Vern. « Ne t'inquiète pas. Je lui ferai tenir ses distances. »

« Merci beaucoup, Vern. J'apprécie ton geste. J'ai besoin de ma récompense. » Dans ce monde de chaos et de sales affaires, d'argent et de cruauté, c'était la seule chose qui la poussait à avancer. C'était la seule part de bien qui résidait encore en elle.

« Fais ce qu'on te dit, et tout ira bien. »

Elle se tourna vers son ami lorsqu'ils arrivèrent devant sa chambre. « Merci de ton aide, Vern. » L'homme d'âge mûr était devenu son protecteur, et elle lui en était extrêmement reconnaissante.

« Oui, tu peux compter sur moi » répondit-il.

Elle hocha la tête, puis entra dans sa chambre et referma la porte derrière elle. Elle resta un moment appuyée contre la porte en repensant à tout ce qu'il venait de se produire, puis elle s'éloigna pour s'effondrer sur son lit, encore habillée. Un séduisant Highlander aux cheveux sombres ne cessait de hanter ses pensées.

Par tous les saints, elle avait failli éclater d'un rire hystérique lorsque Connor avait envoyé Hord dans les airs. Ce féroce Highlander qui voulait défendre son 'honneur' l'avait profondément sidérée.

Depuis quand avait-elle de l'honneur ?

Cinq ans auparavant, elle vivait une vie normale. Elle faisait partie d'une famille aimante, mais Dee et Guy avaient envoyé un groupe d'hommes dans sa hutte familiale en périphérie d'Edinburgh. Ils avaient immobilisé son père pendant qu'ils tuaient sa mère sous ses yeux, avant de plonger un couteau dans son cœur. Cachée dans un coin, elle avait tout vu. Ils l'avaient emmenée avec eux, et depuis, sa vie était devenue horrible.

Au début, elle se demandait pourquoi ils l'avaient choisie. Pour une fois, Dee lui avait raconté la vérité. Guy avait aperçu de loin ses cheveux blonds presque blancs, et il avait voulu la prendre. Il avait offert de l'acheter, mais son père avait refusé. Apparemment, ils n'avaient pas apprécié qu'on leur dise non, aussi étaient-ils revenus chercher ce qu'ils estimaient comme leur dû. Son père avait essayé de protéger sa famille – il avait attaqué les intrus si brutalement que Guy avait juré de prendre sa revanche une fois qu'il l'aurait vaincu.

Sa douce mère Dyna lui manquait, avec ses cheveux blond pâle et ses yeux bleus rieurs. Elle était Nordique, et si grande qu'elle pouvait regarder son père dans les yeux. Le couple adorait danser dans leur petite demeure, et sa mère gloussait toujours de joie quand ils le faisaient.

Mais ils ne dansaient plus à présent, ni ne chantaient plus.

Elle se forçait à se remémorer ces précieux souvenirs tous les jours afin de ne jamais les oublier. C'était la chose la plus importante à ses yeux en ce moment – enfin, à part la chose la plus importante de toutes.

Ainsi allongée, seule dans son lit, elle se surprit à penser à quoi pourrait ressembler sa vie si les choses étaient différentes. Elle pourrait vivre dans un petit cottage dans une forêt avec un grand homme fort qui pourrait la chérir et défendre son honneur comme l'avait fait Connor Grant. Ils pourraient s'aimer, élever leurs enfants ensemble, et plus personne ne viendrait les tourmenter.

Elle se réprimanda d'avoir des pensées aussi stupides. Ce genre de chose n'arriverait jamais.

Néanmoins, elle s'endormit en rêvant d'un Highlander aux cheveux sombres qui la prenait dans ses bras pour danser et chanter.

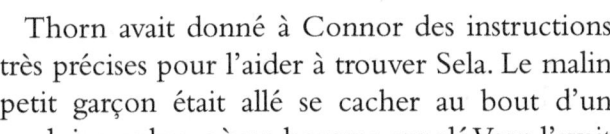

Thorn avait donné à Connor des instructions très précises pour l'aider à trouver Sela. Le malin petit garçon était allé se cacher au bout d'un couloir sombre, où un homme appelé Vern l'avait escortée jusqu'à sa chambre.

Connor avait trouvé la porte sans le moindre problème. Le couloir était désert, et il prévoyait de se faufiler à l'intérieur pour parler avec Sela. Si elle était d'accord pour prêter main-forte à la Bande de Cousins, il pourrait essayer de la convaincre de venir avec lui.

Il espérait juste ne pas s'être trompé de chambre.

Ne voulant pas faire le moindre bruit, il décida de ne pas toquer et se contenta d'ouvrir la porte, juste assez pour jeter un coup d'œil à l'intérieur.

Puis il souffla après avoir retenu sa respiration. Elle était là, profondément endormie. Il entra sur la pointe des pieds en refermant la porte derrière lui, puis se dirigea vers le lit. Il s'agenouilla auprès d'elle, usant de toute sa volonté pour se retenir de la toucher.

L'unique petite torche éclairait ses traits d'une lumière dorée. Les yeux fermés, elle semblait aussi sereine qu'une nymphe dans une chapelle, ses cheveux si blonds tombant autour d'elle, son corps souple allongé sur les couvertures. Chaque fois qu'il la regardait, il s'entichait un peu plus d'elle. Il pouvait désormais se l'admettre. Son petit nez mutin reposait au-dessus de ses hautes pommettes, et ses longs cils pâles ornaient son visage comme le plus beau glaçage d'une pâtisserie.

L'armure de glace dont elle s'entourait habituellement avait fondu dans son sommeil.

Il aurait pu l'admirer pendant des heures. À sa grande surprise, elle ouvrit les yeux et tourna la tête vers lui, puis leva les doigts pour toucher ses lèvres.

Troublé par son geste – elle s'était toujours détournée de lui, le traitant avec une sorte de mépris – il se figea, ne voulant pas rompre le charme. Elle prit son visage dans ses mains, l'attira vers elle jusqu'à ce que leurs nez s'effleurent. Elle plongea ensuite son regard dans le sien, rempli d'une lueur qu'il n'avait jamais vue chez elle auparavant. S'il devait deviner à quoi elle pensait, elle semblait désireuse de quelque chose.

Désireuse d'une autre vie, d'un autre lieu.

Ses lèvres se posèrent sur les siennes, et il la laissa imposer le rythme tandis qu'elle explorait sa bouche, sa langue lui titillant les lèvres. Lorsqu'il ne parvint plus à se retenir, il inclina sa bouche sur la sienne et la caressa de sa langue comme s'il s'agissait de la friandise la plus délicieuse qu'il eut jamais goûtée. Il poussa un grognement alors que leur passion s'enflammait, la pression sur ses lèvres identique à la sienne, leurs langues s'entremêlant dans une intense imitation d'un rituel d'accouplement. Elle posa sa main sur sa nuque et passa ses doigts dans ses cheveux, l'attirant vers elle pour lui donner un meilleur accès à sa bouche.

Il posa une main sur sa hanche, mais il reconnut

trop tard son erreur. Elle ouvrit brusquement les yeux, comme si elle le voyait pour la première fois. Elle lui poussa violemment l'épaule, puis bondit hors du lit et alla se réfugier dans un coin.

« Comment osez-vous me toucher ! » murmura-t-elle, son ton aussi intimidant que si elle avait hurlé depuis la plus haute tour du château.

« C'est vous qui avez commencé, ma douce. Où bien étiez-vous endormie et inconsciente de vos actes ? Que vous vouliez l'admettre ou non, vous avez apprécié ce baiser au moins autant que moi. »

« Jamais. Jamais je ne vous aurais embrassé. »

Il se leva pour s'approcher doucement d'elle, les mains levées pour lui indiquer qu'il ne voulait pas lui faire de mal. « Je ne vais pas vous blesser, Sela. Je suis venu vous aider. »

« Ne vous approchez pas de moi. Vous allez vous causer des ennuis. Sortez. Je vous en prie, partez maintenant. » Elle enveloppa ses bras autour d'elle comme pour s'enlacer, blottie dans le coin avec cette affreuse expression de désespoir qu'il reconnut une nouvelle fois. « Vous ne savez pas comment sont les choses ici. »

Il préférait son regard de mépris glacé à cette expression terrifiée.

« Sela, je ne connais pas tous les détails de votre relation avec ce groupe d'hommes cruels, mais je vous promets que je vous aiderai à vous enfuir. Je ne les laisserai plus jamais vous faire du mal. » Il fit un pas vers elle, puis leva une main pour lui caresser brièvement la joue, mais elle se recula.

« Non, vous ne pouvez rien faire. Vous ne

pouvez pas m'aider à m'échapper. Je vous en prie, Connor » murmura-t-elle.

Le jeune homme en fut si décontenancé qu'il ne sut pas comment réagir. « Donnez-moi une seule bonne raison de ne pas vous emmener loin d'ici contre votre volonté. Pourquoi ne voudriez-vous pas vous échapper ? » Il garda ses mains le long du corps cette fois, car il craignait de l'apeurer une nouvelle fois, mais sa volonté était sans faille.

« J'ai mes raisons. »

« Êtes-vous Nordique ou Écossaise ? J'ai l'impression de déceler un accent écossais » demanda-t-il. C'était la première fois qu'il l'entendait. D'après sa stature et sa beauté glaçante, il avait cru qu'elle était Nordique. Jusqu'à présent, il n'avait eu aucune raison de penser le contraire.

« Mon père était Écossais, ma mère Nordique. Je suis les deux. »

« Venez avec moi dans les Highlands. Ils ne viendront jamais vous chercher là-bas. Ils n'oseraient pas attaquer les terres des Grant. »

« Non, je ne peux pas prendre le risque… Vous ne comprenez pas, mais ils ont un pouvoir sur moi contre lequel je ne peux rien. »

« Quelle est cette chose que vous ne voulez pas risquer ? Venez avec moi avant qu'on nous surprenne » l'implora-t-il. Il ignorait quoi faire pour la convaincre, simplement qu'il le devait. « Lorsque tout sera terminé, ils vous tueront. Qu'est-ce qui pourrait vous effrayer plus que la mort ? »

« Il y a *quelque chose* qui est pire que la mort

pour moi, et c'est tout ce que vous avez besoin de savoir. » Il vit ses mains trembler, et il fut convaincu qu'elle pensait ce qu'elle venait de dire. Quel genre d'emprise pouvaient-ils donc avoir sur elle ?

Il tendit le bras vers elle pour la consoler, mais sa réaction fut plus rapide.

« Ne me touchez pas. Laissez-moi tranquille. Allez-vous-en. » Elle prononça ces paroles sans la moindre amertume. Son armure de glace ne s'était pas encore reformée, mais sa peur était toujours aussi puissante.

Puis elle s'intensifia lorsque la porte s'ouvrit soudain.

« Qui est là ? »

CHAPITRE 5

DÈS QU'UN HOMME apparut sur le seuil de la porte, Connor porta la main à son épée. Il dégaina alors son arme et mit deux hommes à terre d'un même mouvement. Un barbu se tenait à l'arrière du groupe, en train d'évaluer la situation d'une manière qui semblait indiquer qu'il était l'un des chefs.

Connor combattit sans relâche, assénant des coups d'épée d'un côté et de l'autre, jusqu'à ce que quatre hommes se retrouvent au sol. « À votre tour » dit Connor en s'avançant vers le bâtard barbu. Rien ne lui aurait fait plus plaisir que de l'abattre sur place.

Malheureusement, l'homme siffla et dix autres hommes apparurent derrière lui. Connor se battit de toutes ses forces, mais il était en infériorité numérique, et fut cloué au sol par six gardes. Deux d'entre eux se tenaient au-dessus de lui, le menaçant avec sa propre épée.

Deux autres hommes entrèrent, et l'un d'eux était le fou qui avait osé toucher Sela au beau milieu de la ville. « Passez-le à tabac, mais ne le tuez pas » ordonna le barbu. « Jetez-le loin de la ville. Je répète, ne le tuez pas − nous n'avons pas besoin de toute une armée de guerriers Grant à nos trousses. »

Le petit homme, celui que Sela craignait le plus, déclara : « Je vais emmener Sela. Elle a menti. Elle a dit qu'il ne l'intéressait pas, mais il n'arrête pas de venir la voir. »

Sela tomba à genoux devant le barbu « Je ferai ce que vous voulez, mais je vous en prie, ne me laissez pas partir avec Hord. Je vous en prie, Guy. »

L'homme qu'elle avait appelé Guy jeta un coup d'œil à celui de petite taille, affligé d'une profonde cicatrice sur le cou, qui secoua la tête. « Tu dois nous obéir, Sela, et je n'aime pas ce que je vois. Hord veillera à ce que tu respectes les règles. » Il hocha la tête en direction de deux hommes, qui s'approchèrent pour la remettre sur ses pieds et la traîner derrière lui.

Connor entendit ses cris jusqu'au bout du couloir. Dès qu'il le pourrait, il tuerait ce bâtard, mais ce n'était pas encore le moment.

Quatre hommes le tinrent pendant que le plus grand du groupe se mit à le tabasser. Au bout de deux coups, il perdit connaissance.

───────◆◆◆───────

Sela était assise à la table, en train de repenser à tout ce qu'il venait de se produire. Hord lui avait dit qu'il reviendrait, et elle savait ce qui l'attendait. Elle allait devoir endurer la pire de toutes les formes de torture.

Elle connaissait bien ses tactiques − elle savait qu'il la laissait seule pour lui laisser le temps de penser à ce qui allait lui arriver. Elle aurait tellement voulu s'être enfuie avec Connor Grant, qui était en train de se faire rouer de coups pour avoir essayé de l'aider.

Pourquoi ne lui avait-elle pas raconté la vérité ?

La réponse était simple : la peur. La peur de la punition qu'on allait lui infliger, la peur de ne plus jamais se voir accorder sa récompense. Connor Grant ne pouvait pas comprendre ses motivations.

La porte s'ouvrit, et à sa grande surprise, une fillette aux cheveux roux se précipita vers elle, une poupée serrée dans une main. « Maman ! Tu m'as beaucoup manqué. Où est-ce que tu étais ? »

Sela ferma les yeux et passa ses bras autour de sa fille, Claray. Âgée de seulement trois étés, elle était la seule lumière dans sa vie plongée dans l'obscurité. Elle la serra si fort qu'elle craignit de lui avoir fait mal. « Pourquoi tu pleures, maman ? » Elle leva sa petite main pour essuyer une larme qui avait coulé sur sa joue. « Pleure pas, maman. Je reste avec toi pour toujours. »

Elle aurait tellement aimé que ce fût la vérité. Elle la serra une nouvelle fois contre elle, tout en humant son doux parfum. Durant les deux premières années de sa vie, Claray avait vécu avec elle, mais ensuite, Guy et Dee avaient compris qu'ils tenaient le moyen idéal de contrôler Sela : lui prendre sa fille. Ils l'avaient fait la première fois qu'elle avait tenté de s'enfuir avec Claray, mais ce n'avait été que pour une semaine. Puis ils l'avaient prise plus de deux semaines lorsqu'elle avait voulu refuser une mission à Inverness. Les deux dernières fois, ils l'avaient gardée pendant une lune ou plus, une fois pour avoir voulu s'échapper et une autre pour avoir contesté les ordres. Ces séparations étaient déchirantes, et pire encore, Sela n'avait aucune confiance dans les gens qui surveillaient sa fille. « Tu m'as manqué aussi, Claray. Je suis désolée d'être partie pendant si longtemps. Je t'aime. Tu es la plus douce des petites filles. »

Elle la souleva pour la mettre sur ses genoux afin de se rasseoir et de la regarder, en s'efforçant de mémoriser chacun de ses traits. Ces souvenirs l'aideraient à surmonter les jours et les nuits difficiles qu'elle devrait passer sans elle. Ils l'aideraient à obéir, même si tout son être se rebellait contre ces ordres.

« Je t'aime aussi, maman. Tu te rappelles quand tu disais que grand-mère veillerait sur moi ? J'ai vu un papillon l'autre jour, et j'ai pensé que c'était peut-être elle. Il arrêtait pas de voler au-dessus de ma tête. Il a même atterri sur moi à un moment, et ça m'a fait des chatouilles. Tu penses que c'était elle ? »

« Oui, je suis sûre que c'était grand-mère. Sans l'ombre d'un doute, elle doit veiller sur toi, parce qu'elle t'aurait adorée si elle avait été avec nous. Elle t'aurait chanté de merveilleuses chansons, et elle t'aurait tressé les cheveux avec des rubans et des fleurs pour les rendre encore plus beaux. »

« Regarde maman, elle est jolie ma poupée, non ? Elle a les yeux bleus comme toi » dit-elle en la regardant avec un air d'adoration qui émut Sela. La poupée était une vieille création en tissu qu'elle avait trouvée pour elle, et elle l'avait tellement aimée que sa mère avait dû en réparer les accrocs à de nombreuses reprises. Mais cela n'empêchait pas sa fille de continuer de la trouver jolie, ce qui faisait plaisir à Sela.

« Des yeux bleus comme les *tiens*, ma chérie » répondit-elle en embrassant sa fille sur le front. Comment pourrait-elle expliquer l'existence de sa fille à quelqu'un comme Connor Grant, qui avait vécu toute sa vie en homme libre ? Elle avait donné naissance à la petite environ un an après son enlèvement, forcée de se plier aux désirs de ses ravisseurs. Elle avait haï chaque moment de sa vie jusqu'à la naissance de la petite Claray, l'être le plus parfait de toute la surface de la Terre.

Mais ces bâtards avaient transformé sa fille en monnaie d'échange à utiliser contre elle.

Si elle ne leur obéissait pas, ils ne se contentaient pas seulement de la punir – ils menaçaient également de châtier Claray, ce qu'elle ne pourrait jamais supporter. Elle devait trouver un moyen de s'échapper avec sa fille, avant que celle-ci devienne une femme, mais aucun de ses plans n'avait fonctionné jusque-là. Après l'échec de sa dernière tentative d'évasion, Hord l'avait terriblement punie.

Chaque soir, elle priait pour que quelqu'un vienne planter une flèche dans le cœur noir de Hord, Guy et Dee.

Elle était bouleversée en pensant à toutes les vies qu'ils avaient ruinées pour se faire de l'argent et pour leur satisfaction personnelle.

Et elle était horrifiée de savoir qu'elle avait sa part de responsabilité.

La porte s'ouvrit et Hord entra dans la pièce. Un seul regard de sa part lui donnait l'impression qu'il pouvait lire dans son âme, comme pour trouver le meilleur moyen de lui faire du mal. Elle serra Claray contre elle.

« Tu ne vas pas remercier Hord pour ta récompense ? »

Refusant de poser les yeux sur le visage tordu de cet homme, elle dit : « Merci beaucoup, Hord. »

« N'était-ce pas une belle surprise ? »

C'était la vérité – elle s'était attendue à une punition, et non à sa récompense – sa chère fille. Et puis, ce n'était pas Hord qui attribuait les récompenses, mais Guy et Dee. Elle ne s'était pas attendue à recevoir la sienne en avance, surtout après ce qu'il s'était passé.

« Eh bien ? »

« Oui, c'était une très belle surprise, et je t'en suis reconnaissante » mentit-elle. Elle n'éprouverait jamais la moindre reconnaissance envers ce bâtard.

« Viens » dit-il en tournant les talons pour se diriger vers la petite chambre. Quatre gardes se tenaient devant – ce qui n'était pas bon signe – mais elle le suivit avec Claray. Il la mena dans un couloir qu'elle ne connaissait pas, puis dans une volée d'escaliers. Elle n'avait pas passé beaucoup de temps dans ce château, aussi n'avait-elle aucune idée de l'endroit où ils se rendaient. Portant sa fille dans ses bras, elle essaya de rester le plus calme possible, dans l'espoir que Claray ne remarque pas son inconfort.

« On va où, maman ? » demanda la petite. L'innocence de sa fille lui fit grandement plaisir. Elle priait pour qu'on ne la lui prenne jamais.

« Je ne sais pas trop, ma puce » répondit-elle.

Ils arrivèrent à une porte, et Hord se mit à côté en disant : « Après toi, ma chère. »

Elle entra dans la chambre obscure, la peur s'insinuant le long de sa colonne, mais elle se souvint qu'elle avait toujours la petite Claray avec elle – elle n'allait donc pas être punie. Ils la châtiaient toujours seule.

La porte se referma derrière elle et elle tourna les talons, sa fille toujours serrée contre elle.

Non, non, non !

« Maman, il fait si noir ici. »

Elle embrassa sa fille sur le front, tout en se forçant à rester calme. « Ne t'inquiète pas, maman est là. » Elle s'adressa à la porte fermée : « Hord, je vous en prie, pas ma fille. Pitié ? » Sa voix se brisa légèrement, mais Claray ne sembla pas le remarquer.

La chambre était petite et vide – pas le moindre coffre ou tabouret. Hord ne répondit pas pendant un moment, mais il finit par déclarer : « Ça devrait te convaincre de faire ce qu'on te dit. J'ai une surprise pour toi, ma chère. Je t'ai trouvé le genre de bestiole que je préfère – celles qui aiment mordre. »

Un petit mouvement attira son attention en bas de la porte – on était en train d'y ouvrir une porte plus petite. Un bruissement familier la poussa à réagir.

« Non, non, non !!! » hurla-t-elle, à voix haute cette fois. Sa fille écarquilla les yeux.

Des araignées. Le collectionneur d'araignées, comme on appelait Hord, adorait lancer ses créatures sur ses victimes. Il passait des heures à les chercher dans les coins sombres.

Elle cria, mais si elle se laissait envahir par la peur, Claray en paierait le prix.

Comment pouvait-elle la protéger ? Tenant dans un bras sa fille qui se tortillait à présent, elle déchira sa robe et la serra le plus fort possible autour de la fillette, couvrant ainsi chaque centimètre de sa peau.

Claray se mit à pleurer, mais elle ne pouvait pas laisser cela l'arrêter.

« Non, non ! Laissez-nous sortir, je vous en prie ! Je ne lui parlerai plus jamais. Je vous le promets ! » Elle pleura à chaudes larmes tandis que des centaines d'araignées envahissaient la chambre en une vague hideuse. Les créatures se mirent à grouiller partout, même sur ses jambes et bras nus.

« C'est quoi ces choses, maman ? » demanda Claray entre deux sanglots.

Sela abattait son pied partout où elle le pouvait afin d'éloigner les bestioles de sa précieuse fille. « Ferme les yeux et la bouche, Claray. »

« Aïe, maman. Ça fait mal. Aïe... » La robe ne protégeait pas aussi bien sa peau que Sela l'avait espéré. Elle devait faire quelque chose... Les araignées lui mordaient les jambes, les bras, le cou, rampaient sur les murs autour d'elle, mais elle devait réfléchir à un moyen de protéger sa fille.

Seigneur, aidez-moi. Que dois-je faire ?

Elle écrasa le plus d'araignées possible, puis posa sa fille sur le sol en la couvrant de son corps pour la protéger. « Mets ton visage dans la robe de maman. Ne regarde pas. »

Ses sanglots lui brisèrent le cœur, mais elle couvrit sa fille en tendant les mains pour tuer les araignées qui passaient à sa portée.

Tue-les, tue-les, tue-les. Protège Claray, protège-la. Aide-la.

Elle lutta encore et encore, même lorsqu'elle fut convaincue qu'elle allait s'évanouir, se forçant à rester éveillée pour les tuer jusqu'à la dernière. Lorsque l'avancée des araignées commença à ralentir, elle entendit finalement le son lugubre qu'elle haïssait par-dessus tout.

Hord riait joyeusement de l'autre côté de la porte.

Lorsqu'elle pensa les avoir presque toutes tuées, elle se leva, les yeux posés sur les murs, puis tendit les mains pour en tuer encore plus. Sa peau à vif était recouverte de morsures.

Claray pleurait contre sa poitrine. Se risquant à jeter un coup d'œil, elle demanda : « Elles sont parties, maman ? Tu m'as sauvée ! »

Sa fille s'agrippa à elle et se mit à fredonner une chanson, un baume pour son âme. C'était un air qu'elle chantait souvent pour réconforter Claray, et elle savait que sa petite était en train d'essayer de lui remonter le moral. La porte s'ouvrit et

Vern entra, les yeux écarquillés. « Oh, jeune fille. Tu as bien réussi à la protéger, mais… »

Ses jambes ne pouvaient plus la tenir. Elle s'effondra dans les bras de Vern, et la dernière chose dont elle se souvint fut d'entendre son ami lui dire : « Ne t'inquiète pas. Je vais m'occuper d'elle. Elle n'est pas gravement blessée. »

CHAPITRE 6

THORN ATTENDIT ET attendit. Il avait réussi à trouver Sela, et il savait qu'il avait donné les bonnes indications à Connor.

Alors où diable était-il ?

Ne sachant pas trop quoi faire, il se tint devant le mur d'enceinte en parcourant les environs du regard, à la recherche du moindre signe lui indiquant ce qu'il pouvait se passer à l'intérieur, mais tout était silencieux.

Étrangement silencieux.

Puis il entendit le bruit déchirant d'une femme qui semblait avoir mal, un horrible cri tel qu'il n'en avait jamais entendu.

Sela. Ce devait être Sela.

Il devait trouver Connor et le lui dire.

Il escalada le mur d'enceinte, sauta de l'autre côté, puis se précipita vers le donjon. Comme il n'y avait personne dans les environs, il se faufila sans difficulté vers l'arrière. Ce qui lui parut étrange, puisqu'il avait vu plusieurs gardes ici auparavant.

Une fois à l'intérieur, les cris de femme, qu'il pensait provenir de Sela, continuèrent et le terrifièrent. Qu'est-ce qui pouvait faire hurler ainsi la Reine au cœur de glace ?

Il n'avait pas envie de le savoir. Connor pourrait la trouver et l'aider, mais d'abord, il devait le trouver, *lui*.

Il se faufila dans le couloir menant à la chambre de Sela, juste à temps pour voir la porte s'ouvrir. Il se cacha alors dans une alcôve et attendit. Dix gardes sortirent en gloussant à propos de quelque chose.

« C'était un sacré combattant, pas vrai ? »

« Bon sang, mais il est grand. Je n'avais encore jamais vu quelqu'un d'aussi grand, et il en a, des muscles. »

Ils parlaient de Connor ! Il aurait voulu pouvoir les combattre, mais ils étaient trop nombreux. Il savait ce que Connor lui dirait – écoute attentivement et va trouver de l'aide – et c'était exactement ce qu'il ferait.

« C'est vrai. On a dû s'y mettre à cinq pour te le tenir à terre. »

« Il ne bouge plus tellement maintenant, pas vrai ? »

Tous éclatèrent de rire jusqu'à ce qu'un autre cri résonne contre les murs de pierre.

« Bon sang, ce Hord est un malade. J'arrive pas à croire que Guy et Dee le gardent avec nous. Et s'il se retournait contre eux ? »

« Il est trop gras et paresseux pour leur faire du mal. Il préfère tourmenter les femmes. »

« Il me donne des cauchemars » dit un autre.

« Pauvre petit » le taquina son ami.

« Que fait-on de cet idiot ? »

Aidé d'un autre homme, il souleva quelque chose de ses deux bras. Thorn étouffa une exclamation. C'était Connor qu'ils tenaient, et il ne bougeait pas.

« Emmenez-le jusqu'au chemin au nord de la frontière. Jetez-le dans une clairière à l'abri des regards. Laissez les vautours et les animaux le dévorer. Quand les Grant le retrouveront, il sera trop tard. »

Un homme arriva en courant dans le couloir. « Vous avez un autre passager à transporter. »

« Qui ? » demanda celui qui semblait être le chef.

« Sela. Hord n'y est pas allé de main morte avec elle. Il pense qu'elle mourra avant demain. »

Thorn eut l'impression que son cœur allait exploser dans sa poitrine. Pauvre Sela. Lorsque Connor serait rétabli – il se rétablirait, Thorn en était sûr – il les tuerait pour avoir fait du mal à la jeune femme.

« Pourquoi diable Hord a-t-il fait une chose pareille ? Il est complètement fou. Guy et Dee ne vont pas être contents. »

« Il n'avait pas prévu de la blesser à ce point, mais il dit que nous devons les laisser mourir ensemble, elle et son amant, dans un endroit où personne ne les retrouvera. Nous ne devons pas encore en parler à Guy et Dee. Il ne veut pas qu'ils le sachent. »

« Je n'aime pas ça » grommela un homme.

« Dépêchez-vous » dit le nouveau venu. « Guy et Dee reviendront bientôt, et je n'ai pas envie de me réveiller avec des araignées dans mon lit. »

« Très bien, je vais chercher la charrette. Nous pourrons les jeter dedans et les cacher avec des plaids. On sortira par-derrière. »

Thorn se sentait tellement fébrile qu'il craignit de se pisser dessus, mais comme il voulut faire payer à ces hommes pour avoir blessé son ami, il urina dans l'alcôve à la place.

Puis il se faufila sans bruit dans l'escalier et se dirigea vers l'arrière. Comme tout à l'heure, il n'y avait personne. Il escalada le mur sans problème, puis se précipita vers la ville. À cette heure tardive, elle était déserte.

Il devait retourner à l'auberge Buck's et trouver les cousins de Connor.

Il courut si vite et si fort qu'il trébucha dans les escaliers de l'auberge. Lorsqu'il entra dans la chambre où dormaient Braden et Roddy, il fut surpris de voir Braden assis à une petite table.

« Où étais-tu, petit ? » demanda Braden en bondissant sur ses pieds.

Thorn n'avait pas le temps de lui expliquer – ils devaient se dépêcher. « Connor. Ils l'ont tabassé et vont le laisser pour mort dans une clairière près du chemin nord menant à Edinburgh. On doit le sauver. Il ne bougeait plus. Il ne va vraiment pas bien ».

« Bouge-toi de ton lit, Roddy. » Braden prit une gorgée de bière et ajouta : « Où êtes-vous allés, tous les deux ? »

« Chercher Sela. Et elle a des ennuis, elle aussi. Ils l'emmènent avec Connor parce qu'elle est presque morte. J'ai entendu une femme hurler, et je pense que c'était elle, mais je devais d'abord voir comment allait Connor. Est-ce que j'ai bien fait ? »

Braden lui tendit une tourte à la viande qu'il avait gardée de côté. « Tu as très bien fait. Tiens, finis ça. On dirait que tu l'as bien mérité. Roddy, je pars dans une minute. Nous devons le retrouver avant qu'il soit trop tard. »

Connor poussa un grognement lorsqu'il se réveilla, et la clarté des nuages au-dessus de sa tête lui indiqua qu'un nouveau jour s'était levé. Il avait mal absolument partout. Puis les souvenirs de la nuit précédente lui revinrent en mémoire. Ces bâtards l'avaient passé à tabac après l'avoir trouvé dans la chambre de Sela. Ils avaient emmené la jeune femme, mais où ? Il l'ignorait.

Il s'efforça de cligner des deux paupières, et réalisa soudain que l'une d'entre elles était si enflée qu'il ne pouvait plus ouvrir l'œil. Il parvint à rouler sur le côté afin d'essayer de découvrir où on l'avait emmené. Heureusement, il se trouvait sur un lit de feuilles, et non dans une chambre des sous-sols du château, ce qui était une maigre consolation. Mais où était passé son cheval ?

Puis il se souvint. Thorn et lui s'étaient rendus au château à pied. Son cheval devait donc toujours se trouver à l'écurie.

Dès qu'il se tourna sur le côté, il se figea. Sela était allongée à côté de lui, la respiration faible.

« Bon sang, jeune fille. Que vous ont-ils fait ? » Il n'avait encore jamais rien vu de tel. Uniquement vêtue d'une chemise sous son manteau, elle avait la peau recouverte de lésions et de sortes de morsures, son joli visage affreusement défiguré. Il tendit la main pour la placer près de son nez.

Elle respirait à peine.

Que diable avait-elle été forcée d'endurer ?

Il prit son visage dans ses mains afin de pouvoir la regarder dans les yeux, toujours clos. « Sela ? Réveillez-vous, douce jeune fille. Ils ne vous feront plus de mal. »

Il se redressa afin de mieux examiner son environnement et l'état de la jeune femme. Fort heureusement, une voix l'appela.

« C'est toi, Grant ? »

Connor poussa un soupir de soulagement, ravi de voir ses deux cousins qui se dirigeaient vers lui, avec Thorn qui marchait devant Braden. Le garçon lui avait sans doute sauvé la mise. « Comment avez-vous su où me trouver ? Et où diable sommes-nous, d'ailleurs ? »

« Au nord de Berwick, et tu peux remercier le petit Thorn. Sans lui, nous n'aurions jamais su que tu avais disparu. »

« Je suis pas petit » s'écria Thorn. « Je suis presque aussi grand que vous deux, mais pas autant que Connor. C'est lui, le plus grand de tous. »

Connor cracha un filet de sang sur le côté. « Oui, tu dois être très grand pour avoir réussi à escalader le mur et à me retrouver. Merci, Thorn. Est-ce que vous avez à boire ? » demanda-t-il à l'adresse de ses cousins.

Tous trois descendirent de leurs montures, remarquant à l'instant la présence de Sela.

« Bon sang, qu'est-ce que ça veut dire ? »

murmura Roddy en s'approchant pour mieux la regarder. « Que lui est-il arrivé ? »

« Est-ce qu'elle est en vie ? » s'enquit Braden.

« Je l'ai entendue crier hier soir » intervint Thorn en faisant la moue. « J'ai pas pu la sauver, je devais retrouver Connor. Je les ai entendus dire qu'ils pensaient qu'elle allait bientôt mourir. »

« Détends-toi, mon garçon » dit Connor. « Tu as très bien agi. » Il but une gorgée de bière à l'outre que lui tendait Roddy, puis se rapprocha de Sela. « Elle est en vie, mais tout juste. Elle doit voir un guérisseur. »

Les trois autres s'approchèrent à leur tour, et l'exclamation que poussa Thorn exprima ce qu'ils pensaient tous.

« Qu'est-ce qui a bien pu lui faire ça ? » Il fit deux pas en arrière, comme si ses blessures étaient contagieuses.

Connor tendit les mains vers celles de la jeune femme et ouvrit l'un de ses poings serrés. « Je pense que c'était des araignées. On dirait qu'elle en a tué dix d'une main. » Il essuya les créatures mortes de sa main, qui était également couverte de morsures.

« Ils l'ont attaquée avec des araignées ? » demanda Thorn, dont l'agitation se traduisait par des bonds et des sauts en tous sens. Le garçon se mit à trembler et à se frotter le bras, comme s'il avait senti une créature fantôme ramper sur lui. « Ne les laissez pas m'approcher, d'accord ? »

« Je crois que nous venons de découvrir comment les hommes de Dubh l'ont forcée à travailler pour eux » déclara Connor en passant doucement ses mains sur les multiples morsures recouvrant l'une de ses jambes. « Ils l'ont torturée, vraisemblablement en lançant des centaines d'insectes sur elle dans un endroit où elle ne pouvait pas s'échapper. Peut-être qu'ils l'avaient enfermée dans une caisse ou une petite pièce. » Il se redressa pour s'asseoir, car il savait que malgré la douleur, il ne devait pas rester ici. Il avait des contusions et des courbatures sur tout le corps, ainsi qu'un mal de tête qui ne semblait pas vouloir le laisser en paix.

« Promettez-le » dit Thorn d'une voix tremblante. « Je veux pas de ça. » Il recula tellement que Connor se demanda s'il allait finir par s'arrêter.

« Oui, je te promets de te protéger, mon garçon. » Connor tendit une main vers Roddy. « Aide-moi à me lever, s'il te plaît. Ils m'ont salement tabassé, je dois l'admettre, mais j'ai veillé à en frapper quelques-uns d'abord. » S'appuyer sur ses jambes endolories ne serait pas chose aisée, mais il devait le faire. Roddy l'aida à se mettre sur ses pieds et il poussa un grognement, plié en deux pour encaisser la douleur. Il allait devoir l'ignorer s'il voulait aider Sela. Ses blessures étaient douloureuses, mais pas potentiellement mortelles, contrairement à celles de la jeune femme.

« Combien étaient-ils ? » demanda Braden. « On dirait que tu en as combattu plus d'une vingtaine. »

« Moi, je sais ! » s'écria Thorn. « Au moins dix. Je les ai vus. Ils ont dit que vous étiez grand et musclé, et aussi que cinq d'entre eux ont dû vous maintenir au sol. On doit les retrouver. »

Connor ébouriffa les cheveux de Thorn. « Merci, mon garçon. Mais nous allons d'abord nous rendre sur les terres des Ramsay. Roddy, aide-moi à la monter sur mon cheval. Je suis content que tu sois allé le chercher. »

« Mais pourquoi on y retourne pas ? » demanda Thorn.

« Nous avons besoin de renforts. Will et Maggie étaient en route pour Edinburgh afin d'assister Gregor, mais qui sait où ils se trouvent en ce moment ? »

Thorn l'interrompit : « Et Nari. N'oubliez pas Nari. Il est avec eux, aussi. Il me manque. »

« Et Nari. Ne t'inquiète pas pour ton ami, mon garçon. Je suis sûr qu'ils vont bien, mais nous ne pouvons pas perdre du temps à aller les chercher. D'après Sela, les hommes de Dubh ont des centaines de gardes, et même des chevaliers. Il nous faudrait une armée entière de guerriers pour les vaincre. Allons sur les terres des Ramsay. Tante Brenna pourra soigner les blessures de Sela, et nous parlerons avec oncle Logan afin d'élaborer un plan pour battre ces bâtards. Ils devraient également savoir où se trouvent les autres. »

Ils l'aidèrent à se mettre en selle, puis parvinrent à placer Sela devant lui, le dos de la jeune femme appuyé contre lui. À leur grande surprise, elle ne fit pas le moindre geste.

Roddy la regarda d'un peu plus près et déclara : « Nous devons nous dépêcher. Certaines de ses blessures sont déjà en train de suppurer. Je sais ce qu'en dirait ma mère. Si elle n'est pas rapidement traitée, elle n'y survivra pas. »

Connor ne put s'empêcher de la serrer contre lui. Tout était de sa faute.

Il était certain d'une chose : il tuerait les hommes qui lui avaient fait une chose pareille.

CHAPITRE 7

L ORSQU'ILS ARRIVÈRENT SUR les terres
des Ramsay, il leur restait moins d'une
semaine avant le départ supposé de la cargaison.
Ils avaient beaucoup à faire en peu de temps. Sela
ne s'était pas réveillée, et plus ils avançaient dans
leur voyage, plus Connor s'inquiétait.

« Continue de lui donner de l'eau » dit Roddy.
« C'est ce que feraient ma mère et tante Brenna. »

« Je fais de mon mieux, mais tout ce que je lui
donne finit par couler le long de sa gorge. »

Lorsqu'ils atteignirent l'écurie, Torrian, le chef
du clan Ramsay, s'approcha pour les saluer. « Que
se passe-t-il, bon sang ? Connor, on ne dirait pas
que tu aies réussi ta mission. Et elle non plus…
Qui est-ce ? Et qui l'a attaquée ? Je n'avais encore
jamais vu des blessures pareilles. »

« Nous pensons qu'il s'agit d'araignées, ou
d'une sorte d'insecte. Tante Brenna est là ? »

« Oui » répondit Torrian après l'avoir aidé
à descendre Sela de son cheval. « Tu seras ravi
d'apprendre que Gregor et Linet sont ici, eux
aussi, avec Gavin, Merewen, Will et Maggie. Ils
sont tous en train de discuter à l'intérieur. Le

jeune garçon est ici, lui aussi » ajouta-t-il en jetant un coup d'œil à Thorn avant de reporter son attention sur Connor. « J'imagine que tu dois avoir de nouvelles informations. »

« Oui, mais je dois d'abord emmener Sela dans la chambre de guérisseuse de tante Brenna. »

Si quelqu'un pouvait l'aider, c'était bien tante Brenna, la meilleure guérisseuse des Highlands.

À l'expression de Torrian, il comprit que le jeune homme était choqué d'apprendre l'identité de la personne qu'il portait dans ses bras. Gregor avait dû lui expliquer pourquoi Connor était parti pour Berwick. Il savait que ses cousins ne comprenaient pas vraiment son intérêt envers Sela.

La voix de Thorn s'éleva derrière lui. « Je vais vous tenir la porte, milord. » Il se précipita alors pour ouvrir la porte du donjon, puis s'écria, assez fort pour réveiller Sela – bien qu'elle ne bougeât pas : « Nari ! Attends un peu d'écouter tout ce que j'ai fait ! » Lorsque Connor eut passé l'embrasure, le jeune garçon referma brusquement la porte et se précipita vers son jeune ami, dont les cheveux roux flamboyants le faisaient se démarquer du reste du groupe. « Je suis un vrai garde. J'ai sauvé Connor ! »

« Moi aussi ! » répondit Nari. « J'ai sauvé Gregor. J'ai dû retrouver Maggie pour les envoyer le chercher. »

« Moi, j'ai dû aller chercher les cousins de Connor après qu'il ait été blessé. » Thorn écarquilla les yeux.

Maggie bondit sur ses pieds, mais Connor

continua de marcher en passant devant les deux garçons. « Roddy et Braden vont vous raconter ce qu'il s'est passé » dit-il. « Je dois emmener Sela dans la chambre de la guérisseuse. »

Tous les regards de ses cousins se tournèrent vers lui, et il n'eut pas besoin de leur demander pourquoi. Ses blessures n'étaient pas aussi graves qu'elles en avaient l'air, contrairement à celles de Sela, dont le corps tout entier était gonflé à cause des multiples morsures.

Lorsqu'il ouvrit la porte de la chambre de la guérisseuse, il fut ravi d'y voir tante Brenna et sa fille Jennet. Sa tante se tourna vers lui dès qu'elle l'entendit entrer.

« Oh, mon Dieu… » commenta-t-elle. « Mets-la sur le lit avec les fourrures, Connor. Elle aura très mal quand elle se réveillera. » Sa tante avait insisté pour qu'on laisse un grand lit dans sa chambre de guérisseuse pour les personnes qui en auraient besoin.

Jennet s'approcha et jeta un coup d'œil aux blessures de Sela avec une expression étrange. « C'est un cas très inhabituel. Est-ce que tu la connais, Connor ? »

« Oui, elle s'appelle Sela. C'est la femme nordique impliquée dans le Canal de Dubh. »

« Si elle est avec les hommes de Dubh, pourquoi l'avoir emmenée ici ? » s'enquit Jennet. Elle ne quittait pas des yeux les blessures de Sela, examinant ses bras, son cou, son visage. Toujours très sérieuse, Jennet s'efforçait d'écouter toutes les leçons de sa mère à propos de l'art de la guérison.

Sa tante déclara : « Jennet, nous devrions

d'abord aider quiconque présente des blessures aussi graves avant de poser des questions. »

« Et si… »

« Je vous l'expliquerai plus tard, mais bien sûr, il ne s'agit pas de quelqu'un qui a blessé l'un de nos proches. »

Connor savait que sa cousine pouvait se montrer une interrogatrice persistante, toujours à la recherche de réponses à ses questions sur les mystères de la vie.

Jennet demanda alors : « Connor, ce n'est pas parce qu'elle t'a fait du mal, n'est-ce pas ? »

« Non. Elle a été torturée parce qu'elle m'avait adressé la parole car, comme je le soupçonnais, elle était forcée de travailler pour le Canal de Dubh. »

Tante Brenna pressa les lèvres. « Je pense que nous pouvons deviner comment ils l'ont forcée à obéir. De quel genre d'insectes s'agit-il, Connor ? Est-ce que tu le sais ? »

« Des espèces d'araignées. Lorsque j'ai ouvert son poing serré, j'ai trouvé plusieurs araignées mortes dans sa main. »

Tante Brenna déclara : « Jennet, va chercher des bandes de lin propres et une bassine d'eau, s'il te plaît. Connor, je vais te demander de sortir afin que je puisse l'examiner entièrement. »

« Je voudrais rester, si tu veux bien. Elle risque de paniquer quand elle se réveillera. »

Sa chère tante lui tapota l'épaule. « Elle ne risque pas de se réveiller de sitôt. Elle est plongée dans un profond sommeil, car son corps est en train de lutter pour sa survie. Le venin de certaines araignées est très puissant, c'est ce qui provoque ces gonflements. Va parler avec tes cousins. Si elle se réveille, je viendrai te chercher. »

Connor eut envie de poser un baiser sur le front de Sela, mais il n'osait pas faire une chose pareille dans son sommeil. De plus, il n'était pas encore prêt à admettre ce qu'il ressentait devant sa famille.

Comme il ne comprenait pas encore ses sentiments pour elle, il était encore bien trop tôt pour en parler publiquement.

Jennet, qui était revenue avec les affaires demandées par sa mère, s'immobilisa devant lui. « Voici un baume pour tes blessures au visage. Tu ne veux pas qu'elles se mettent à suppurer comme les siennes. Tu peux te l'appliquer toi-même. »

Connor jeta un coup d'œil à sa cousine si sérieuse, sans trop savoir comment prendre ses directives. Mais il la remercia pour le baume et le carré de lin. Tante Brenna déclara : « Et si tu allais te laver le visage là-bas ? » Elle désigna une petite table où étaient posés un pichet d'eau et une bassine. « Sinon, Jennet pourra s'occuper de toi. » Elle s'efforça de dissimuler son sourire.

« Je vais le faire » dit-il en prenant le carré de lin et le baume pour les poser sur la table. Il plongea ensuite le carré dans l'eau et prit le morceau de savon à côté de la bassine. « Occupe-toi de ta patiente, Jennet. Elle a bien plus besoin de toi que moi. »

Lorsqu'il eut terminé, il rebroussa chemin vers le grand hall, impatient de savoir ce que les autres membres de la Bande de Cousins avaient à dire à propos du Canal de Dubh. Il était particulièrement curieux à propos de ce qui était arrivé à Gregor, puisqu'il s'était séparé de son cousin pour suivre Sela. Tandis qu'il s'approchait de la table à tréteaux, il s'arrêta net.

Son père, Alex Grant, était en train de descendre les escaliers du grand hall, suivi d'oncle Logan. Connor avait vu son père sur les terres des Grant, et il n'avait rien dit à propos d'une visite ici. Néanmoins, il fut soulagé de le voir — ils auraient besoin de toute l'aide nécessaire, et aucun guerrier n'était mieux bâti pour le combat qu'Alex Grant. Même encore aujourd'hui. Tous les cousins se turent lorsque les membres plus âgés de leurs clans s'assirent au bout de la table.

« Nous avons retrouvé Linet » déclara Gregor lorsque Connor lui saisit l'épaule pour le saluer. Un sourire se dessina sur son visage. « Nous avons lié nos mains. Elle est avec ses parents pour le moment, mais nous voulons en savoir plus sur ce que tu as découvert. D'après Linet, il ne reste plus que cinq jours. Une grosse cargaison devrait quitter le port ce jour-là, mais d'où ? »

Connor s'effondra sur une chaise après avoir félicité Gregor pour cette bonne nouvelle. D'un geste, Maggie ordonna à une servante de lui apporter de la nourriture et quelque chose à boire. « Bonjour, père. Je ne m'attendais pas à te voir ici, mais j'en suis ravi. Nous aurons besoin de toute l'aide disponible. Celle d'oncle Logan aussi. »

« Tu dois tout nous raconter, Connor » répondit son père. « Qui t'a fait ça ? Et à la jeune fille ? »

Il leur expliqua ce qu'il avait appris, ce qui n'était pas beaucoup plus que ce que Linet leur avait déjà dit. « La seule chose que je peux ajouter, c'est que le centre principal de leur réseau est au château de Berwick. Deux Anglais sont à la tête de tout ça, et ils opèrent depuis le château. C'est là que se trouvent les hommes de Dubh, et probablement où les navires seront amarrés. C'est un lieu très bien fortifié. »

Alors qu'il finissait, sa mère entra dans le grand hall, ce qui le surprit encore plus que de voir son père. Il entendit son exclamation étouffée lorsqu'elle croisa son regard. Il n'était pas au mieux de sa forme, et il devina qu'il avait dû choquer sa pauvre mère. Tante Gwyneth la suivait de près. Connor les salua, puis posa la question à laquelle son père n'avait pas encore répondu. « Je suis ravi de vous voir, père et mère, mais pourquoi êtes-vous ici ? »

« Parce que cette histoire est bientôt sur le point de se terminer » répondit son père. « Trois cents guerriers Grant sont en chemin pour nous rejoindre. Tes frères resteront à la maison pour protéger le clan, mais ta mère et moi n'avions aucune envie de rester les bras croisés pendant que notre fils, notre nièce et nos neveux chevauchent sur le champ de bataille. Nous sommes venus vous aider à élaborer une stratégie. Au vu de ton état et de celui de cette jeune femme, je me rends compte que c'était une sage décision. J'ai entendu parler d'elle, mais je ne l'ai pas encore vue. Il faut que nous mettions un terme aux agissements de ces bâtards. »

Oncle Logan se leva et se mit à faire les cent pas derrière la table, ses foulées assez puissantes pour tracer un chemin dans la pierre. « Oncle Micheil et oncle Drew nous envoient cinquante gardes chacun. Nous en enverrons deux cents. Ces salauds ne nous échapperont pas cette fois. Tu nous as dit ce que tu avais découvert, maintenant raconte-nous ce qu'il t'est arrivé. »

Connor haussa les épaules. « J'ai parlé avec Sela au port, et pour ça, elle a été punie. Après avoir laissé une forte impression sur deux de ses gardes, je suis parti, mais non sans d'abord remarquer sa réaction de peur face à un homme en particulier. Plus tard ce soir-là, Thorn et moi nous sommes faufilés jusqu'au château de Berwick pour essayer de lui demander davantage d'informations, mais comme vous avez pu le voir, ils n'ont pas beaucoup apprécié le fait qu'elle m'ait adressé la parole. »

« Comment t'es-tu échappé, Thorn ? » demanda oncle Logan.

« Vous êtes qui, déjà ? » demanda le jeune garçon, les yeux levés vers l'homme qui arpentait la pièce devant lui. « Vous êtes un Ramsay ? » Il s'interrompit, puis ajouta dans un bruyant murmure : « Vous connaissez la fendeuse de couilles ? »

Oncle Logan s'immobilisa juste devant Thorn, un sourcil levé. Seule sa bouche – ses lèvres fermement pressées l'une contre l'autre – trahissait le fait qu'il se retenait d'éclater de rire.

« La fendeuse de couilles ? Il y a des femmes dans cette pièce, mon garçon. Ce n'est pas le langage le plus approprié, si tu veux mon avis. »

Thorn parcourut le hall du regard, comme s'il venait de remarquer la présence des femmes. « Désolé, mais est-ce que vous la connaissez ? »

« Je pense que oui. Et toi, que sais-tu d'elle ? »

« C'est vrai qu'elle a pendu un homme à un arbre par les… qu'elle a planté une flèche *entre ses jambes* ? » Il leva les yeux vers Logan Ramsay en posant sa main sur le devant de son pantalon.

« Je m'appelle Logan Ramsay, et la… »

« L'*espion* ? Vous êtes l'espion ? Celui qu'on appelle la Bête ? » Il tendit soudain les mains vers lui, comme s'il avait envie de le prendre dans ses bras. Lorsque Connor et Gregor avaient rencontré Nari et Thorn pour la première fois, les jeunes garçons leur avaient révélé leur admiration pour les clans Ramsay et Grant − ils avaient entendu de nombreuses histoires à propos de Logan et de Gwyneth Ramsay, supposa-t-il, ainsi que quelques-unes sur son propre père.

Oncle Logan sourit à sa question, puis jeta un coup d'œil au père de Connor, la poitrine légèrement gonflée. « Oui, je suis bien la Bête, mais je prévois de ne plus utiliser ce nom. La femme dont tu parles est ma femme. Tout ce que tu as entendu est vrai, et tu ferais mieux de bien te comporter avec elle. Elle a un œil acéré lorsqu'elle a un arc en main. »

Thorn recula vivement jusqu'à se retrouver juste à côté de la chaise de Connor. Puis il se pencha et murmura : « C'est laquelle ? Est-ce que c'est vrai ? »

« Elle est assise juste là-bas » répondit-il en désignant l'endroit où se trouvait tante Gwyneth. « Je te la présenterai un peu plus tard. Et oui, tout est vrai. »

« Si tu as fini avec tes questions, mon garçon, j'attends toujours de savoir comment tu as réussi à sauver mon fils » dit le père de Connor.

Thorn écarquilla les yeux. « Votre père est très grand » murmura-t-il. « Est-ce qu'il est aussi grand que vous ? »

« Pas tout à fait, mais presque » lui répondit Connor à voix basse.

Thorn redressa les épaules et entreprit de raconter son histoire d'un ton un peu plus confiant. « D'abord, je suis allé espionner, ensuite Connor est entré dans le château et j'ai attendu dehors, mais lorsqu'il n'est pas revenu, je suis retourné à l'intérieur. Comme je les ai entendus parler de faire du mal à Connor, je suis retourné chercher Braden et Roddy. »

« Beau travail, mon garçon » commenta Alex.

« J'ai essayé de me débrouiller tout seul » ajouta Connor. « Je sais que je n'aurais pas dû, mais je voulais emmener cette femme très loin de ces hommes. Je savais qu'elle avait très peur de quelque chose, et à raison, visiblement. »

Son père se contenta de hausser un sourcil dans sa direction. « Ses blessures ? »

« Causées par des centaines d'araignées, je pense. Je serai à ses côtés à son réveil. » Puis il but trois gorges de bière et mangea deux morceaux de pain.

« Pourquoi ? » Son père ne le laisserait pas tranquille avant d'avoir obtenu sa réponse, il le savait.

« Parce qu'elle a été avec les hommes de Dubh. Elle pourra probablement nous parler de leur plan, où et quand ils prévoient d'agir. »

C'était vrai, mais ce n'était pas la réponse que recherchait son père.

Et comme s'il pouvait lire dans ses pensées, Alex demanda : « Et qui est-elle pour toi ? Je te l'ai déjà demandé auparavant, et tu t'es montré très évasif. Je pense que tes sentiments sont plus forts, à présent. Je me trompe ? »

Comme Connor ne savait pas quoi répondre à cette question, il s'interrompit pour se donner le temps de réfléchir à sa réponse.

Thorn intervint : « Je sais ce qu'elle est pour lui ! C'est pour ça que les hommes de Dubh ont dit qu'il fallait les laisser ensemble. »

Connor tourna la tête pour regarder Thorn.

« Ils ont dit que Hord avait failli tuer Sela, et qu'ils devaient jeter les deux amants dehors pour les laisser mourir ensemble. » Il hocha la tête, visiblement très fier de sa bonne mémoire.

Connor secoua la tête et se pencha en avant, reposant ses coudes sur ses genoux. « J'étais dans sa chambre pour lui demander des réponses lorsqu'ils sont entrés et nous ont trouvés ensemble. Ils se sont trompés sur mes intentions. Je n'étais là que pour obtenir des informations. »

« Et maintenant que tu l'as amenée jusqu'ici, je

dois te redemander ce que tu ressens pour elle »
insista son père.

Bon sang, cet homme n'oubliait jamais rien.

Connor ne pouvait plus éluder la question. Sa
réponse serait honnête. « Je n'en suis pas sûr. J'ai
envie de la protéger. » Il jeta un coup d'œil à sa
mère. « J'ai vu sa peur et son désespoir, et je ne
pouvais pas la laisser. »

La porte de la chambre de la guérisseuse s'ouvrit
et tante Brenna en sortit. Le silence s'installa sur
le groupe tandis qu'ils attendaient d'entendre ce
qu'elle avait à dire. Jennet la suivait, l'air plus pâle
que d'habitude.

« Je crois que nous n'avions encore jamais vu
quelqu'un dans un état aussi affreux. Elle est
couverte de morsures, Connor. Partout. Le seul
endroit indemne se trouve au niveau de son
ventre, comme si elle avait serré quelque chose
contre elle. »

« Mais elle s'en sortira, non ? Ce ne sont que
des morsures… » Connor avait besoin d'entendre
que Sela se remettrait complètement.

« Son corps est brûlant de fièvre et de venin
à cause de certaines des pires morsures. Si elle
se réveillait, j'imagine qu'elle serait prise de
démangeaisons incontrôlables. Je peux lui donner
quelque chose pour la faire dormir, mais cela peut
attendre si tu as besoin de lui poser des questions
d'abord. »

« Est-elle réveillée ? »

« Non, et… Je ne sais pas vraiment comment
l'expliquer, mais il faut qu'elle ait envie de guérir.
Si tu penses pouvoir lui donner une bonne raison

de rester en vie, alors peut-être que tu devrais te rendre à son chevet. Essaie de lui parler. Elle t'entendra peut-être. »

Il hocha la tête une seule fois d'un air résolu. « Je vais essayer de la réveiller et de lui poser quelques questions. Garde cette potion à portée de main. Je ne veux pas la voir souffrir. »

Ce simple commentaire était plus éloquent que tout ce qu'il avait dit jusqu'à présent.

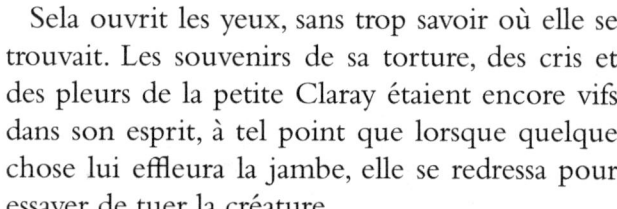

Sela ouvrit les yeux, sans trop savoir où elle se trouvait. Les souvenirs de sa torture, des cris et des pleurs de la petite Claray étaient encore vifs dans son esprit, à tel point que lorsque quelque chose lui effleura la jambe, elle se redressa pour essayer de tuer la créature.

« Il n'y a rien ici, Sela. J'ai monté la garde. »

« Mais une araignée… aurait pu… avoir survécu… » Elle jeta un coup d'œil vers son interlocuteur, surprise de constater qu'il s'agissait de Connor Grant, assis sur un tabouret auprès de son lit. « Où suis-je ? »

« Vous êtes dans le donjon Ramsay, où vous êtes soignée par la meilleure guérisseuse de toute l'Écosse. »

« Non, je dois aller chercher… Où est-elle ? » Elle essaya de s'extirper du lit, mais ses jambes refusèrent de bouger. Elle regarda ses bras, et poussa une exclamation d'horreur lorsqu'elle vit à quel point ils étaient gonflés de venin ou de ce que les araignées lui avaient injecté. Elle ne pourrait aller nulle part dans cet état. Elle se souvint vaguement que son cher ami Vern lui avait promis qu'il s'occuperait de Claray. Comme elle savait qu'elle pouvait lui faire confiance, elle s'effondra à nouveau dans le lit, remarquant la douce odeur de bruyère que dégageait le matelas.

« Comment suis-je arrivée ici ? Comment m'avez-vous aidée à échapper à ce bâtard ? »

« Quel bâtard ? »

« Hord. Cet homme fou avec les araignées. On m'a envoyé le voir pour qu'il me punisse. C'est la dernière chose dont je me souviens. Où m'avez-vous trouvée ? »

« Ils nous ont tous les deux laissés pour morts dans un endroit isolé au nord de Berwick. Thorn a dit que l'homme que vous appelez Hord craignait d'être allé trop loin et de vous avoir tué. Vous êtes libre de ces hommes, à présent. »

Sela poussa un soupir et ferma les yeux. « J'aimerais beaucoup que ce soit le cas, mais elle est toujours avec eux. Je dois donc y retourner. »

« Qui ça, elle ? » demanda Connor avec un regard intelligent. « Quel genre d'emprise ont-ils sur vous en plus de la torture ? »

Elle ressentit une démangeaison intense au milieu de son crâne, puis sur sa main. Se gratter à tous les endroits qui la démangeaient était inutile, mais elle ne pouvait pas s'arrêter.

Connor s'approcha sur le côté du lit, puis s'assit sur le bord du matelas en tendant la main vers elle avec tendresse. « Vous ne pouvez pas vous gratter, Sela » dit-il en lui prenant la main. « Vous risquez d'empirer les choses. Ma tante peut vous donner une potion pour dormir, mais j'aimerais d'abord vous poser quelques questions. Êtes-vous d'accord ? »

Sela fixa le séduisant jeune homme à son chevet, et se demanda pourquoi son sort lui importait tant. Il aurait dû la détester. Peut-être désirait-il simplement des informations sur le Canal de Dubh. Certes, il y *avait* des choses qu'elle pourrait lui dire, mais devait-elle tout lui raconter ?

Comment pourrait-elle le supporter ?

« Je vous dirai tout ce que je sais, si vous voulez bien vous allonger à mes côtés et me serrer contre vous. » Son intense besoin de se sentir réconfortée ne la quittait pas. Certes, sa petite fille la réconfortait, mais c'était elle qui devait protéger Claray, et non l'inverse.

Tout au fond d'elle, elle ressentit le besoin de se sentir auprès de quelqu'un capable de tuer Hord et ses araignées. Quelqu'un qui pourrait la sortir des ténèbres qui menaçaient de l'engloutir.

« D'accord. J'en serais ravi. »

Elle croisa son regard et le soutint, la sincérité de ses paroles évidente dans ses yeux. « Bien » murmura-t-elle. « Parce que je n'ai pas envie de voir l'expression de votre visage lorsque vous me jugerez. »

CHAPITRE 8

S ELA POUVAIT À peine bouger, mais Connor la souleva comme si elle ne pesait pas plus lourd qu'une aiguille de pin et la reposa sur le côté. Le lit était assez grand pour les accueillir tous les deux. Visiblement, elle devait avoir perdu ses moyens pour l'avoir invité à s'allonger à ses côtés, même s'il comptait rester habillé.

« Est-ce que vous êtes à l'aise comme ça, ou est-ce que vous voulez que je vous aide à prendre une position plus confortable ? » demanda-t-il en posant délicatement un plaid sur ses jambes.

« Non, je suis bien comme ça. »

« Revoilà cet accent écossais que je pensais bien avoir entendu. » Parfois, ses éclats de rire semblaient danser dans ses yeux. Elle l'avait déjà remarqué la première fois qu'ils s'étaient vus, même si elle avait essayé de ne pas y prêter attention. Le rire, même dans son regard, était devenu tellement absent de sa vie au cours des cinq dernières années.

« Oui. Comme je vous l'ai dit, mon père était Écossais. Les hommes de Dubh sont venus chez nous il y a cinq ans. Ils ont tué mes parents sous mes yeux, d'abord ma mère, puis ensuite mon père, et enfin ils m'ont enlevée. »

« Pourquoi ? Pour aucune raison ? » demanda-t-il, sa main la pressant légèrement contre lui.

« Parce qu'ils avaient envie de moi. C'est la seule raison qu'on m'a donnée. Ils ont essayé de m'acheter auprès de mon père, mais il a refusé. Il a bien essayé de les chasser de chez nous, mais il a perdu. » Ses yeux se remplirent de larmes au souvenir de son père qui s'était vainement débattu pour la protéger de ces bâtards, mais ils avaient beaucoup d'hommes, et ils étaient bien plus nombreux. « J'ai eu beau donner des coups de pied et des griffures, ils m'ont emmenée avec eux. »

« Ç'a dû être un choc pour vous. Je suis vraiment désolé que vous et votre famille ayez subi une telle cruauté. »

Elle contempla sa main qui se déplaçait très légèrement sur sa peau, en un geste qui ne ressemblait à rien de ce qu'elle avait connu, à part les douces caresses de sa mère. Il était gentil et précautionneux, ce qui était une chose si rare pour elle qu'elle en perdit le fil de ses pensées, mais elle avait envie de continuer, de finir de lui raconter son affreuse histoire.

« Ils ne se faisaient pas encore appeler les hommes de Dubh à l'époque, mais ce sont Guy et Dee qui ont tout manigancé, ainsi qu'un autre homme encore plus vil. Cet homme est mort, à présent.

« J'imagine que vous pouvez deviner de quelle manière je devais servir ces deux hommes, et j'ai fini par tomber enceinte. C'était le meilleur moment de ma vie de prisonnière, parce qu'ils m'ont laissée tranquille pendant quelque temps. Ensuite, j'ai donné naissance à une magnifique petite fille il y a trois ans. Je l'ai appelée Claray. »

Elle reposa sa tête contre son épaule, son puissant corps contre le sien l'apaisant d'une partie de sa douleur. Avait-elle jamais connu quelqu'un d'aussi doux que Connor Grant ? Il la tenait dans ses bras comme si elle était un nouveau-né. Fermant les yeux pour se donner de la force, elle poursuivit : « L'un des hommes qui a commencé à travailler pour eux après la naissance de Claray s'appelle Hord. Comme il m'appréciait, il a demandé ma main à Guy et Dee. J'ai refusé parce qu'il me faisait peur, et depuis, il me déteste. Mais je ne pouvais pas le faire, je ne pouvais pas nous forcer, moi et mon enfant, à dépendre de lui.

« Mon refus l'a mis très en colère. Un jour, il a appris que j'avais peur des araignées, et il s'est mis à me tourmenter. Il en récupérait avant de les lâcher sur moi au beau milieu de la nuit. Son obsession envers moi n'a cessé d'augmenter avec le temps, jusqu'à en arriver là. » Elle désigna d'un geste son corps meurtri. Elle s'interrompit à nouveau pour reprendre des forces.

« Lorsqu'ils ont emmené le Canal de Dubh à Inverness, ils m'ont donné pour mission de m'occuper des femmes – les combattantes et les prostituées. J'ai essayé de m'enfuir avec ma fille, et ils... ils me l'ont prise. Ils ont dit qu'ils ne me laisseraient la voir que si je leur obéissais.

J'ai vite compris que je risquais également une autre punition – le tourment de Hord et de ses araignées. J'ai donc fait ce qu'ils m'ont ordonné, en essayant d'ignorer les choses affreuses que je devais accomplir. Je sais que c'était mal, mais ma petite fille… » Ses larmes l'étranglèrent, menaçant de se déverser sur l'épaule de Connor, mais elle tenta de les retenir.

« C'était différent, cette fois ? »

Elle hocha la tête, même si elle savait qu'il ne pouvait pas la voir. « Oui. Ma fille était avec moi, cette fois. Je n'ai jamais eu aussi peur de toute ma vie. J'ai voulu la protéger, empêcher les araignées de la mordre… »

« Où font-ils ça ? »

« Dans de petites pièces. Il rassemble des sacs entiers d'araignées, puis il les relâche dans ces pièces. Vous n'imaginez pas le nombre d'araignées. Elles rampent partout, vous mordent si vous bougez ou essayez de les chasser, si vous faites le moindre geste, en fait. Je *hais* les araignées. La première fois que c'est arrivé, ma réaction n'était pas aussi forte, mais cette fois-ci, la punition a été très difficile à supporter. Ce bâtard a mis ma fille dans la pièce avec moi. »

Des souvenirs des cris de Claray et des siens revinrent la tourmenter. Elle se mit à pleurer ouvertement dans les bras de Connor, se laissant aller à la douleur qu'elle avait enfouie en elle depuis si longtemps. Pour la première fois en cinq ans, elle se sentait en sécurité et protégée.

« Où se trouve Claray à présent ? Elle n'était pas avec vous lorsque je vous ai trouvée. »

« Vern. Il est un peu devenu mon protecteur, et il m'a dit qu'il prendrait soin d'elle et s'assurerait qu'elle irait bien. Je lui fais confiance. Il m'a dit que j'avais bien su la protéger. J'ai essayé, Connor, j'ai déchiré ma robe pour l'envelopper dedans autant que possible, mais elle a quand même été mordue, surtout au visage. » Elle hoqueta trois fois. « Puis je l'ai mise entre moi et le sol pour la protéger. C'était affreux, affreux… »

« Et où se trouvait ce lâche, ce bâtard, pendant que vous enduriez cette torture ? »

« Il se tenait devant la porte et il regardait par une petite fenêtre en riant d'un air fou qui m'a donné la nausée. »

Avec tendresse, il prit son visage dans ses mains et l'embrassa doucement, l'effleurant à peine. « Je ne veux pas te faire de mal » dit-il en l'embrassant à nouveau. « Dis-moi si je te fais mal, mais je te promets sur mon honneur en tant que fils d'Alexander Grant que je retrouverai ce salaud et que je le tuerai pour ce qu'il vous a fait, à toi et ta fille. »

Elle croisa son regard sans se détourner. La détermination qu'elle lut dans ses yeux la frappa de stupeur – mais pour Claray, elle se sentait tout aussi déterminée que lui. « Je dois y retourner. Merci beaucoup de m'avoir amenée ici, mais je dois retourner chercher ma fille. »

Qu'il la laisse faire ou non, elle devait y retourner.

Elle trouverait le moyen.

Connor s'efforça de calmer sa fureur face à l'abus et aux tortures que cette pauvre femme avait endurés. Et sa colère envers ce bâtard de Hord, qui avait osé faire du mal à une enfant de seulement trois étés, ne semblait connaître aucune limite. Tuer ces hommes serait un châtiment trop doux.

« Tu ne peux pas y retourner, Sela. Je ne peux pas te laisser y retourner. »

« Certes, pas aujourd'hui, mais j'ai déjà vécu ce genre de chose. Dans un jour ou deux, j'irai mieux, et j'y *retournerai*. Tu ne pourras pas m'arrêter. Je dois aller chercher Claray. »

« J'irai te chercher ta fille. Si tu me dis tout ce que tu sais sur le château, je la trouverai. »

« Mais elle ne voudra jamais t'accompagner. Elle a peur des hommes. »

« Alors j'emmènerai Thorn et Nari avec moi. »

« Qui ça ? »

« Thorn et Nari. Deux jeunes garçons qui nous ont aidés. Elle sera sûrement d'accord pour les suivre. Ils n'ont que sept et huit étés. »

« Connor Grant, j'apprécie tout ce que tu as fait pour moi, mais tu n'es pas mon protecteur. J'y retournerai, et tu ne pourras pas m'en empêcher. »

Connor savait que cette situation était difficile pour elle, aussi décida-t-il de changer de sujet. Il voyait bien qu'elle avait un caractère bien trempé et une volonté de fer. Lorsqu'elle avait décidé quelque chose, elle ne s'arrêtait pas avant d'avoir accompli son objectif. Il faudrait qu'il en discute avec elle plus tard.

« D'accord. Nous en reparlerons demain, mais

nous avons besoin de ton aide. Si tu pouvais nous dire d'où ils prévoient d'envoyer les cargaisons, qui est le responsable et où ils retiennent prisonniers leurs victimes, nous pourrions mettre un terme au Canal de Dubh. Nous irons les chercher ce soir, et la petite Claray pourrait se trouver parmi eux. »

Elle lui expliqua tout ce qu'elle savait à propos des cargaisons – peu d'informations, à vrai dire – mais elle savait que les garçons et les jeunes filles arriveraient en trois fois. « Vous ne pouvez pas y aller ce soir, car ils ne sont pas encore tous arrivés. »

« Quand, alors ? »

« La première cargaison, qui partira de London, arrivera après-demain. Les deux autres arriveront le jour suivant. »

« Combien sont-ils ? »

« Entre soixante-quinze et cent au total. » Une lueur de peur passa dans ses yeux. « Ils ont des centaines de chevaliers et de guerriers anglais. Ils vous écraseront. »

« Nous allons faire appel à nos alliés, et mon père a plus de trois cents gardes qui devraient arriver demain. Nous pourrions être près de cinq cents, si nécessaire. Nous nous occuperons de ces bâtards et sauverons ces enfants. »

Tante Brenna entra dans la pièce le plus silencieusement possible. « Vous êtes réveillée ? Comment allez-vous ? »

« Je dois partir » insista Sela. « Pas aujourd'hui, mais demain. Je dois y retourner. » Elle passa ses mains dans son cuir chevelu en grimaçant, puis se gratta le cou avant de descendre vers son pied. « J'apprécie tout ce que vous avez fait pour moi, mais lorsque je serai capable de marcher, je devrai partir. » Elle se gratta d'une manière de plus en plus intense. « Je vous en prie, apaisez ces démangeaisons. Aidez-moi. »

Connor hocha la tête en direction de sa tante afin qu'elle aille lui chercher la potion pour dormir. Puis il fit la seule chose qui lui vint à l'esprit. Il la prit dans ses bras tandis qu'elle avalait la mixture, en fredonnant doucement jusqu'à ce qu'elle ferme les yeux et s'appuie contre lui.

Peu après, Sela s'endormit contre sa poitrine, la porte s'ouvrit et ses parents entrèrent dans la chambre de la guérisseuse.

« Mère, je crois que je vais devoir rester ici un moment. Je ne veux pas la réveiller – elle a tellement de démangeaisons à cause des morsures qu'elle a eu du mal à s'endormir. »

« Je n'en doute pas. Je te suggère de te détendre et de dormir, toi aussi. Tu dois guérir de tes blessures, Connor » répondit sa mère en passant sa main dans les boucles sombres qui tombaient sur le front de son fils. « Tu ressembles tellement à ton père. »

« Elle veut dire par là que tu es têtu, fils » intervint Alex.

Connor sourit. Il le prenait toujours comme un compliment lorsque quelqu'un lui disait qu'il ressemblait à son père.

« Que pouvons-nous faire pour t'aider ? » demanda sa mère.

« Et qui est cette femme pour toi, exactement ? »

répéta son père, qui s'attendait à une réponse différente maintenant qu'ils étaient seuls. Il le connaissait par cœur.

Il ne pouvait que se montrer honnête. « Je n'en suis pas vraiment sûr. Mais je dois vous dire quelque chose à son sujet, que je ne savais pas et qu'elle vient de m'apprendre il y a quelques instants. Elle a une fille. »

« Est-elle mariée ? »

« Non, ses parents ont été tués, et les salauds qui ont fait ça l'ont enlevée. Comme la femme de Braden, elle a été abusée avant de se retrouver enceinte. Nous devons aller chercher sa fille, mère. Le bâtard qui lui a fait ça... » Il désigna la peau de Sela. « ... il a lancé ces araignées sur elle et sur sa fille, aussi. »

Sa mère poussa une exclamation étouffée, bouche bée sous l'effet du choc. « Quel âge a cette enfant ? » Sa mère se considérait comme une protectrice des plus jeunes, aussi n'était-il pas surpris de la voir réagir ainsi.

Peut-être n'aurait-il pas dû en parler aussi ouvertement.

« Elle s'appelle Claray, et elle est âgée de trois étés. Nous devons aller la chercher, ou Sela ne trouvera pas le repos. En fait, elle a dit qu'elle voulait retourner la chercher dès qu'elle serait en état de voyager, car elle ne veut pas prendre le risque de perdre sa fille. Je ne doute pas de sa détermination, mais je ne peux pas la laisser y retourner. C'est trop dangereux. Tu n'es pas d'accord, père ? »

Alex inclina la tête. « Peut-être. Mais si elle y

retourne, elle pourrait espionner pour nous. »
Il hocha la tête en direction de la silhouette
endormie. « Tu dis qu'elle est Nordique ? »

« Son père était Écossais, et sa mère Nordique.
Elle n'est clairement pas en état d'y retourner
pour le moment, mais elle est plus coriace que
vous ne le pensez. Elle pourrait être prête à partir
dans quelques heures. »

Alex Grant secoua la tête. « Non, il lui faudra
des jours pour se remettre de ce qu'elle a vécu,
j'en suis sûr. Sait-elle quelque chose à propos de
la prochaine cargaison ? »

« Il y en a trois qui devraient arriver » répondit
Connor. « La première dans deux jours, les deux
autres le lendemain. Je pense qu'elle essayera d'y
retourner avant l'arrivée de la première. »

La mère de Connor secoua la tête d'un air
impassible. « Non. Elle ira chercher son enfant
dans moins d'une journée. Nous devons parler en
privé, mon époux. »

Le regard de Connor alterna entre ses parents. Il
n'était pas certain de comprendre la signification
de cette déclaration obstinée de sa mère, mais il
finit par succomber à son propre besoin de se
remettre de ses blessures.

Il s'endormit, Sela toujours dans ses bras.

CHAPITRE 9

« JE T'EN PRIE, Alex » dit silencieusement Maddie afin de ne pas réveiller leur fils. « Ça ne peut pas attendre. »

Alex lui prit la main et la mena hors de la chambre de la guérisseuse. Ils traversèrent ensuite le grand hall pour retourner jusqu'à la chambre qu'ils utilisaient depuis leur arrivée. Logan essaya de les arrêter, mais Alex secoua la tête. « Je dois d'abord parler avec ma femme. »

Logan acquiesça et recula pour lui indiquer que la question pouvait attendre.

Lorsqu'ils furent dans leur chambre, Alex tourna les talons pour la regarder.

Maddie sentit ses entrailles se retourner, si fort qu'elle ne pouvait pas l'ignorer. Tout lui disait qu'elle devait passer à l'action, et c'était bien ce qu'elle comptait faire. « Alex, tu dois m'emmener à Berwick et me ramener cette enfant. »

Son mari se contenta de hausser un sourcil dans sa direction, tout en réfléchissant à ses paroles. Elle ne savait pas comment elle parviendrait à le convaincre, car s'il ne l'escortait pas pour aller chercher cette petite, elle devrait y aller seule. Sela n'était pas en état de faire le voyage, et Maddie ne trouverait pas le repos tant que cette enfant resterait prisonnière des griffes de ces affreux hommes.

Il fallait qu'elle aille la chercher.

Visiblement, son visage avait dû légèrement changer, trahissant ainsi ses pensées.

« Je connais ce regard, Maddie. Tu voudrais sauver cette enfant, et nous le ferons, mais cette petite est entourée de plus d'une centaine de guerriers anglais. Nous ne pouvons pas simplement entrer et demander qu'on nous la rende. »

« Alex, nous devons protéger les enfants. »

« Je comprends ta noble cause, mais il y a des forces plus importantes à l'œuvre. »

« Ces bâtards ont torturé une pauvre petite de trois étés. Ce genre de souvenir restera gravé dans sa mémoire pendant des décennies. Et qui s'occupe d'elle pendant que sa mère se remet de ses blessures ? Sont-ils encore en train de la torturer en ce moment ? »

« Tu n'as pas tort, Maddie, mais je dois réfléchir à cette opération dans son ensemble. Nous avons peut-être l'occasion d'arrêter ces hommes une bonne fois pour toutes. Nous devons le faire pour le bien de l'Écosse. »

« J'opère peut-être à une échelle plus petite que la tienne » dit-elle en croisant son regard. « Mais cela ne rend pas ma mission moins importante. »

« De quelle mission s'agit-il ? »

« Je dois protéger les enfants de notre pays. Toi,

tu dois penser à tous les autres, mais moi aussi, j'ai un objectif, et il n'en est pas moins important. »

« Tu serais prête à tout risquer pour sauver une seule enfant ? »

« Oui. Les autres victimes n'arriveront pas avant deux ou trois jours. Nous pouvons sauver cette petite avant. »

Il fixa sa femme, puis passa un doigt le long de sa mâchoire. « C'est vraiment si important pour toi ? »

« Chaque jour qui passe où elle n'est pas en sécurité et à l'aise est un autre jour de torture pour elle. Je ne peux pas supporter de la savoir dans une telle situation. Moi aussi, j'ai été à sa place, et j'étais bien plus âgée. Je ne peux même pas imaginer comment une petite de trois étés pourrait le supporter. »

Il l'embrassa sur les lèvres. Elle se pressa contre lui, mais refusa de succomber à son charme habituel. Tout cela était trop important pour elle. « Alex, je préférerais que tu m'accompagnes, mais si tu ne peux pas, je trouverai un autre moyen. »

Son visage toujours dans ses mains, il répondit : « Toute l'Écosse exige mon aide, mais tu m'as demandé si peu au fil des ans. »

« Parce que je te fais confiance, Alex » dit-elle d'une voix brisée.

« Alors fais-moi confiance quand je te dis que je sauverai Claray et Sela lorsque nous irons nous battre avec les Anglais. »

Elle répondit d'une voix à peine plus haute qu'un murmure : « Non. Nous devons sauver Claray demain. Tes hommes seront arrivés d'ici là, ils pourront t'aider. Ces bâtards n'ont pas besoin de cette petite fille pour accomplir leur sale besogne. Va la chercher. Nous les combattrons ensuite. »

« Si j'emmène les trois cents guerriers que j'ai préparés pour cette mission, je ne ferai que révéler à ces salauds le nombre de gardes qui les attaqueront ensuite. Je ne veux pas leur révéler notre stratégie. »

Maddie réfléchit à cet argument pendant un moment. Son mari était doué pour élaborer les meilleures tactiques de bataille, mais elle ne pouvait pas reculer. « Peut-être que tu n'auras pas besoin de trois cents guerriers. Tu devrais y arriver avec moins que ça. Je ne vois pas pourquoi tu devrais emmener tous tes guerriers. »

Il tendit la main pour lui masser la nuque. « Tu ne veux pas me dire pourquoi tu veux faire ça, mais je le sais. C'est parce que c'est notre plus jeune fils qui nous le demande. Tu le sens, toi aussi. Il y a quelque chose entre lui et Sela, et il est possible que cette enfant devienne notre petite-fille. N'est-ce pas ce à quoi tu as pensé ? »

Son cœur ne pouvant plus le supporter, elle s'effondra contre son mari en sanglotant. « Nous devons arrêter ces hommes cruels, Alex. »

« Je ferai tout pour toi » répondit-il. Puis il lui adressa un tendre baiser avant d'essuyer ses larmes. « Ça pourrait marcher. Ils ne voudront pas risquer de se battre tout de suite contre nous. Ils ne peuvent pas se permettre de perdre des hommes. Je vais en parler avec Logan et nos fils, mais je pense que nous trouverons un plan.

Si nous décidons d'y aller, tu viendras avec moi demain. La petite Claray aura besoin de bien plus de réconfort que je peux en donner. »

Elle sourit à son cher époux, puis se pencha pour l'embrasser, bien qu'il fût possible qu'il ne la remarquât pas. Parfois, son mari était si occupé à élaborer une stratégie contre un homme vil qu'il oubliait tout ce qui se trouvait autour de lui.

Ses lèvres touchèrent les siennes et il l'embrassa distraitement, comme elle s'y était attendue.

Mais cette fois-ci, elle ne dirait rien.

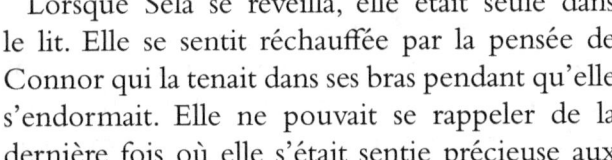

Lorsque Sela se réveilla, elle était seule dans le lit. Elle se sentit réchauffée par la pensée de Connor qui la tenait dans ses bras pendant qu'elle s'endormait. Elle ne pouvait se rappeler de la dernière fois où elle s'était sentie précieuse aux yeux de quelqu'un, à part Claray. Elle se mit sur ses coudes en poussant un grognement à cause de la douleur et des démangeaisons, mais elle allait déjà mieux.

Un son lui indiqua que finalement, elle n'était pas seule dans la pièce. Levant les yeux, elle remarqua la femme assise en face d'elle. Ses cheveux étaient aussi clairs que ceux de Connor étaient sombres, mais elle savait qu'il ne pouvait s'agir que de sa mère. Assise aussi droite que si une flèche lui redressait le dos, cette beauté saisissante portait une robe bleu foncé si parfaite qu'elle semblait avoir été cousue juste pour elle. Ses yeux bleus dégageaient chaleur et compassion. Et comment pouvait-il en être autrement ? Elle était frappée de stupeur face à cette femme qui avait élevé un fils dont la férocité n'avait d'égale que sa douceur.

« Bonjour, Sela. Je suis la mère de Connor. Lorsque nous aurons terminé notre discussion, j'enverrai une domestique vous chercher de la nourriture et vous aider à vous laver. Mais d'abord, puis-je vous parler un moment ? »

Sela ne savait pas comment réagir. Était-elle sur le point de lui faire la leçon ? De lui dire de garder ses distances avec son fils ? De la traiter de catin, puisqu'elle était mère sans s'être mariée ?

Par respect pour Connor, elle hocha la tête.

« Je suis Madeline, mais je vous en prie, appelez-moi Maddie. Connor nous a parlé, à son père et à moi, de la torture que vous avez dû subir, et pour cela, vous avez toute ma compassion. Il nous a également expliqué que votre fille de trois étés avait été soumise au même traitement. Est-ce vrai ? »

« Oui, milady » répondit Sela en baissant les yeux.

« Vous n'avez pas besoin de m'appeler ainsi. Je ne suis plus la maîtresse du clan, même si je me considère toujours comme la protectrice de tous les enfants. J'ai été bouleversée d'apprendre que votre pauvre fille avait été soumise à de tels sévices. J'ai décidé d'entreprendre la mission d'aller la reprendre aux hommes qui ont pris le contrôle de votre vie. »

« Mais ils ne vous écouteront pas. Ce sont des monstres cruels et diaboliques. »

Les doux yeux de Madeline Grant se remplirent
d'une lueur de pure colère. « Je *récupérerai* cette
enfant. Vous pouvez compter là-dessus. Mon mari
a près de mille guerriers à sa disposition, et nous
avons cinq autres alliés qui pourraient nous en
donner une centaine chacun. Je pense que nous
pourrons nous occuper des hommes que ces
monstres ont engagés afin de se battre pour eux.
Ils iront à la bataille, et les Écossais gagneront, mais
avant cela, je récupérerai votre fille. Ne remettez
pas ma parole en doute. »

La mère de Connor parlait avec une telle
passion qu'elle ne pouvait que l'admirer. Elle ne
doutait pas un instant qu'elle pensait chacune de
ses paroles. En repensant au nombre de guerriers
qu'elle venait d'évoquer, Sela ressentit une lueur
d'espoir. Peut-être que Connor et sa famille
avaient les moyens d'écraser le Canal de Dubh
une bonne fois pour toutes. Et si c'était le cas,
elle devait les aider.

« Merci beaucoup, maîtresse. Je crains que
Claray refuse de venir avec vous, aussi vaudrait-il
mieux que je vous accompagne. »

« Je suis d'accord, mais à deux conditions. »

Sela n'avait encore jamais vu une femme avec
une telle puissance insoupçonnée en elle. Elle se
sentit remplie d'admiration. Que penserait cette
femme de la façon dont son fils l'avait étreinte ou
embrassée ? Elle se dit qu'elle connaissait déjà la
réponse à cette question. Elle n'était pas mariée,
et elle avait déjà une fille.

« Je sais à quoi vous pensez » dit Madeline, ses
yeux à nouveau remplis de compassion. « Alors

laissez-moi vous dire ceci avant de vous donner mes conditions. J'ai pour habitude de juger les gens selon leur cœur, et non selon les circonstances de leur existence. Vous avez été forcée de mener une vie de servitude, et je comprends comment une telle chose a pu arriver. Si mon fils vous choisit, je le soutiendrai. Mais cela m'amène à mes deux conditions. »

« De quoi s'agit-il ? » Elle déglutit, de façon bien plus bruyante que prévu, mais elle n'avait pas pu se retenir.

« D'abord, je vous en prie, ne faites pas de mal à mon fils. S'il vous aime, j'espère que vous lui retournerez son amour, mais si ce n'est pas le cas, ne lui faites pas de promesses en l'air. »

Sela hocha la tête. « D'accord. J'ignore encore ce qui arrivera quand tout ceci sera terminé, mais j'ai beaucoup de respect pour votre fils. »

Son cœur était encore bouleversé, mais Connor avait bel et bien éveillé quelque chose en elle. Elle ne pouvait pas encore penser au-delà de la tâche qu'elle devait accomplir, mais elle savait qu'elle avait envie de mieux le connaître.

« Deuxième condition : je sais que vous voudrez aller chercher votre fille dès que nous approcherons du château de Berwick. Vous aurez peut-être envie d'agir sans réfléchir, mais je vous donne ma parole que je ferai au mieux pour votre fille, et que je veillerai à la récupérer. »

« Cela ne ressemble pas à une condition. »

« Non, mais ceci oui : lorsque nous serons en position de récupérer votre fille, ne vous mettez pas en travers de mon chemin. »

Sela ne put rien répondre, bouche bée, les yeux rivés sur cette femme magnifique et redoutable.

CHAPITRE 10

C ONNOR JETA UN coup d'œil au groupe en train de se former devant l'écurie des Ramsay. Ses cousins, Braden, Roddy, Gavin et Gregor, se trouvaient non loin de lui, assez près pour qu'il puisse entendre leur conversation. La femme de Gavin, Merewen, avait voulu se joindre à eux, mais sa sœur, Linet, l'avait convaincue de rester sur les terres des Ramsay. Les deux jeunes femmes avaient traversé bien assez d'épreuves ces derniers temps.

Thorn se précipita vers Connor et déclara : « Bonne chance à vous, milord. » Puis il se pencha pour lui adresser un murmure tonitruant : « Tuez ces sales bâtards. » Il avait été décidé que Thorn et Nari resteraient sur place jusqu'au départ du deuxième groupe, mais seule la promesse d'une profusion de tartes aux fruits et d'un entraînement spécial avec Torrian avait fini par les convaincre.

« Et vous devez veiller à protéger les femmes, mon garçon » dit Connor.

« Sur mon honneur de Highlander, milord » répondit-il d'un air très sérieux avant de retourner en courant vers le donjon.

Braden lui sourit, puis se tourna vers les autres. « Je ne comprends toujours pas pourquoi nous n'attaquons pas tout de suite. Nous n'avons qu'à les tuer maintenant, puis nous sauverons les jeunes filles et les garçons lorsque leurs bateaux arriveront à Berwick. »

« Je suis d'accord avec oncle Logan » dit Gregor. « Si nous tuons tous les hommes impliqués, personne ne saura ce qu'il adviendra de leurs victimes. Ils pourraient les abandonner, les laisser pour morts quelque part. »

« Nous pourrions nous lancer à leur recherche » dit Gavin. « Mais nous ignorons comment ils arriveront − en bateau, en chariot, à cheval ? Il nous manque des informations essentielles pour réussir cette mission. »

Roddy secoua la tête. « Le risque est trop grand. Nous ne pouvons pas parcourir toute l'Écosse pour les retrouver. »

Leurs cousins Daniel et David les rejoignirent. Les Drummond étaient arrivés la veille au soir pour se joindre à leur mission. « J'ai entendu votre conversation. Et ce n'est pas seulement l'Écosse que nous aurions à fouiller, mais aussi toute l'Angleterre. »

Connor se joignit au groupe. « Vous avez tous de bonnes idées, mais la raison pour laquelle nous n'attaquons pas tout de suite est très simple. »

« De quoi s'agit-il ? » demanda David.

« Ma mère insiste pour aller récupérer Claray avant l'arrivée des cargaisons, et elle pense qu'il vaudrait mieux le faire sans se battre. De plus, nous ne savons pas encore où ces jeunes filles et ces garçons seront retenus prisonniers. »

« Et Sela ? Qu'en pense-t-elle ? » s'enquit Gregor.

« Elle est d'accord. Elle accompagnera ma mère, au cas où Claray refuse d'aller avec elle. »

« Pourquoi n'est-ce pas Sela qui ira récupérer sa fille ? » demanda Daniel. « Un seul coup d'œil à nos guerriers et ces bâtards s'empresseront de nous la livrer. »

Connor s'éclaircit la gorge avant de répondre : « Parce que je ne veux pas qu'elle s'approche de ces hommes. Ils nous ont laissés pour morts, ils ne s'attendront donc pas à la revoir. Je crains que Hord se lance à sa poursuite. Il a une obsession malsaine envers elle. »

Connor avait le dos tourné au donjon, mais l'air choqué de ses cousins l'incita à se retourner. Il pivota donc les talons pour faire face au donjon, et il faillit tomber la tête la première. Sa mère était en train de se diriger vers eux, vêtue d'une tunique et d'un pantalon – une tenue que portaient généralement les archères de leurs clans.

Sa mère descendit la colline à grands pas pour se rendre à l'écurie, et presque tous les yeux étaient rivés vers elle. Elle n'avait jamais vraiment prêté attention à ce que les autres pensaient d'elle, et cette fois-ci ne faisait pas exception. Sa mission lui importait plus que tout le reste.

Soudain, Sela apparut à ses côtés.

« D'où viens-tu ? » demanda-t-il, surpris qu'elle ait réussi à se faufiler jusqu'à lui sans qu'il la remarque.

Elle sourit. « Ce n'est pas compliqué de te prendre à surprise, vu que ta mère a capté l'attention de tout le monde. »

Il sourit et répondit : « Ça me plaît. »

« Quoi ? Le fait que ta mère parte en mission ? »

« Non, le fait que tu aies souri pour de vrai. J'ai vu ton sourire à Inverness, mais il était teinté d'une once de méchanceté. Je préfère la Sela qui se tient devant moi aujourd'hui. »

Une lueur d'émotion pure brilla dans ses yeux, mais elle évita de croiser son regard.

« Vous êtes sacrément coriace, jeune fille » déclara Roddy. « Quand je repense à l'état dans lequel nous vous avons trouvée, j'ai bien cru que vous n'alliez pas survivre. »

« J'ai quelqu'un qui compte sur moi » répondit-elle simplement.

Daniel éclata de rire. « Connor peut très bien s'en sortir tout seul. »

Gavin s'esclaffa avant d'ajouter : « Il n'est pas en manque d'affection à ce point, Sela. »

« Vous savez tous qu'elle veut parler de sa fille » intervint Connor. « Et je suis sûr que ma mère te ramènera Claray en un rien de temps. Je t'assure que tu n'as pas à douter de sa parole. Mon père veillera à ce qu'elle obtienne ce qu'elle désire, même si cela implique de combattre la moitié de l'Angleterre. »

Il aperçut une fugace lueur d'espoir dans les yeux de Sela. Il lui tendit la main et, avec son aide, elle se mit en selle. Comme elle avait encore besoin de reprendre des forces, il était soulagé qu'elle ait accepté de chevaucher avec lui. Et le simple fait de l'imaginer se pencher contre lui était bien plus plaisant que l'idée de chevaucher Midnight Moon tout seul.

Tous les cousins, à l'exception de Maggie et Will, se mettraient en route pour le château de Berwick. Les chefs de la Bande de Cousins les retrouveraient à Berwick après un rapide passage à Edinburgh. Ils disposaient là-bas d'un immense réseau de contacts, et Maggie avait jugé utile de glaner le plus d'informations possible avant leur confrontation finale avec les hommes de Dubh.

Lorsqu'ils seraient en territoire ennemi, la mère de Connor serait protégée par un cercle d'hommes de confiance d'Alex.

Oncle Logan semblait très satisfait tandis qu'il chevauchait d'avant en arrière pour donner ses instructions aux différents groupes, en leur indiquant quelle zone ils allaient devoir occuper. Puis il s'approcha enfin des cousins, menant son cheval entre ceux de Connor et Gavin. « Tu vas prendre les devants, Connor ? Toi et la Bande ? C'est votre mission, après tout, pas la nôtre. Nous ne faisons que vous prêter main-forte. »

« Oui, je serai heureux de prendre les devants. »

« Et tu te souviendras que l'objectif aujourd'hui est de ne pas se battre, n'est-ce pas ? »

Connor fronça les sourcils. « Je comprends la nature de notre mission. Pourquoi me poses-tu cette question ? »

Oncle Logan s'esclaffa. « Ce n'est pas évident ? Parce que tu es exactement comme ton père, et que tu es motivé par une envie de vengeance pour ce que ces hommes ont fait à cette jeune femme et à sa fille. » Il hocha la tête en direction de Sela. « Je ne veux pas vous offenser, jeune fille, mais s'il est bien le fils de son père, il les mettra à genoux pour vous avoir causé du tort. »

« J'apprécie son aide, mais je peux me défendre seule contre ces fous. Par contre, toute aide est la bienvenue pour récupérer ma fille et l'emmener loin de ces hommes. Sa sécurité passa avant tout. J'espère que vous ne l'oublierez pas. » Elle adressa à Connor et Logan un regard acerbe, avant de reporter son attention vers l'horizon.

Cette fois, ce fut Gavin qui s'esclaffa, avec un fou rire ressemblant en tous points à celui de son père. « Vous ne connaissez pas encore très bien ma tante Maddie, mais si elle vous a dit qu'elle comptait récupérer votre fille, vous pouvez compter là-dessus. J'ai entendu dire qu'elle avait déclaré vouloir planter une aiguille dans l'œil de l'homme aux araignées, Hord. Vous pouvez compter là-dessus aussi, si elle ne parvient pas à récupérer rapidement cette petite. Oncle Alex lui tiendra la tête de cet homme pour qu'elle puisse le faire. »

« C'est une sacrée femme » répondit Sela. « Je n'avais encore jamais vu quelqu'un vouloir défendre les enfants comme elle. » En voyant son regard en coin en direction de Maddie, Connor comprit à quel point sa mère l'impressionnait.

« Elle retrouvera Claray » dit-il.

La jeune femme répondit dans un murmure qu'il fut le seul à entendre : « Je l'espère bien. »

Ils s'arrêtèrent dans une prairie pour la nuit. La lune leur offrait toute la lumière nécessaire. Sela avait décidé de grimper jusqu'au sommet d'un petit tertre afin de pouvoir observer l'horizon au-delà de la ligne de guerriers des Grant et de leurs alliés. Ils n'avaient emmené qu'une centaine d'hommes, et la plupart des guerriers Grant étaient restés sur les terres des Ramsay, où ils attendraient les prochaines instructions d'Alex Grant. Ils avaient tous convenus qu'il valait mieux ne pas révéler tout de suite à l'ennemi la véritable taille de leur armée.

Sela aimait beaucoup observer le groupe, car cela lui donnait de l'espoir – l'espoir que l'enfer dans lequel elle vivait depuis cinq ans serait bientôt terminé.

L'espoir de pouvoir mener une vie pleine de douceur avec Claray.

Mais il y avait autre chose qui s'était éveillé en elle. Si elle ne parvenait pas à rester avec Claray, elle espérait que sa fille puisse avoir une mère comme Madeline Grant et un père comme Alex.

Ou Connor.

Lorsqu'elle eut terminé ses ablutions, elle rebroussa chemin vers le groupe, tout en ajustant le pantalon que Gwyneth, la tante de Connor, lui avait donné. Cette femme indomptable avait insisté sur le fait que cela l'aiderait à courir plus vite, s'il le fallait.

Sela adorait cette tenue, car les insectes auraient plus de mal à trouver sa peau. Elle passa sous un grand arbre, où elle s'immobilisa un instant pour admirer la beauté du ciel entre les branches nues.

Un claquement de branchages dans son dos lui indiqua alors qu'elle n'était plus seule.

Connor s'approcha d'elle, ses dents blanches brillant au clair de lune. « J'aime beaucoup ton pantalon, Sela. »

« Merci. Moi aussi, je l'aime bien. » Elle passa ses doigts le long du tissu fluide. Si elle pouvait, elle ne porterait plus jamais une robe de sa vie, et elle vêtirait Claray de la même façon.

Il fit un pas vers elle, et elle se força à ne pas se reculer. Connor Grant était un homme bon. Elle avait essayé de le repousser, et pourtant il revenait toujours pour l'aider et les protéger, elle et sa fille. Il avait cru en elle avant même de connaître la vérité sur sa situation.

Il se pencha vers elle et l'embrassa sur le front. « Tes blessures ont l'air d'aller beaucoup mieux. »

Elle tendit sa main vers la sienne. « Tu veux dire que je ne suis plus aussi hideuse qu'avant. »

« Tu ne l'as jamais été » répondit-il en passant sa main dans ses mèches soyeuses qu'elle avait détachées pour la nuit. « Pour moi, tu es toujours belle. »

« Connor, je voudrais que tu me fasses une promesse. » Elle se pencha vers lui, savourant la chaleur de sa peau.

« Tout ce que tu veux, si c'est en mon pouvoir » dit-il en prenant ses mains glacées dans les siennes, plus chaudes.

« S'il arrive quelque chose… »

« Nous nous en sortirons. Je te le promets. »

Elle posa une main sur son avant-bras. « Tu veux bien écouter ma demande, s'il te plaît ? »

« Vas-y. Je t'écoute. » Il lui accorda toute son attention, ses yeux gris tournés vers elle, et ses cheveux raides descendant juste en dessous de ses épaules.

Avait-elle déjà accordé autant d'importance à un homme ? Elle avait grandi avec un féroce dédain pour les hommes, à part son père, mais Connor avait changé quelque chose en elle. Quand avait-elle déjà demandé l'avis d'un homme ou recherché sa chaleur, ses caresses ? Quand avait-elle déjà désiré passer ses doigts le long de la mâchoire puissante d'un homme, caresser sa barbe de trois jours avant de passer sur ses lèvres ?

Concentre-toi, Sela. Cet homme avait distrait le fil de ses pensées.

« S'il m'arrive quelque chose, pourrais-tu demander à ta mère d'élever Claray ? Pourrais-tu l'aider à s'occuper de ma fille ? » Elle ne put retenir une larme, qui roula sur sa joue tandis que ses lèvres tremblaient.

Il passa ses bras autour d'elle et l'incita à blottir sa tête contre son épaule. « Tu as ma parole. Mais tu n'as pas besoin de t'inquiéter. Tu reviendras au clan Ramsay avec ta fille. Tu pourras alors choisir de vivre une vie normale ici ou au clan Grant, mais je dois admettre que je préférerais que tu viennes avec nous. J'aimerais apprendre à mieux te connaître. Et pas qu'un peu. »

Sela secouait déjà la tête. « Nous ne sommes pas faits l'un pour l'autre. J'ai déjà une fille, et j'ai été... »

« N'en dis pas plus. Tu as fait de ton mieux dans des circonstances difficiles. »

Elle se recula afin de croiser son regard. « Mais je les ai regardés battre des jeunes filles sans rien faire. Je les ai forcées à se battre, et j'ai laissé des hommes les forcer à faire d'autres choses... »

« Tu as fait tout ça pour protéger ta fille. N'est-ce pas ? »

« Oui, mais j'ai beaucoup de choses à me reprocher. » Ses joues étaient brûlantes, même dans l'air frais de la nuit. Si elle parvenait à s'en sortir indemne, il lui faudrait prier et prier encore pour implorer le pardon du Seigneur. « Je crains de ne jamais pouvoir me racheter. »

« Tu pourras t'inquiéter de ça lorsque Claray et toi serez en sécurité. »

Elle se contenta de hocher la tête, car elle n'était pas encore prête à lui partager ses pensées.

Il dut sentir son inquiétude, car il l'embrassa doucement. Sa bouche avait le goût des feuilles de menthe qu'il aimait mâcher, et son baiser semblait lui promettre protection, attention, et bien plus encore. Lorsqu'elle était avec Connor, elle pouvait presque croire que ses rêves étaient encore possibles. Il mit fin au baiser et elle retomba contre lui, son menton sur son épaule.

« Sais-tu ce que je crains qu'il risque d'arriver ? »

« Raconte-moi, et je ferai tout pour te rassurer » lui murmura-t-il à l'oreille, ce qui provoqua un frisson le long de sa colonne.

« Je crains que si je retourne auprès d'eux, ils ne laissent partir que Claray. »

Il se recula et répondit : « C'est impossible. Ils n'ont pas besoin de toi. »

« Mais lorsque Hord apprendra que je suis encore en vie, il voudra me reprendre. Ou bien il essayera de me faire du mal. »

Il prit son visage dans ses mains et dit : « Ça n'arrivera pas. » Il s'interrompit. « Est-ce que c'est lui, le père de Claray ? Excuse-moi si c'est une question un peu trop personnelle, mais est-ce que ce serait pour lui une motivation de te tourmenter ? Si c'est le cas, nous aurons peut-être un peu plus de mal à la récupérer. »

« Non, elle est de Guy ou de Dee. Je ne sais pas très bien lequel. » Elle porta la paume de sa main à sa bouche, mais se força tout de même à continuer. Ses questions la remplissaient de honte, mais elle savait qu'il était important d'y répondre avec honnêteté. « Ne sois pas surpris quand tu la verras. Elle a les cheveux roux de mon père, George Seton. »

« Je suis sûr qu'elle est magnifique » répondit Connor en croisant son regard.

« Elle l'*est*. Elle a surtout un cœur très généreux. » Elle réprima une envie de pleurer, car elle savait qu'elle devait rester forte. La vie de sa fille en dépendait peut-être.

Elle leva les yeux vers lui. « Merci de m'avoir fait cette promesse. Ça me rassure de savoir qu'elle ne sera pas seule si je ne peux pas être avec elle. Et peux-tu me promettre autre chose ? » Pendant si longtemps, elle avait refusé de ressentir la moindre émotion, car elle savait que sa colère, son deuil et sa culpabilité risquaient de la mettre à genoux, mais elle ne pouvait plus les éviter désormais. Pas devant cet homme qui ramenait toutes ces émotions à la surface. Des larmes roulèrent sur ses joues.

« Tout ce que tu veux, même si ce n'est pas nécessaire » répondit-il en passant un pouce sur sa joue.

« Promets-moi de ne pas m'oublier. »

Comment avait-on pu la surnommer la Reine au cœur de glace ? La femme qui se tenait devant lui n'était qu'émotion, chaleur et beauté. Connor passa un doigt sous son menton qui tremblait afin de lui relever la tête et de croiser son regard. « Je ne t'oublierai jamais. À ce sujet, tu n'as nul besoin de t'inquiéter. Dès le moment où je t'ai rencontrée, ton image s'est gravée dans mon esprit. Je suis sûr qu'il ne t'arrivera rien, mais je te donne ma parole que si les choses tournaient mal, je ne manquerais pas de raconter à Claray qui était sa mère. »

« Merci » murmura-t-elle, mais ses larmes étaient si grosses qu'il doutait qu'elle ait pu à lire toute la détermination dans son regard.

« Viens, tu dois te reposer avant notre départ. »

Elle se contenta de lever les yeux vers le ciel, soit pour dissimuler ses larmes, soit pour essayer de l'ignorer – il n'en était pas sûr.

« Tu dois te reposer si tu veux guérir, Sela. Cela t'aidera à rester forte pour Claray. »

« Je le sais… »

« Mais ? »

Sa réponse ne fut pas plus haute qu'un murmure tandis qu'elle parcourait les environs du regard, pour vérifier que personne ne pouvait les entendre, supposa-t-il. « Mais je ne peux pas. »

« Pourquoi ? » La vérité s'insinua en lui. Elle avait fait un cauchemar dans la chambre de la guérisseuse. Il l'avait vue essayer de chasser des insectes invisibles. À présent, elle se trouvait dehors, exposée aux éléments. Comment ne l'avait-il pas deviné ?

Elle évita de croiser son regard, fixant un point au-dessus de sa tête comme elle l'avait fait durant les jours précédents, lorsqu'elle le traitait encore comme s'il ne représentait rien pour elle. C'était sa manière à elle de se protéger, comprit-il. On l'avait forcée à se construire des défenses contre les gens qui l'entouraient, et il fut ému par sa force.

« Va dormir, et ne t'inquiète pas pour moi. J'irai très bien » dit-elle. Mais les cernes autour de ses yeux lui indiquaient le contraire.

Il fit un pas vers elle et lui murmura à l'oreille : « Je vais monter une tente. Comme ça, je pourrai te garder dans mes bras pendant toute la nuit. »

Elle secoua la tête et répondit : « Non. Tes parents sont ici. Que vont-ils penser de moi ? »

Il tendit la main pour suivre du doigt la ligne délicate de sa mâchoire. « Je ne suis pas d'accord avec cette réponse. Nous allons monter une tente loin des autres – personne ne nous verra. Si tu t'allonges sur moi, aucune araignée ne pourra t'atteindre. Et la toile au-dessus de nos têtes nous protégera d'une attaque par les airs. »

« Oh, Connor » dit-elle en essuyant ses larmes, gênée. « Tu n'as pas besoin de… »

« Je ne te permets pas de refuser. » Il tendit la main pour prendre la sienne. « Si tu connaissais mieux mes parents, tu saurais que tu n'as pas à t'inquiéter pour ça. Ils ne te jugeront pas. »

Sans attendre sa réponse, il s'avança à grands pas vers le cheval de trait pour récupérer une tente. La plupart n'étaient pas utilisées, car la nuit était magnifique.

Une fois la tente montée, il tendit la main vers elle pour l'aider à y entrer. Son hésitation lui retourna l'estomac. Elle ne cessait de scruter le tissu à la recherche de toute créature nocturne.

Il la rejoignit dans la tente, s'allongea sur le dos et déclara : « Viens. Mets-toi sur moi, face vers le bas. Je te jure de me montrer honorable, mais tu as besoin de dormir. »

« Je suis épuisée » admit-elle en poussant un soupir.

Elle s'installa sur lui, et la seule pensée qui vint à l'esprit de Connor fut qu'ainsi allongée, elle semblait parfaitement à sa place.

« Ferme les yeux, jeune fille. Tu dois te reposer. »

Elle dormit d'une traite sans faire le moindre cauchemar.

CHAPITRE 11

S ELA AVAIT DORMI sans problème dans les bras de Connor, ce qui ne lui était pas arrivé depuis très longtemps. Elle ne pouvait pas le nier, mais elle ne comprenait pas pourquoi il voulait la réconforter, alors que la plupart des hommes provoquaient en elle mépris et effroi. Ils s'étaient levés avant le reste du campement, et personne n'avait fait la moindre remarque à propos de la tente.

Ils avaient chevauché en silence jusqu'au château de Berwick, Sela assise devant Connor. Une petite patrouille avait été envoyée en éclaireur afin de fouiller les environs et de vérifier si des hommes s'y cachaient. Pour le moment, rien d'anormal ne s'était produit, mais plus ils s'approchaient du château, plus Sela se sentait mal à l'aise. Connor lui frotta le bras pour essayer de la calmer, mais la simple pensée de revoir Hord lui donnait envie de vomir.

Et Claray ? Lady Brenna était la meilleure guérisseuse de la région, mais sa petite fille n'avait pu bénéficier de ses talents pour soigner ses morsures. Et si elles la faisaient encore souffrir ?

Et si Claray la détestait parce qu'elle n'avait pas réussi à la sauver des araignées ?

Arrête ! Tu dois cesser de te torturer. Concentre-toi sur Claray.

« Je pense qu'il vaut mieux que tu chevauches derrière moi lorsque nous arriverons devant les portes, ma douce. Je ne veux pas que Hord puisse te voir tout de suite. Ils peuvent d'abord discuter avec ma mère. Si nous devons te faire intervenir, nous le ferons ensuite. C'est mon père qui décidera. »

« Non, Connor. Je ne peux pas me cacher. Je dois voir Claray de mes propres yeux. Je dois me tenir haute et fière devant ces bâtards. Je ne dois pas ployer devant eux. Si je me cache, ils penseront qu'ils ont toujours un certain contrôle sur moi. »

« D'accord. »

Elle faillit lui avouer ce qu'elle pensait qu'ils avaient prévu, mais elle ne pouvait pas le permettre, et elle ne pouvait pas le laisser se mettre en travers de son chemin.

Tout ce qu'elle pouvait espérer, c'était qu'il voudrait bien lui pardonner.

Entendant un son familier, Connor leva les yeux vers le ciel juste avant qu'ils arrivent aux portes. Will, le mari de Maggie, auparavant connu sous le nom de Fauconnier Sauvage, possédait des faucons célèbres pour leur loyauté et leur obéissance.

Si les oiseaux étaient tout proches, Maggie et Will ne devaient pas être loin non plus. Pourquoi avaient-ils changé d'avis ? Ou bien avaient-ils décidé de rester en retrait et d'observer l'interaction ?

Le reste de la Bande aligna ses chevaux en signe de solidarité, son père posté au milieu, sa mère juste devant lui. Il y avait aussi un garde devant eux, un de chaque côté, et de nombreux derrière.

Deux hommes – Guy et Dee, supposa-t-il – sortirent du château pour les saluer. « Bonjour à vous, Highlanders. Qu'est-ce qui vous amène en Angleterre, et pourquoi avez-vous emmené autant de renforts ? Nous ne désirons pas vous combattre. »

Alex Grant prit la parole en premier. « Vous avez tabassé mon fils avant de le laisser pour mort. Pensiez-vous donc que nous n'allions pas riposter ? Sachez que nous le ferons, si vous n'accédez pas à notre requête aujourd'hui. Nous n'avons aucun désir de nous battre pour le moment, et n'oubliez pas que vous êtes en Écosse, ici. Ces terres ont été prises et reprises, mais Berwick est actuellement sous le contrôle des Écossais. Mais peut-être que vous êtes perdus ? »

L'homme qui devait être Guy éclata d'un rire sinistre qui donna à Connor une furieuse envie de l'étrangler.

« Que voulez-vous ? Parlez, qu'on en finisse » ordonna l'autre homme, qui devait être Dee, avant de poser les yeux sur Sela.

La mère de Connor fut la première à répondre : « Allez dire à Hord que Madeline Grant, la femme d'Alexander Grant, désire le voir tout de suite. Et ne jouez pas au plus malin avec moi. »

Dee scruta le groupe du regard pendant un moment, comme s'il essayait d'évaluer s'ils étaient ou non en position de lui refuser sa demande. Une lueur qui ressemblait à de la peur passa dans ses yeux, puis il se retourna pour s'adresser à un homme situé derrière lui. « Va chercher Hord et dis-lui de venir ici. »

« Bien, nous attendrons » dit fermement Maddie.

De l'avis de Connor, ces hommes étaient nerveux parce qu'ils n'étaient pas préparés pour une bataille. On avait beau leur avoir promis une centaine de gardes, ceux-ci n'étaient pas encore arrivés au château de Berwick.

L'homme vil que Connor reconnut comme étant Hord traversa le groupe de chevaux – il avait des cheveux sombres et filasse, un manteau noir et un étrange sac attaché à la taille. Son sourire tordu lui donna envie de serrer ses mains autour de son cou.

« Eh bien, bonjour, Sela. Je suis ravi que tu sois revenue me voir. Tu es drôlement forte. »

Oncle Logan et tante Gwyneth s'avancèrent à cheval à hauteur de la mère de Connor, pour une démonstration de force encore plus impressionnante. Tante Gwyneth encocha alors une flèche sur son arc et visa Hord, ce qui ne surprit personne à l'exception de Sela, qui écarquilla les yeux.

Le regard qu'oncle Logan adressa au petit homme rappela à tous pourquoi il avait gagné le surnom de Bête des Highlands. « Où préférez-vous qu'elle vise ? Dans les couilles ou dans l'œil ? Elle ne manquera pas son coup, j'imagine que vous le savez. Elle est la meilleure archère de toute l'Écosse et de l'Angleterre. »

« Êtes-vous Hord ? » demanda la mère de Connor.

L'homme hocha brièvement la tête, mais sans grande conviction. Visiblement, il avait peur des deux femmes – et à juste titre.

« Vous allez m'amener cette petite fille de trois étés que vous avez osé torturer. Sinon, je dirai à dix des hommes de mon mari de vous tenir pendant que le plante mon aiguille à coudre dans vos deux yeux. »

Hord éclata d'un rire nerveux, sans la moindre once d'humour. « J'ignore de quelle enfant vous voulez parler. »

« Si, vous le savez, espèce de salaud. Donnez-moi ma fille » s'écria Sela. Elle était tellement en colère que Connor craignait qu'elle finisse par sauter du cheval. La mère de Connor lui adressa un regard qu'il reconnut de son enfance – Madeline Grant avait beau être célèbre pour sa gentillesse et son tempérament doux, elle pouvait stopper un sanglier en train de charger d'un seul de ces regards. Sela retomba contre lui et n'ajouta pas le moindre mot.

« Vous allez m'amener la petite nommée Claray » dit la mère de Connor. « Je vais compter jusqu'à dix, et ensuite, ces faucons au-dessus de vos têtes viendront vous crever les yeux, pendant que Gwyneth vous tirera dessus pour vous clouer à votre cheval. Le dernier homme qui a croisé son chemin s'est retrouvé pendu à un arbre par les couilles. Il n'a pas survécu pour raconter cette histoire. Me suis-je bien fait comprendre ? »

Hord hocha la tête sans faire le moindre geste, levant lentement les yeux au-dessus de la tête.

De toute évidence, Will avait donné quelques leçons aux autres membres du clan, car lorsque Maddie Grant siffla, les deux faucons fendirent les cieux pour fondre sur la tête de Hord en poussant des cris stridents. Hord hurla et déclara : « Allez la chercher. Allez chercher Claray tout de suite. »

Un autre sifflement, et les oiseaux remontèrent dans les airs, sans pour autant aller bien loin.

« Est-ce tout ce que vous voulez ? » demanda Dee, visiblement confus. « Une petite fille de trois étés ? »

« C'est pour cela que nous sommes venus, et je ne partirai pas sans elle. »

Quelques instants plus tard, un homme sortit du château à dos de cheval avec une petite fille dans ses bras. Elle avait bien des cheveux roux, mais ses traits délicats étaient identiques à ceux de Sela. Il ne pouvait s'agir que de Claray.

« C'est toi, maman ? » demanda la fillette. « Emmène-moi avec toi. J'aime pas vivre ici. S'il te plaît. »

Sela poussa un gémissement, et Connor dut la prendre dans ses bras pour l'empêcher de tomber de son cheval.

« Donnez-moi cette enfant » insista la mère de Connor.

« Vous l'aurez, mais nous reprendrons Sela » dit Hord. « Nous avons besoin de toi, Sela. Reviens, et nous livrerons ta fille aux Grant en toute sécurité. »

« Jamais de la vie. Donnez-nous cette enfant » aboya Connor.

« S'il te plaît, maman ! » s'écria Claray en un gémissement déchirant.

C'est alors que le chaos se produisit.

Hord tendit la main vers Claray pour l'arracher des bras de l'homme qui la tenait, et la petite se mit à hurler. « Non, non, le laisse pas me toucher ! Pitié, maman ! Sauve-moi de lui ! »

L'homme qui tenait la petite s'efforça de la réconforter, mais elle avait les yeux révulsés de terreur.

Cette fois-ci, Connor ne put retenir Sela. Elle bondit de Midnight Moon et se précipita vers sa fille. Personne ne l'arrêta lorsqu'elle prit dans ses bras la petite secouée de sanglots. Personne ne l'arrêta non plus lorsqu'elle rebroussa chemin en courant vers la mère de Connor et lui tendit sa fille.

« Partez, je vous en prie » dit-elle en sanglotant, elle aussi. « Emmenez-la loin d'ici. Tout de suite. »

Connor observa ses parents obéir à sa requête. Il s'attendit alors à ce que Sela revienne vers lui.

« Viens ici, Sela » cria Hord. « Ou nos hommes tueront ces Highlanders. »

Connor brûla d'envie de lui dire que c'était une menace en l'air. Ces bâtards de Dubh n'avaient pas assez de gardes pour les battre. Mais il n'eut pas le temps de lui parler.

« Non, je vous en prie » dit Sela.

L'homme vil lui sourit, ses yeux pétillant d'une lueur diabolique. « Rejoins-moi de ton plein gré, et je ne tenterai jamais de retrouver ta fille. Si tu te débats, je tuerai tes amis avant de jeter ta Claray dans une pièce remplie d'araignées. »

Connor croyait toujours que Sela viendrait le rejoindre. C'était une bien faible menace, ils le savaient tous. C'est pourquoi il se sentit aussi surpris que saisi d'effroi lorsqu'elle lui adressa un regard en articulant : « Ne m'oublie pas. »

Connor se mit à hurler et son cheval cabra, provoquant la débandade des autres montures du clan tandis qu'elle retournait en courant vers le château. Hord se saisit d'elle et entreprit de la traîner jusqu'au château, pendant que Dee et Guy battaient en retraite en criant : « Fermez les portes ! »

La herse qui s'abattit alors frôla Connor tandis qu'il chargeait pour récupérer Sela. La lourde porte lui aurait arraché la tête, si quelqu'un ne l'avait pas tiré en arrière.

Les derniers mots qu'il l'entendit prononcer furent : « Je suis désolée, Connor. »

CHAPITRE 12

~~

CONNOR ÉTAIT FOU de rage, mais ses cousins plantèrent leurs chevaux devant lui. « Calme-toi, Connor » dit quelqu'un, bien qu'il fût trop agité pour identifier qui avait parlé.

« Hord, espèce de salaud ! » s'écria-t-il. « Si vous osez poser à nouveau les mains sur elle, je vous tuerai avant de planter votre tête sur une pique. »

Oncle Logan et tante Gwyneth arrivèrent à leur tour à ses côtés. « Ce n'est pas la meilleure chose à faire » dit Logan. « Elle s'en sortira pendant deux jours. Nous la récupérerons. »

« Il a raison » intervint Gregor. « Nous avons la petite, nous reviendrons chercher Sela plus tard. » Il rapprocha son cheval encore plus près, puis ajouta à voix basse : « Elle a accepté de nous aider de l'intérieur. »

« Quoi ? Vous avez agi dans mon dos, bande de bâtards ? » Connor se sentit sur le point d'étrangler son cousin, mais il parvint à articuler ces paroles d'une voix bouillonnante de rage. Il ne voulait rien faire qui puisse la mettre en danger. Aussi valait-il mieux s'éloigner du château avant de parler stratégie.

Il suivit ses parents et leurs gardes hors de Berwick, jusqu'à atteindre une clairière à une bonne distance. Connor descendit de son cheval et se dirigea immédiatement vers Gregor. « C'est vous qui avez tout manigancé ? Vous lui avez dit d'aller espionner pour nous ? »

« Ça suffit » s'écria oncle Logan. « C'est Sela qui nous a fait cette proposition. Si elle est venue nous voir, c'est parce qu'elle savait que tu ne la soutiendrais pas. Si tu arrêtais un peu de t'énerver et que tu commençais à utiliser ta tête, tu réaliserais qu'elle a eu une idée brillante. Maintenant que Sela est avec eux, nous aurons plus de chances de sauver des centaines de garçons et de jeunes filles. Lorsque tu seras de nouveau doué de raison, tu comprendras pourquoi nous devions agir ainsi. Nous voulons qu'ils pensent qu'ils ont réussi à la reprendre, et non qu'elle est revenue de son plein gré. Elle a très bien joué le jeu, et toi aussi. »

Connor s'immobilisa pour digérer toutes ces informations.

« Si ç'avait été n'importe qui d'autre, tu aurais accepté cette idée sans problème » dit Braden parmi ses cousins, qui avaient tous mis pied à terre. « Tu ne dois pas laisser tes émotions interférer. »

Il posa les yeux sur son cousin, réticent à admettre qu'il avait raison. Un fredonnement lui parvint aux oreilles – celui de sa mère. Il détourna les yeux vers la périphérie de la clairière, où sa mère tenait dans ses bras la douce fillette qui demandait encore où était sa maman.

Il s'avança vers l'enfant aux cheveux cuivrés et s'agenouilla devant elle. « Claray, je m'appelle

Connor. Je sais que ta maman te manque beaucoup, mais je te promets que je te la ramènerai. Tu la reverras dans deux jours. »

La petite hoqueta deux fois en s'appuyant encore plus contre sa mère. « Où on va ? Je veux pas retourner là-bas. J'aime pas ces hommes. »

La mère de Connor la serra dans ses bras, et la fillette reposa sa tête contre son épaule. « Nous reverrons bientôt ta maman, mais nous allons d'abord nous rendre dans un château magique rempli de petites filles avec lesquelles tu pourras jouer. Tu vas adorer cet endroit. »

« C'est vrai ? Je pourrai jouer avec d'autres filles ? »

« Oui » répondit sa mère.

« Est-ce qu'il y a des araignées là-bas ? Je veux plus jamais voir des araignées, s'il vous plaît. Elles me mordent. » De nouvelles larmes se mirent à couler sur ses joues, et Connor ne fut pas surpris de voir son père se diriger dans la direction opposée en serrant les poings, comme s'il avait envie de tuer quelqu'un. Le jeune homme ressentait la même chose.

Sa mère essuya les larmes de Claray. « Nous te protégerons des araignées » dit-elle. « Tu pourras dormir dans un grand lit moelleux avec des fourrures et des couvertures en compagnie de deux autres fillettes, appelées Lise et Liliana. Nous pourrions même étendre un filet autour de ton lit pour empêcher les araignées d'approcher. » Sa voix se brisa, mais elle prit une profonde inspiration et poursuivit : « Tu pourras aussi jouer avec des petits chiots. »

Connor avait oublié que la chienne de Torrian venait de donner naissance à une nouvelle portée de chiots. Lise et Liliana aimaient tellement passer la journée à jouer avec eux qu'elles en finissaient épuisées à la tombée de la nuit.

« C'est quoi, un chiot ? J'en ai jamais vu » dit Claray en se frottant les yeux.

« Ce sont des bébés animaux poilus qui te feront des léchouilles pour t'embrasser et s'allongeront à tes pieds » répondit sa mère. « Et notre cuisinière prépare les tartes aux fruits les plus délicieuses pour tout le monde. Tu verras. »

« C'est quoi, une tarte aux fruits ? »

Connor posa les yeux sur l'enfant innocente, remarquant également que tout le monde s'était tu autour de lui. Oncle Logan semblait sur le point d'exploser, mais il s'éloigna lui aussi, suivant son père hors de la clairière. Tante Gwyneth essuya ses joues, s'efforçant d'effacer toute trace de ses larmes.

Hord et ses amis allaient subir une mort atroce.

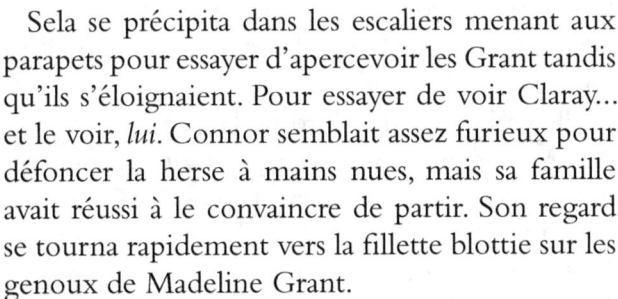

Sela se précipita dans les escaliers menant aux parapets pour essayer d'apercevoir les Grant tandis qu'ils s'éloignaient. Pour essayer de voir Claray... et le voir, *lui*. Connor semblait assez furieux pour défoncer la herse à mains nues, mais sa famille avait réussi à le convaincre de partir. Son regard se tourna rapidement vers la fillette blottie sur les genoux de Madeline Grant.

Claray avait pleuré et essayé de se dégager lorsqu'on l'avait confiée à Maddie, mais à présent, elle avait passé ses bras autour de la taille de la mère de Connor, et celle-ci la serrait contre elle tandis qu'ils s'éloignaient en galopant.

La voix tonitruante de Hord lui parvint aux oreilles, mais elle l'ignora. Comment pouvait-il lui faire du mal, à présent ? Claray était loin, très loin de lui.

La voix de Dee s'éleva au-dessus du vacarme. « Le grand hall. *Tout de suite*, Sela. »

La jeune femme continua de suivre les Grant du regard, jusqu'à ce qu'elle ne parvint plus à distinguer le cheval de Maddie de celui des autres. Sa fille était en sécurité.

Si Sela ne survivait pas à sa mésaventure, Claray serait choyée par Madeline Grant. Que pouvait-elle espérer de plus ?

Connor Grant. Le seul homme dont elle pourrait tomber amoureuse.

Cette pensée l'effraya, mais la réconforta en même temps. Pendant des années, les hommes de sa vie ne lui avaient apporté que cupidité et laideur. Connor venait de lui rappeler que les hommes pouvaient également se montrer honorables. Doux et attentionnés. Cette seule pensée avait fait ressortir la bonté qui sommeillait en elle.

Elle craignait que Hord ne la laisse plus jamais partir, mais au moins, elle pourrait savourer les souvenirs des baisers du Highlander aux cheveux sombres.

« Tout de suite, Sela ! »

La voix de Guy retentit jusqu'aux parapets, et elle entreprit de redescendre les escaliers pour aller lui parler. Elle savait ce qu'ils voulaient, Dee et lui. La première cargaison devait arriver aujourd'hui de London – ils avaient donc besoin d'elle immédiatement.

Mais à présent, elle avait une autre mission. Lorsqu'elle s'était entretenue en secret avec les cousins de Connor afin de leur proposer de retourner avec les hommes de Dubh pour découvrir où les garçons et les jeunes filles seraient retenus prisonniers avant le départ du navire, ils avaient été ravis d'accepter.

La rédemption. Voilà la seule raison qui l'avait poussée à revenir. Si elle parvenait à sauver ces pauvres victimes, peut-être le Seigneur envisagerait-Il de la pardonner pour ses péchés.

Et peut-être pourrait-elle se pardonner elle-même.

Elle suivit Dee et Guy dans le hall, tout en évitant soigneusement de croiser le regard de Hord. Guy lui prit le bras et la poussa devant lui, avant de la forcer à entrer dans l'une des petites pièces attenantes au hall. Hord resta dehors.

Elle se servit de ce détail à son avantage pour essayer de négocier avec Dee. « Si vous lui dites de ne pas s'approcher de moi, je ferai tout ce que vous me demanderez. Il a failli me tuer. »

« Ce n'est pas toi qui donnes les ordres ici, c'est nous » répondit Dee. « C'est une bonne chose que tu sois revenue. La cargaison de London est arrivée. Il s'agit de femmes plus âgées, il n'y a donc pas vraiment besoin de s'en occuper. Hord ne les approchera pas.

« Demain, tu seras envoyée ailleurs, parce que

les deux autres groupes arriveront. L'un d'entre eux est celui des filles plus jeunes. Hord ne sera pas autorisé à les approcher non plus, tu seras donc en sécurité avec elles jusqu'au départ des navires. » Dee et Guy posèrent les yeux sur elle, dans l'attente de sa réponse.

« Où dois-je aller demain ? » demanda-t-elle. Voilà l'information qu'elle tenterait de transmettre aux Grant et Ramsay, si elle le pouvait. Les cousins de Connor avaient juré qu'ils enverraient un jeune garçon pour lui parler.

Guy la saisit par le bras et l'attira vers lui. « Si tu penses à essayer d'envoyer des informations à tes nouveaux amis, je te suggère de t'abstenir. Hord est en train de mettre au point une nouvelle punition. Ne nous donne pas une raison de l'essayer sur toi. » Il lui adressa un sourire tordu, et elle dut rassembler tout son courage pour détourner la tête au lieu d'éclater en sanglots. « Nous avons envoyé tes affaires dans une auberge. Nous n'avons pas assez confiance en toi pour te laisser rester au château. Des gardes t'y escorteront plus tard. Nous allons surveiller tes moindres gestes, Sela. Si j'étais toi, je ne tenterais rien de stupide. »

« Mais si tu nous trahis… » ajouta Dee. « … nous te tuerons avant que Hord puisse mettre la main sur toi. Tu peux compter là-dessus. »

CHAPITRE 13

CONNOR FIT LES cent pas dans une petite zone à proximité de la clairière où les gardes avaient installé leur abri temporaire en attendant de trouver un plan, à environ deux heures de Berwick. Il ne s'était pas accordé un seul instant de repos depuis qu'ils avaient quitté le château de Berwick.

Maggie et Will le rejoignirent, suivis de près par oncle Logan. Lorsqu'ils furent tous installés, Maggie déclara : « J'ai dit aux autres de nous retrouver ici. Connor, tu fais les cent pas depuis notre arrivée. Ne veux-tu pas t'asseoir sur ce rondin ? Je sais que c'est difficile pour toi, mais nous avons pensé que l'aide de Sela nous serait très utile pour sauver ces garçons et ces jeunes filles. Son idée était parfaite. »

« Je comprends ce raisonnement, Maggie. Crois-moi, mais Sela n'a eu que très peu de temps pour récupérer de l'attaque des araignées. Si ce bâtard la remet en danger, je ne sais pas si elle pourra le supporter. Si nous avions attendu une semaine, elle aurait été mieux préparée. »

« Mais ça ne pouvait pas attendre » murmura Maggie.

Bouillonnant de rage, Connor souleva un rocher et le lança aussi loin que lui permettaient ses forces.

Oncle Logan croisa les bras. « Ou peut-être qu'elle préfère leur groupe. Elle a eu un enfant avec Guy ou Dee. N'est-ce pas ce que tu as dit ? Peut-être que c'est à eux qu'elle a accordé sa loyauté. »

Connor en avait assez entendu. « Et puis quoi encore ! Elle n'est pas amoureuse de l'un de ces salauds, et elle nous *aidera*. Tu as perdu l'esprit, oncle Logan. Tu as dû prendre trop de coups à la tête, le jour où ils t'ont tabassé. »

Personne ne prit la parole pendant un moment, mais Braden et Roddy les rejoignirent en silence. Maggie et Will observèrent son père avec attention pour jauger sa réaction. Mais oncle Logan les surprit tous – il éclata de rire. « Il fallait que j'en aie le cœur net. C'est bien ce que je pensais, pas vrai, neveu ? Tu t'es épris de cette jeune fille ? »

Connor poussa un juron dans sa barbe. Son oncle l'avait percé à jour. Il eut envie de lui répondre, de nier ce qu'il venait de suggérer, mais il en était incapable. Il se releva et se remit à faire les cent pas, les yeux rivés sur le sol devant lui. « Oui, j'imagine que oui. »

Son oncle lui saisit l'épaule pour mettre fin à son mouvement répétitif. « L'amour est la seule chose qu'on ne peut pas prévoir, mon garçon. Lorsque j'ai rencontré Gwynie, elle a menacé de me couper les couilles, et pourtant, je suis toujours là. »

« Et tu les as encore, pas vrai, mon oncle ? » demanda Braden.

Oncle Logan s'esclaffa et les autres se mirent à glousser. « Lorsque tout sera terminé, tu devrais lui dire ce que tu ressens. »

Connor repoussa un peu de terre du bout de ses bottes. « Elle se sent énormément coupable pour tout ce qu'elle a fait. Si elle arrive à laisser toute cette histoire derrière elle, pensez-vous qu'elle serait acceptée par notre clan ? Nous avons bien quelques vieux grincheux qui ne s'arrangent pas avec l'âge. »

Maggie n'hésita pas à lui répondre : « Le Canal de Dubh n'a jamais fait preuve de la moindre gentillesse à l'égard des femmes. Ils se sont servis d'elle, tout comme les autres. Tout le monde ici peut attester de leur cruauté. » Elle se désigna elle-même, mais également ses cousins. « Nous lui pardonnerons son passé, mais toi, le pourras-tu ? Si tu doutes de ta capacité à le faire, alors je te conseille de sortir de sa vie. Lorsque ce sera terminé, elle aura besoin de guérir et d'aller de l'avant. »

Connor passa une main dans ses longues mèches de cheveux, s'efforçant de démêler sa chevelure décoiffée par le vent. « Vous croyez vraiment que nous pouvons mettre un terme aux agissements du Canal de Dubh ? »

« Absolument » intervint Will. « Nous sommes tout près du but – peut-être moins d'une semaine avant de les arrêter une bonne fois pour toutes. »

Oncle Logan lui tapota le dos. « Ta jeune fille sera bientôt en sécurité. Nous avons près d'une centaine de guerriers avec nous, une autre centaine à une heure d'ici, et trois cents de plus en train de se rassembler à proximité des terres des Ramsay. Ils nous rejoindront lorsqu'ils seront prêts, mais je ne veux pas que ces bâtards connaissent le nombre exact de notre armée. Lorsque les chevaliers anglais interviendront, nous enverrons nos renforts. Je ne doute pas que nous gagnerons ce combat, surtout maintenant que Sela est infiltrée chez eux. »

« Je peux le faire » dit Connor en se frottant les paumes des mains, acceptant enfin ce que les autres avaient déjà compris. L'aide de Sela était essentielle pour faire tomber le Canal de Dubh et les empêcher d'envoyer cette cargaison. « Dites-moi ce que je dois faire. »

« Ce soir, tu partiras avec Thorn pour essayer d'aller parler avec Sela. Nari et lui viennent d'arriver avec un petit groupe de guerriers. Je ne sais pas s'ils ont déjà libéré Sela, mais nous lui avons dit de surveiller l'arrivée de Thorn ou de Nari et de lui dire tout ce qu'elle aura découvert. Elle a dit qu'elle serait près de l'auberge Buck's. »

« C'est comme si c'était fait. Thorn et moi la retrouverons. »

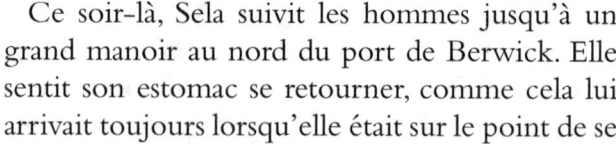

Ce soir-là, Sela suivit les hommes jusqu'à un grand manoir au nord du port de Berwick. Elle sentit son estomac se retourner, comme cela lui arrivait toujours lorsqu'elle était sur le point de se retrouver dans une situation totalement inconnue. Guy et Dee menaient la voie, et comme on le lui avait promis, Hord était absent. Lorsqu'elle entra dans le bâtiment, elle fut surprise d'apercevoir un tout petit groupe de jeunes filles.

Pourquoi s'était-elle attendue à en voir cinquante ?

Guy se tourna vers elle et murmura : « C'est notre groupe le plus précieux. Traite-les avec douceur. »

Elle se demanda pourquoi ils les considéraient plus précieuses que les autres. Peut-être Guy et Dee étaient-ils simplement parvenus à négocier un meilleur prix pour les envoyer par-delà les mers.

Ils entrèrent dans un petit hall dont le mobilier rappelait celui d'un bordel, bien qu'elle doutât que les jeunes filles rassemblées près du feu se soient faites cette réflexion. D'étranges tapisseries étaient pendues aux murs, illustrant des activités quelque peu questionnables, mais elle les ignora. Assises par terre sur de grands coussins, les jeunes filles se peignaient les cheveux en gloussant – ce qui était tout à fait étonnant, puisqu'elles venaient de se faire enlever.

« Bonjour » dit Sela, sans trop savoir quelle langue elles parlaient.

« Bonjour. Vous êtes une domestique ? Nous en attendons une. On nous en a promis une » demanda la plus grande des jeunes filles.

« Ça, ce sera dans votre nouvelle maison » intervint Dee. « Vous serez embarquées sur le bateau dans moins de deux jours. Puis vous ferez un petit voyage, et vous serez au château de votre tante en France. »

« Ça fait longtemps que nous attendons ce moment » dit la plus grande en se tournant vers les autres. « Nous ne savions pas qu'il serait si facile d'y parvenir. Père nous l'a promis pendant de nombreuses lunes. Notre tante s'occupera de nous trouver des époux. Nous vivrons en France avec de riches maris. Vous verrez, les filles. »

Sela était sidérée. Les jeunes filles ne s'attendaient pas à ce qu'elles allaient trouver en accostant sur les côtes françaises. Certes, on allait peut-être les marier, mais pas à des princes.

Elle baissa les yeux, gênée de voir leur enthousiasme ingénu.

Guy lui dit : « Viens avec moi, je vais leur trouver de quoi manger. Elles seront mieux traitées que les autres, alors tu dois les surveiller. Tout ce que tu dois faire, c'est de les garder ici cette nuit et de venir nous faire ton rapport toutes les deux heures dans la rue en face. Puis tu iras dans l'autre bâtiment demain matin. Compris ? »

Elle hocha la tête en le suivant vers l'arrière du manoir pour aller chercher la nourriture qu'il avait promise aux jeunes filles.

La nuit risquait d'être très longue.

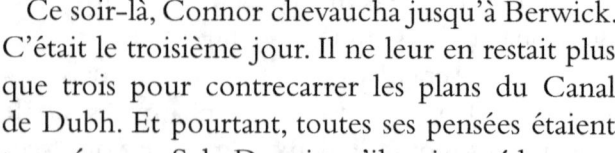

Ce soir-là, Connor chevaucha jusqu'à Berwick. C'était le troisième jour. Il ne leur en restait plus que trois pour contrecarrer les plans du Canal de Dubh. Et pourtant, toutes ses pensées étaient tournées vers Sela. Depuis qu'il avait posé les yeux sur la jeune femme à Inverness, son cœur n'avait cessé de battre la chamade. Il ne parvenait pas à déterminer s'il était ou non amoureux d'elle.

« Qu'est-ce que je dois faire si elle n'est pas là ? » demanda Thorn. Le petit garçon était assis devant lui sur sa selle tandis qu'ils chevauchaient vers la ville.

« Nous devrons nous montrer patients, mon garçon » répondit Connor. « Si elle ne vient pas, nous devrons la trouver. D'une manière ou d'une autre. »

« Ça devrait pas être trop difficile. Sela est si belle que les gens la remarquent. Et tout le monde a peur d'elle, aussi. »

« C'était peut-être vrai à Edinburgh, mais je ne pense pas que ce soit le cas à Berwick. »

« Où qu'elle soit, sa beauté deviendrait légendaire. »

Connor essuya la sueur de son front – il transpirait ainsi à chaque fois qu'il pensait à la belle Nordique. Il devait admettre qu'il ne pouvait pas contester les dires du garçon. Ne s'était-il pas comporté en imbécile transi d'amour pour Sela au cours des dernières semaines ?

La douleur qu'il avait ressentie alors que la herse s'abattait entre eux était encore cuisante dans son esprit – et le fait qu'il eût appris qu'elle avait accepté d'espionner les hommes de Dubh ne la soulageait en rien. Ni le fait que c'était elle qui avait eu l'idée d'un tel plan.

Elle ne lui avait pas fait part de sa décision, et cela aussi, c'était douloureux.

Il y avait une chose qu'il savait sans l'ombre

d'un doute : il brûlait d'envie d'elle. Au début, il n'avait ressenti que du désir pour elle dès qu'il posait les yeux sur ses lèvres, ses yeux bleu foncé et ses mèches soyeuses qui lui arrivaient jusqu'aux hanches. Mais ce sentiment s'était désormais transformé en un besoin urgent de la faire sienne. De la protéger.

Elle m'appartient.

Il avait envie de crier au monde entier qu'ils étaient faits l'un pour l'autre, et qu'il n'avait pas peur d'avoir une femme puissante à ses côtés. Ensemble, rien ne pourrait les arrêter.

Des souvenirs de Sela ne cessaient de lui revenir en mémoire, aussi persistants que la marée, tandis qu'il descendait de son cheval aux abords de Berwick. Thorn et lui attachèrent Midnight Moon à un arbre avant de se diriger vers les sombres rues de la ville. La lune restait cachée derrière d'épais nuages. Malgré l'heure tardive, les rues bourdonnaient d'agitation.

« Vous pourriez nous acheter une tourte à la viande chacun, milord » murmura Thorn.

« Je t'ai dit de ne pas m'appeler comme ça ici. Je ne veux pas qu'on apprenne que je suis de sang noble. »

« Désolé, Connor. Mais les tourtes à la viande… »

Une sensation étrange indiqua à Connor de se retourner. Il ne savait pas exactement ce que son instinct essayait de lui dire, mais il sentait qu'elle n'était pas loin. Un sourire passa sur ses lèvres lorsqu'il comprit à quoi il venait de réagir.

Le silence. Le silence s'était abattu sur la rue,

et il savait pourquoi. Finalement, Thorn avait eu raison à propos de Sela − où qu'elle aille, on la verrait comme une femme à la beauté féroce. « Tais-toi, mon garçon » murmura-t-il à Thorn. « Elle arrive. Allons nous cacher dans ce bosquet d'arbres derrière l'auberge Buck's. » Il prit la main de Thorn et l'entraîna jusqu'à la zone à l'abri des regards de la route principale. Si elle avait des gardes avec elle, il ne voulait pas qu'ils le voient.

Comme il s'y était attendu, elle tourna à l'angle flanquée de deux gardes. « Merde, tu vas devoir distraire ses gardes. » Ils observèrent tandis que le groupe s'approchait, mais Sela et les gardes s'immobilisèrent soudain devant une taverne non loin de là, et elle indiqua aux gardes d'y entrer.

« Monte la garde, Thorn. Préviens-moi quand ils ressortent, et tu auras ta tourte à la viande » dit-il en tendant une pièce au garçon, qui détala à toute vitesse.

Dès que Sela fut seule, Connor s'éloigna du bosquet d'arbres, mais en restant toutefois à proximité pour pouvoir s'y cacher à nouveau si nécessaire. « Viens, Sela » murmura-t-il, mais il craignait qu'elle refuse. Ce bref retour à son ancienne vie l'avait-elle changée ?

Elle se tourna vers lui, mais la Reine au cœur de glace était de retour, son visage semblable à la surface d'un loch en hiver, immobile et indéchiffrable. Elle jeta un coup d'œil par-dessus son épaule, puis fit deux pas vers lui. Ensuite, elle s'approcha en courant.

Sela tomba dans ses bras et il la porta jusque derrière les arbres, ses lèvres trouvant les siennes dans l'obscurité. Il dévora sa bouche, déchaînant toute sa passion tandis qu'il l'embrassait. La respiration saccadée, il parvint à demander dans un murmure rauque : « Ils ne t'ont pas fait de mal ? »

« Non » répondit-elle, aussi pantelante que lui, et habitée par la même passion. Elle posa une ligne de baisers le long de sa mâchoire. « Connor, puis-je venir avec toi lorsque tout sera terminé ? S'il te plaît ? »

« Oui, je ne supporte pas d'être loin de toi. Je m'inquiète beaucoup pour toi. Ça me ronge de l'intérieur de savoir que tu es avec eux » dit-il. Incapable de se lasser d'elle, il lui saisit la poitrine à travers sa robe, titillant son mamelon jusqu'à ce qu'il pointe sous le tissu.

Elle se recula doucement, les yeux posés sur lui, et posa un doigt sur sa lèvre inférieure. « Tu tiens vraiment à moi, n'est-ce pas ? Tu n'as pas simplement envie de me mettre dans ton lit ? »

Cette question, si franche et directe, chassa toutes les incertitudes qu'il ressentait à son sujet. « Oui. Je ne vais pas te mentir, Sela, j'ai très envie de toi, mais je tiens aussi à toi. J'aimerais mieux te *connaître*. Envisager un avenir avec toi. J'ai bien aimé me réveiller en te tenant dans mes bras. »

« Pourrons-nous un jour être ensemble ? » Ses yeux se remplirent de larmes dont il ne pouvait supporter la vue.

« Ne t'inquiète pas, je me battrai pour que cela puisse arriver. Qu'as-tu découvert ? Où sont retenues les filles les plus jeunes ? »

« Seules dix sont arrivées pour le moment.

On dirait qu'il s'agit de sœurs, et elles se croient en voyage pour rendre visite à une tante. C'est tout ce que je sais. Elles sont retenues dans un manoir au nord du port. Pour le moment, elles ne voudront probablement pas venir avec toi, parce qu'elles croient l'histoire qu'on leur a racontée. Les autres arriveront demain. Un groupe le matin, et un autre plus tard dans la journée. Les navires lèveront l'ancre après-demain en fin d'après-midi. Il y en a trois. »

« Où ça ? » demanda-t-il en embrassant le creux à la base de sa gorge.

Elle passa ses mains dans ses cheveux pour l'attirer vers elle. « Je ne sais pas. Ils ne me l'ont pas encore dit. Ils ne me font pas entièrement confiance. »

Thorn se précipita vers eux, son petit corps débordant d'énergie. « Milord, je veux dire Connor, ils arrivent ! »

Connor lui adressa un dernier baiser. « On se retrouve ici, demain à midi. »

Il fut ému par le regard qu'elle posa sur lui, rempli d'envie, et sans la moindre once de glace. Il lui donna envie de l'emmener très loin d'ici, de lui trouver un endroit où elle serait en sécurité. Mais Sela disparut avant qu'il eût le temps de changer d'avis. Elle se trouvait au milieu du chemin lorsque les gardes sortirent du bâtiment, les bras chargés de tartes aux fruits et de deux bières.

Son regard de glace était revenu.

« Vous l'aimez bien, pas vrai, Connor ? »

Celui-ci poussa un soupir – Thorn était trop

perspicace pour son âge – mais il ne comptait pas lui mentir. Il savait ce qu'il ressentait. Il ne voulait pas vivre sans elle. Ils étaient faits l'un pour l'autre. « Oui, je l'aime vraiment beaucoup, mon garçon. »

Thorn soupira, imitant le jeune homme. « Mais c'est une *fille.* »

« Va prendre ta tourte à la viande » dit-il en le poussant gentiment vers le marchand.

Cela lui laisserait le temps de réfléchir, car il avait une décision importante à prendre.

Devait-il rester ou partir ?

CHAPITRE 14

CONNOR SE TENAIT au même endroit le lendemain, bien après que midi fût passé. Où diable était-elle ?

« Je pense qu'on devrait reprendre le chemin près du château, pour voir s'il s'est passé quelque chose » dit Thorn.

Connor n'aimait pas beaucoup l'idée de quitter l'endroit où il avait promis de retrouver Sela, mais il ne pouvait pas l'attendre pendant toute la journée. Si le groupe qui devait arriver était aussi grand qu'ils le suspectaient, il était possible qu'elle ne fût pas parvenue à se libérer pour venir le voir.

Pour l'intérêt de la Bande, il valait mieux qu'ils essaient d'en apprendre plus en ville. Maggie et Will se trouvaient également à Berwick, en train de glaner des informations, mais dans un autre quartier. Les autres cousins étaient restés en retrait pour guider les guerriers.

Maggie avait demandé à ce que la centaine de gardes qui avaient installé leur campement à une heure du bourg les rejoignent à midi à la sortie de Berwick. Elle voulait qu'ils fussent prêts, au cas où quelque chose venait à se produire. Au total, ils avaient à présent près de trois cents guerriers, avec deux cents de plus prêts à passer à l'action.

Mais où étaient les hommes de Dubh ? L'absence de Sela à leur rendez-vous n'était pas le seul signe que quelque chose n'allait pas. Ils n'avaient aperçu aucun de leurs ennemis dans les environs.

« Es-tu sûr de reconnaître les hommes de Dubh si nous les croisions, mon garçon ? »

« Oui, ils voyagent ensemble, ils parlent à personne, ils portent pas de plaid identifiable. Je les vois nulle part ici. »

Après un rapide passage près du port, ils retrouvèrent Maggie et Will au centre-ville. Comme il n'y avait pas grand-monde, il leur fut facile de les localiser.

« Qu'avez-vous appris ? » demanda Maggie. « Sela vous a-t-elle donné d'autres informations ? »

Connor haussa les épaules. « Elle n'est pas venue. Je ne sais pas ce qu'il s'est passé, mais je pense que le nouveau groupe est arrivé, et que c'est elle qu'ils ont désignée pour s'en occuper. Avez-vous remarqué quelque chose d'inhabituel ? »

« Non, rien » répondit Maggie. « Et pourtant… Il y a quelque chose qui cloche. »

Il lui confirma qu'il ressentait la même chose. Ils se dirigèrent ensuite vers un marchand pour acheter de la nourriture, ce qui leur donna l'occasion de discuter un peu avec les deux hommes derrière l'étal. « On dirait qu'il se passe quelque chose d'étrange aujourd'hui » commenta Connor en s'adressant à celui qui ne cessait de parcourir les environs du regard. L'homme semblait bien plus intéressé par ce qu'il se passait en ville que par ses clients en train de lui parler. « Va-t-il se passer quelque chose dont nous n'avons pas connaissance ? »

L'homme se pencha vers lui et répondit dans un murmure : « Oui, il y a un grand groupe de chevaliers anglais qui se dirige par ici. »

« Pourquoi ? » s'enquit Will en s'approchant.

« J'ai entendu dire qu'ils étaient à la recherche du groupe de sauvages Highlanders qui s'est présenté aux portes du château l'autre jour. D'habitude, ils n'essaient pas de se cacher, c'est pourquoi il est étrange qu'ils aient disparu aussi rapidement. » Il désigna l'homme qui travaillait à ses côtés, qui leur adressa un large sourire.

« Nous savons la plupart des choses qui se passent en ville. »

Connor était soulagé que lui et ses cousins fussent habillés tout en noir, afin d'éviter d'être reconnus. « Que prévoient ces chevaliers ? »

« On a entendu dire qu'ils comptaient prendre le contrôle de la ville et chasser les Highlanders. »

À la grande surprise de Connor, Thorn s'éloigna dans la rue en courant. D'habitude, il aimait écouter les conversations qu'ils parvenaient à intercepter. Puis il comprit pourquoi. Le garçon avait tout le temps la vessie pleine.

Il reporta son attention sur les deux hommes. « Vous êtes sûrs qu'ils vont venir ici ? »

« Non, pas ici. Ils seront à la sortie de la ville, pour empêcher les indésirables d'entrer. Seuls les habitants de Berwick seront autorisés à passer. Ils tiendront les sauvages à distance. »

Dès qu'ils s'éloignèrent, Maggie déclara : « Nous devons rentrer avertir les autres de ce que nous venons d'apprendre. Nous prendrons ces chevaliers par surprise. »

« Milord ! » Thorn se précipita vers Connor et tira sur la manche de sa tunique. « Vous savez ce que je viens d'entendre ? Il va y avoir un jeu en ville dans deux jours. »

« Peu importe, Thorn. Nous allons reprendre les chevaux, et nous devons nous préparer à combattre les chevaliers anglais. »

Ses paroles semblèrent ravir le petit garçon, qui se mit à bondir de joie. « J'arrive, milord. »

Sela parcourut les environs du regard pour la dixième fois, espérant toujours qu'on les surprenne en train de commettre leur affreuse besogne. Les soixante jeunes filles qui l'entouraient étaient arrivées tard la nuit dernière. Ce groupe était complètement différent du premier. Ces jeunes femmes avaient été enlevées et enfermées pendant la nuit. Elles se débattaient pour s'échapper. Comme elles étaient difficiles à gérer, Dee avait décidé de les faire partir en premier. Le groupe plus calme prendrait le deuxième bateau.

Elle brûlait d'envie de les libérer, ou de s'enfuir aussi vite que possible pour retrouver Connor et lui expliquer ce qu'il était en train de se passer. Malheureusement, Guy et Dee la surveillaient de très près.

Et Hord – cet horrible bâtard.

Elle les avait aidés à les faire monter au sommet de la colline juste au sud de Berwick, entourée d'hommes armés – des hommes qu'elle n'avait encore jamais vus. Des mercenaires. Il y en avait beaucoup.

Et d'autres étaient en chemin.

Guy et Dee aboyaient des ordres à tout le monde, rendus de mauvaise humeur à cause des cris et des supplications des jeunes filles. Celles-ci s'agrippèrent les unes aux autres tandis qu'on les forçait à descendre la colline, à marcher le long de la côte, puis à entrer dans la cale d'un bateau où elles furent entassées comme des criminelles. Des hommes les poussaient en leur beuglant dessus. On lui avait dit qu'elles allaient prendre ce navire auparavant destiné au groupe plus petit, mais elle ne pouvait imaginer comment autant de jeunes filles allaient pouvoir dormir dans un espace aussi réduit.

Hord, qui les suivait de près, cria à Dee ; « Le prochain groupe sera là dans une heure. »

« Parfait. Envoyez les chevaliers au nord de Berwick, où les Highlanders ont installé leur campement. Occupez-les pendant trois heures, et on en aura terminé. »

Sela n'en croyait pas ses oreilles. Avait-elle bien compris ? Avaient-ils vraiment l'intention de se battre contre les Highlanders ?

Connor, où es-tu ?

« Sela » dit Guy. « Fais-les entrer plus vite dans le bateau. Dis-leur d'arrêter de pleurer, ou nous leur enverrons des araignées. »

« Où en avez-vous trouvé autant ? » demanda
Sela, surprise par le nombre de jeunes femmes
et leur innocence évidente. Elles ne parlaient pas
écossais ni gaélique, mais une sorte d'anglais qui
ne lui était pas familier.

« Elles viennent d'une abbaye en Angleterre.
Nous leur avons promis de les envoyer dans
une abbaye française. Elles désirent accomplir
l'œuvre du Seigneur en Europe. » Guy lui fit
cette déclaration d'une manière aussi assurée que
si c'était la pure vérité.

« Oui » dit Hord en s'esclaffant. « Elles vont
accomplir l'œuvre du Seigneur, pas vrai ? »
Il s'avança vers Sela. « Savais-tu que c'est moi
qui vais les escorter en France ? Oui, j'ai une
magnifique couchette rien que pour moi. Et je
vais m'assurer qu'elles se tiennent à carreau. »
Il souleva sa veste pour lui montrer le sac qu'il
portait.

C'était le genre de sac qu'il utilisait pour ses
araignées.

Si elle ne souhaitait ce genre d'horreur à
personne, une petite voix égoïste en elle ne put
s'empêcher de se réjouir à l'idée de savoir qu'il
serait bientôt très loin d'ici.

« J'ai le droit d'emmener une personne avec
moi. Devine qui j'ai choisi ? » demanda-t-il en
se penchant assez près pour toucher sa mâchoire.
« *Toi.* »

CHAPITRE 15

CONNOR SE TENAIT au milieu de ses cousins au campement des Grant, qui comptait à présent plus de cent cinquante guerriers. Des groupes de Highlanders ne cessaient d'affluer en provenance des clans Menzie, Cameron et Grant. Mais il commençait à perdre confiance. Certes, ils étaient assez nombreux pour faire face à de nombreux guerriers, mais que prévoyaient les hommes de Dubh ? *Où* étaient-ils ?

Et où diable était passée Sela ?

Ils n'avaient rien trouvé à Berwick. Ils avaient même envoyé Thorn au château de Berwick, mais il était désert.

Une sentinelle se précipita vers eux. « Un grand groupe de chevaliers en cottes de mailles se dirige droit vers nous. Ils sont à environ une heure au sud d'ici. »

Maggie s'adressa aux chefs des différents groupes – oncle Logan, le père de Connor, oncle Drew et oncle Micheil. « Préparez vos guerriers. Mais ne tuez pas Guy et Dee. Nous devons leur soutirer des informations. La côte est vaste, et nous ignorons où ces jeunes filles sont retenues prisonnières. »

Les hommes se dirigèrent vers leurs groupes respectifs. Connor se retourna pour parcourir du regard la masse de guerriers rassemblés. C'était une vue des plus impressionnantes. Braden et Roddy s'approchèrent derrière lui. « J'ai du mal à croire que nous ayons autant de guerriers » déclara Roddy en lui saisissant l'épaule. « Et plus d'une centaine de Grant doit encore rejoindre. Nous allons les vaincre une bonne fois pour toutes, pas vrai ? »

Connor se sentait mal à l'aise. Quelque chose clochait.

« Tu n'as pas l'air très convaincu, Connor. Qu'y a-t-il ? » demanda Braden.

« Je n'arrive pas à mettre les mots dessus. Un groupe de chevaliers anglais se dirige vers nous, mais font-ils partie du Canal de Dubh ou ont-ils simplement été engagés par les hommes de ce réseau ? Ça ne me dit rien qui vaille – d'autant que nous n'avons pas réussi à trouver la moindre piste du Canal de Dubh à Berwick. C'est comme s'ils avaient disparu. »

« Alors nous devons les retrouver dès que nous aurons vaincu ce groupe » répondit Roddy. « Ainsi, nous serons certains d'être en supériorité numérique, et nous prendrons toute la ville en otage, s'il le faut. »

« Oui, quelqu'un doit bien savoir quelque chose » renchérit Braden.

Connor fronça les sourcils, plus incertain que jamais.

Thorn était tellement surexcité qu'il risquait de se faire dessus. Il allait participer à la grande bataille avec les Grant des Highlands. Tout le monde avait entendu parler d'Alexander Grant et de ses prouesses lors de la bataille de Largs. Lorsqu'il avait mangé dans le hall, Thorn avait même pu lui parler, et il venait de le voir en action. Gwyneth Ramsay se joindrait également au combat. Tout le monde connaissait l'histoire de cette femme qui avait pendu un homme par les couilles d'une seule flèche.

Cette pensée le fit glousser. Les filles pouvaient se montrer très fortes. Tout comme Sela.

Il avait été surpris de voir Connor embrasser Sela la veille. Il était parti espionner les gardes, mais lorsqu'il avait jeté un coup d'œil en arrière, il les avait vus dans les bras l'un de l'autre. Quel genre de sortilège démonique la Reine au cœur de glace avait-elle bien pu lui lancer ? Connor était l'homme le plus grand et le plus fort qu'il connaissait, et pourtant il avait succombé à la beauté de la jeune femme.

Thorn ne comprenait pas pourquoi les hommes faisaient tant d'histoires à propos des femmes, même s'il savait que sa propre mère aurait sûrement été la plus douce du monde si elle n'avait pas succombé en lui donnant la vie. En fait, son père lui avait souvent dit que sa mère veillait toujours sur lui.

Il se demanda si son père veillait également sur

lui maintenant qu'il était mort, lui aussi. Si c'était le cas, il espérait que son père voyait toutes ses bonnes actions. Il voulait le rendre fier de lui.

Après avoir surpris Connor et Sela ensemble, il s'en était retourné le plus vite possibles vers les gardes dans la taverne. Ils avaient ri et s'étaient murmuré des choses. Il les avait entendus parler de chevaliers qui viendraient attaquer les sauvages – il ne savait pas si cela voulait dire les Highlanders. Puis il avait entendu certaines paroles qu'il n'avait pas comprises. L'un avait parlé d'une ruse, et l'autre d'un subterfuge de Guy.

Il ne comprenait pas tout ce que cela voulait dire, mais maintenant qu'il y repensait, il avait entendu la même chose auprès des hommes qu'il avait écoutés lorsqu'il était parti se soulager en ville. Ils avaient parlé d'une ruse des chevaliers.

Qu'est-ce que c'était, une ruse ? S'agissait-il d'un grand nombre de chevaliers ? Ou peut-être que cela voulait dire que les chevaliers étaient très méchants ? Oui, ce devait être ça. C'était un groupe cruel de chevaliers. Un groupe rusé.

Il allait en parler à Nari. Quand ils réfléchissaient ensemble, ils arrivaient à mieux comprendre certaines choses. Il redressa les épaules, fier d'être aussi malin, puis se dirigea vers le groupe de cousins.

Il les écouta parler, avide de les entendre évoquer la bataille.

« Je crains qu'il ne s'agisse d'une ruse » dit Connor en secouant la tête.

Encore ce mot !

Thorn tira sur la tunique de Connor pour

tout lui expliquer, mais celui-ci l'intima au silence d'un geste de la main. Il tira encore sur sa tunique à plusieurs reprises, jusqu'à ce que le grand guerrier finisse par poser les yeux sur lui. « Nous sommes sur le point d'aller nous battre. Qu'est-ce qui est si important qui vaille la peine de m'interrompre ? »

Thorn leva les yeux vers lui en inclinant largement la tête en arrière, puis demanda : « Ça veut dire quoi, ce mot ? J'ai entendu les hommes qui étaient avec Sela prononcer ce mot. »

Braden fit un geste pour lui dire de se taire, mais Connor l'interrompit. « Quel mot, mon garçon ? » Il s'agenouilla pour se retrouver face à lui. « Quel mot ? »

« Ruse. »

« Répète-moi exactement ce qu'ils ont dit, et je te donnerai une tourte à la viande à chaque fois que tu en voudras une. »

« Un des hommes a dit que les chevaliers étaient une ruse, mais je savais pas ce que ça voulait dire. L'autre a dit que c'était un subterfuge. Qu'est-ce que ça veut dire ? Qu'ils sont très méchants ? Ou autre chose ? »

Connor sourit avant de soulever Thorn dans les airs et de le jeter au-dessus de sa tête. Il ne comprenait pas très bien pourquoi Connor était devenu aussi content, mais il poussa un cri de joie. « Oui, ça veut dire autre chose. Va chercher Nari et dis-lui de faire venir Gregor et Gavin. » D'un geste de la main, il appela ses cousins, ceux qui s'appelaient Maggie et Will. Thorn transmit le message le plus vite possible, puis ramena Nari

auprès de Connor. Le grand Alexander Grant
l'avait rejoint, ainsi que Logan Ramsay, la Bête
des Highlands. Ensemble, les deux hommes
étaient très impressionnants.

Mais pas autant que Connor. C'était lui le plus
grand – et le meilleur.

Avait-il jamais vécu un jour aussi exaltant ?

« Qu'y a-t-il ? » demanda Maggie.

« C'est une ruse » répondit Connor. « Les
chevaliers ne sont qu'une ruse pour nous occuper
pendant qu'ils chargent les navires et lèvent les
voiles. C'est exactement ce que je craignais, et
Thorn a entendu les hommes qui étaient avec Sela
en parler. Ils ne lui ont pas dit qu'ils prévoyaient
de partir plus tôt que prévu parce qu'ils ne lui
font pas confiance. »

« Prends tes cousins et partez pour la côte » dit
Alex. « Oubliez le château – vous devez fouiller la
côte de fond en comble. Nous resterons ici pour
nous battre contre ces idiots d'Anglais. Ainsi, ils
ne viendront pas vous importuner. »

Deux hommes s'approchèrent – d'autres
cousins. Thorn était à la fois choqué et fasciné de
remarquer que l'un d'entre eux avait une main
amputée. Ils étaient avec un autre homme, plus âgé,
qui ressemblait un peu à Logan. « Changement
de stratégie ? » demanda-t-il.

« Oui » répondit Logan. « Les cousins vont se
rendre sur la côte pour voir s'ils trouvent un navire
sur le point de prendre la mer. Nous resterons ici
pour nous occuper de ces chevaliers. »

Connor se tourna vers Thorn, qui bondissait
de haut en bas tout en les écoutant, incapable de

contenir son excitation. « Ça va être une grande bataille. Est-ce que Nari et toi avez envie de rester ici pour voir les Highlanders vaincre les chevaliers anglais ? »

Thorn saisit la main de Nari. « On peut ? »

« Oui, mais n'oubliez pas de veiller l'un sur l'autre. Ne vous séparez pas. Nous reviendrons plus tard. »

Alex Grant posa les yeux sur les deux garçons d'un air si imposant que Thorn faillit se faire dessus, puis leur fit signe d'approcher. Il les souleva ensuite sur le dos de son destrier, le plus grand animal que Thorn eût jamais vu. Il avait beaucoup de mal à contenir son enthousiasme, mais il parvint à jeter un coup d'œil à son ami.

Connor avait les yeux posés sur ses cousins, tous rassemblés devant lui. « Partez vers la côte et le port » dit-il. « Will, Maggie et moi irons à l'extrémité sud. Gavin, Gregor et Roddy, vous vous occupez du milieu. Braden, Daniel et David, allez au nord. C'est notre seule chance. Nous ne devons pas la gâcher. »

Et les huit cousins se mirent en route.

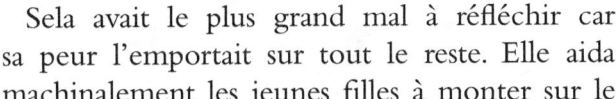

Sela avait le plus grand mal à réfléchir car sa peur l'emportait sur tout le reste. Elle aida machinalement les jeunes filles à monter sur le navire.

Elle avait l'esprit occupé à essayer de planifier un moyen de s'échapper. Elle devait mettre le plus de distance possible entre elle et Hord. Elle devait transmettre aux cousins l'emplacement du navire. Mais il y avait un problème – un gros problème.

Elle ne savait pas nager.

Le seul moyen pour elle de s'échapper consistait à sauter par-dessus bord. C'était soit ça, soit attendre qu'ils s'éloignent pour descendre discrètement l'échelle de corde sur le côté du bateau et regagner la côte à la nage. Les deux pouvaient marcher. La nuit allait probablement tomber avant qu'ils ne lèvent les voiles – ainsi, personne ne la verrait dans les eaux sombres.

Mais elle ne savait pas nager.

Que diable allait-elle bien pouvoir faire ?

CHAPITRE 16

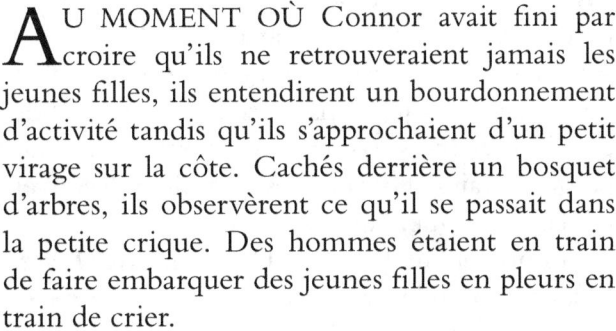

AU MOMENT OÙ Connor avait fini par croire qu'ils ne retrouveraient jamais les jeunes filles, ils entendirent un bourdonnement d'activité tandis qu'ils s'approchaient d'un petit virage sur la côte. Cachés derrière un bosquet d'arbres, ils observèrent ce qu'il se passait dans la petite crique. Des hommes étaient en train de faire embarquer des jeunes filles en pleurs en train de crier.

Ils les avaient trouvés.

Il parcourut les environs du regard à la recherche d'une certaine jeune fille aux cheveux blonds presque blancs, et il l'aperçut sur le pont, mais elle n'était pas encore en mesure de le voir. Il eut envie de crier de joie, car la ruse de ces bâtards avait échoué. Ils n'avaient pas encore embarqué Sela avec les autres jeunes filles. Puis il vit deux hommes qu'il reconnut – les chefs du Canal de Dubh.

Lorsqu'il les désigna aux autres, Maggie en resta bouche bée et son visage prit une teinte extrêmement pâle. « Maggie ? Qu'y a-t-il ? »

« Je connais ces deux hommes. »

« Vraiment ? Tu les as déjà vus ? » demanda Connor, lui aussi choqué par cette nouvelle.

« Ils travaillaient pour Randall Baines, le comte de Wingate. L'un d'eux s'appelle Gerold deVere, et l'autre Lawrence Granville. L'un était son maréchal, l'autre son sénéchal. »

Randall Baines était l'homme à l'origine de toute cette histoire. Quand elles étaient petites, Maggie et sa sœur Molly avaient servi comme domestiques pour lui et sa mère. Sa cruauté avait laissé des marques sur les deux sœurs. Maggie était partie à sa recherche pour apaiser les blessures de son passé, et c'était ainsi qu'elle avait découvert qu'il était impliqué dans un trafic de jeunes filles par-delà les mers. Baines était mort, mais sa sale besogne avait fait des émules. Ils avaient découvert le Canal de Dubh après sa mort.

Connor hocha la tête. « Dee doit être deVere. Quant à Guy, c'est probablement Granville. »

Maggie prit sa tête dans ses mains. « Comment n'y ai-je pas pensé avant ? Ses hommes ont continué son œuvre. Bien sûr. Depuis le début, c'étaient eux qui étaient derrière tout ça. »

« Ce n'est pas de ta faute, jeune fille » dit Will en lui frottant le bas du dos. « Nous ne pouvions pas savoir que ses hommes continueraient cette horrible entreprise. »

Connor lui tapota l'épaule. « Je suppose qu'ils ont attendu un moment avant de reprendre les activités du groupe, pour vérifier que personne ne s'était lancé à leur poursuite. Si tu les avais cherchés à l'époque, tu ne les aurais pas trouvés. »

Les yeux de Maggie se remplirent de larmes. « Ils m'ont complètement bernée. »

« Et que prévoit de faire ma femme à ce sujet ? » demanda Will en essuyant les larmes qui coulaient sur ses joues. « N'est-ce pas là sa chance de prendre sa revanche sur eux ? »

« Tu as raison » dit-elle d'un ton féroce. « Je m'occuperai moi-même de ce bâtard de deVere. Je me rappelle très bien de lui. »

« Il est à toi » répondit Connor. « Moi, j'aimerais bien tordre le cou de Hord, mais nous devons d'abord les empêcher de lever les voiles. »

Gavin, Gregor et Roddy chevauchèrent jusqu'à eux, leurs montures écumant d'épuisement. « Nous n'avons rien trouvé au milieu du port, mais maintenant je comprends pourquoi » dit Gavin. « Qu'allons-nous faire ? »

« J'aurais bien aimé avoir nos chevaux, mais ils ne nous seraient d'aucun secours dans un tel environnement. Le terrain est rocailleux dans la pente – c'est en partie la cause des cris des jeunes filles. Elles n'arrêtent pas de trébucher. »

Maggie se tourna vers Gavin et Gregor. « Est-ce que ces hommes feraient de bonnes cibles pour vos flèches ? Nous ne pouvons pas risquer de toucher les jeunes filles. »

« Oui » répondit Gregor sans la moindre hésitation. « Avec ton aide, nous devrions réussir à abattre la moitié d'entre eux, pendant que les autres cousins se chargeront du combat au corps à corps. »

Gavin parcourut les environs du regard. « L'un d'entre nous restera ici, et deux autres iront au-dessus de la plage, dans ces arbres sur la colline. Donnez-nous un instant pour nous positionner, puis vous pourrez entrer en scène, cousins Grant et Drummond. »

Maggie resta sur place tandis que Gavin et Gregor descendirent pour se percher dans des arbres au-dessus de la plage. « Bonne chance » dit-il aux autres. « Si nous vainquons ce groupe, nous mettrons un terme au Canal de Dubh. J'en suis certain. »

Après avoir laissé le temps à Gavin et Gregor de prendre position, Connor, Braden et Roddy poussèrent le cri de guerre des Grant avant de s'élancer vers les hommes de Dubh.

Connor parcourut les environs du regard avant de trouver enfin Sela à proximité du navire. Il s'autorisa uniquement à la regarder pendant un instant avant de fondre sur Guy – ou plutôt, Granville. L'homme fut tellement surpris qu'il n'eut même pas le temps de dégainer. Connor plongea son épée dans son cœur de pierre et dit : « Dites bonjour à Baines en enfer de ma part, espèce de salaud. »

Il se tourna ensuite pour faire face aux autres, ravi de constater que la majorité des hommes étaient en train de tomber sous les flèches de ses cousins. Les cris des jeunes filles s'élevèrent dans les airs tandis qu'elles se précipitaient vers le bateau pour se protéger. Elles ignoraient que les cousins étaient venus les sauver, et non leur faire du mal.

À la grande surprise de Connor, Dee fit tomber Maggie dans la colline. Il avait dû la repérer dans les arbres ou suivre la direction des flèches, dont la plupart avaient atteint leur cible. Il l'attira vers lui en la tirant par les cheveux, puis la gifla et la roua de coups comme s'il était devenu fou.

« Espèce de salope ! Tout est de ta faute ! » Il lui décocha un coup de poing dans la mâchoire. « Tu aurais dû mourir dans cette caisse à Inverness. »

Maggie lui donna un coup de pied avant de sortir une dague de sa botte. Elle essaya de le toucher, mais ne fit qu'une coupure superficielle sur son ventre. Il saignait abondamment, mais la blessure n'était pas mortelle.

« Je vais t'apprendre à me toucher » grogna-t-il en lui prenant son arme avant de tordre son bras dans son dos.

Connor se précipita vers elle en criant : « Will ! » Son mari n'avait pas encore remarqué l'attaque, mais dès qu'il entendit Connor hurler son nom, il s'élança à toute vitesse vers Maggie en sifflant pour appeler ses faucons.

Will n'était plus très loin à présent, mais Connor le suivait de près et poussa un juron lorsqu'il vit Dee gifler à nouveau sa cousine. Les faucons descendirent un piqué pour lui donner des coups de bec au moment où Will les rejoignait. En entendant le cri strident de leur ennemi, Connor fut ravi de savoir que les oiseaux avaient réussi à l'effrayer. Will les laissa faire encore quelques instants, mais dès que Dee – DeVere – relâcha Maggie, il saisit l'homme par sa tunique et le mit à terre de deux coups de poing. Lorsque Dee tomba au sol, Will posa un pied sur sa poitrine et hocha la tête en direction de sa femme. Maggie récupéra sa dague, les larmes aux yeux, puis la leva au-dessus de sa tête avec un grognement avant de le poignarder dans le cœur. Will se joignit à elle, en veillant à ce que ce bâtard pousse son dernier soupir.

Guy était mort. Dee était mort. La majorité des hommes de Dubh n'étaient plus que des corps gisant sur le sol, bien qu'il en restât quelques-uns près de la côte. Ils pourraient les questionner à propos de la dernière cargaison. Ou peut-être que Sela savait déjà où étaient retenus prisonniers les jeunes filles et les garçons.

Leur mission touchait-elle à sa fin ?

Will aida Maggie à se relever et la serra dans ses bras.

Connor se tourna pour regarder le navire, et le choc qui lui parcourut le corps faillit le faire tomber à genoux. Sela était à bord – et Hord était en train de retirer les cordes d'amarrage.

« Descends du bateau ! » hurla Connor à pleins poumons. « Descends de ce fichu bateau, Sela ! Il est en train d'enlever les cordes ! »

Mais quelques instants après qu'il eut prononcé ces mots, le navire commença à s'éloigner de la côte. Connor tua cinq hommes qui essayèrent de monter sur le bateau, mais il fit soudain face à un grand nombre de gardes. Plus il en combattait, plus le navire s'éloignait.

« Saute, Sela ! »

Abasourdie, Sela avait tout vu. Connor avait tué Guy. Dee avait attaqué Maggie. Puis Maggie avait tué Dee.

Elle n'arrivait pas à croire que les deux hommes étaient morts.

« Descends du bateau ! » cria Connor. « Descends de là, bon sang, Sela ! Il est en train d'enlever les cordes ! »

Ces paroles la sortirent de sa torpeur. Lorsqu'elle se tourna pour comprendre ce qu'il voulait dire, elle vit Hord qui enlevait les cordes attachées aux postes d'amarrages avant de les jeter dans la mer.

Confuses, les jeunes filles continuaient de monter sur le navire, croyant que c'était là qu'elles seraient en sécurité.

« Non, non ! Descendez. Ces hommes ne vous veulent pas du bien. »

La plupart l'ignorèrent, et certaines jouèrent même des coudes pour monter à bord, tandis que d'autres retournaient en courant vers la côte. C'était probablement sa dernière chance de sauter dans une eau assez peu profonde pour qu'elle puisse marcher jusqu'au rivage, mais cela signifiait qu'elle devait abandonner les jeunes filles restées à bord. Lorsqu'elle se tourna pour contempler leurs visages innocents, elle sut qu'elle ne pourrait pas s'y résoudre.

Toutes ces jeunes femmes lui rappelaient sa fille.

Elle se dirigea vers l'échelle de corde pour faire tomber dans l'eau les femmes en train d'y monter. « Retournez sur la côte. Ces hommes en noir ne vous feront pas de mal. Ils sont là pour vous sauver. »

Elle remonta l'échelle sur le navire afin que plus personne ne puisse embarquer. Puis elle fit ce qu'elle avait à faire.

Elle saisit les deux jeunes filles les plus proches d'elle et, l'une après l'autre, elle les poussa par-dessus bord. Les autres femmes qui étaient montées à bord lui adressèrent un regard interrogateur. « Fuyez » leur dit-elle. « Ils prévoient de vous vendre. Descendez tout de suite. » La plupart des jeunes filles sautèrent dans l'eau, mais quelques-unes restèrent à bord.

Hord lui cria dessus, menaçant de lui faire du mal à nouveau, mais elle l'ignora tout en poussant une autre fille dans l'eau qui leur arrivait à la taille. Comme il vit que ses paroles n'avaient aucun effet, il la prit par sa longue tresse et la tira en arrière vers l'autre bout du navire. « Laisse-les tranquilles. Je dois en avoir quelques-unes à vendre. Et tu viens avec moi ! » hurla-t-il en la tirant encore plus fort. Il la serra contre lui jusqu'à ce qu'elle entende un craquement sinistre lorsqu'elle heurta le sac à araignées, ce qui lui causa immédiatement une envie irrépressible de vomir tandis que son pouls s'accélérait de façon incontrôlable.

Balançant les bras, elle s'efforça de se libérer de ce bâtard, mais il refusa de la lâcher. Elle vit la côte s'éloigner de plus en plus. Après avoir été témoins de cette attaque, toutes les jeunes filles avaient sauté par-dessus bord, sauf une. Celle-ci se contentait de la fixer d'un air étrange qu'elle ne parvint pas à interpréter.

La tenant toujours contre lui, Hord se mit à

farfouiller dans son sac. « Je vais te les fourrer dans la bouche s'il le faut, mais tu feras ce que je te dis » s'exclama-t-il.

Sela lui asséna un double coup de coude dans le ventre et le heurta avec un gros « Ouff ! », ce qui lui procura une grande joie. Puis elle lui écrasa le pied de toutes ses forces.

« Salope ! » cria-t-il, mais elle ne parvint toujours pas à se dégager. Elle lui marcha encore deux fois sur les pieds, jusqu'à ce qu'il finisse enfin par la lâcher. Elle se précipita alors vers l'autre extrémité du navire en prenant la dernière jeune fille par la main et en criant : « Viens ! Nous devons partir. »

Maggie et Will attendaient les jeunes filles sur la côte pour les aider à sortir de l'eau et à se rassembler au chaud.

Sela arriva à la rambarde du bateau, et la jeune fille se débattit quelque peu, ce qui la surprit, mais elle refusait de l'abandonner. « Viens, nous devons partir. »

Elle baissa les yeux vers la mer agitée, et se demanda si elle était profonde. Pourquoi la jeune fille continuait-elle de se débattre ? Puis elle comprit. Elle se tourna vers elle et lui dit : « Maintenant. »

La pauvre fille leva vers elle des yeux remplis de désespoir. « Je ne sais pas nager » répondit-elle.

« Moi non plus, mais nous irons ensemble. »

Même la mort valait mieux que d'affronter le terrible destin que Hord leur réservait.

« Sela, si tu montes sur la rambarde, je te jure que je lancerai toutes mes araignées sur toi » dit Hord.

Elle jeta un coup d'œil par-dessus son épaule, prit la main de la jeune fille dans la sienne et se prépara à sauter.

Juste avant qu'elle ne passe par-dessus bord, elle vit Connor entrer dans l'eau pour les rejoindre. Lorsqu'elle croisa son regard, elle cria : « Je ne sais pas nager. »

Puis elle sauta par-dessus la rambarde du navire, entraînant avec elle la jeune fille qui poussa un cri strident.

La dernière chose qu'elle entendit avant d'atteindre la surface de l'eau fut la voix de Connor. « Bats des pieds ! »

CHAPITRE 17

CONNOR AVAIT PENSÉ que tout irait bien. Guy et Dee étaient morts, tout comme la majorité de leurs gardes, tandis que d'autres s'étaient enfuis. Maligne, Sela avait poussé les jeunes filles par-dessus bord. Elles avaient atterri en toute sécurité dans une eau où elles avaient pied – en tout cas, jusqu'à ce que le navire fût presque vide. Les dernières plongèrent dans une eau plus profonde. *Sela* devrait plonger dans une eau plus profonde. Il se mit à nager vers elle, suivi de Gavin et Gregor, pour aider les jeunes filles entraînées au fond de l'eau par leurs lourdes jupes.

Puis Sela cria quelque chose qui faillit arrêter les battements de son cœur.

Elle ne savait pas nager.

Bon sang, comment pouvait-on ne pas savoir nager ?

« Bats des pieds dans l'eau » lui cria-t-il en nageant le plus vite possible pour la rejoindre.

Gavin, qui l'avait aussi entendue, se dirigea dans la même direction.

Sela et la jeune fille dont elle tenait la main s'enfoncèrent dans l'eau, et elles mirent tellement de temps à remonter à la surface que Connor se crut sur le point de vomir.

« Où sont-elles, Gavin ? Cherche des bulles d'air. Tu vois quelque chose ? »

Il plongea la tête sous l'eau pour essayer de les apercevoir, mais le flot de jeunes filles avait troublé le fond marin, et il ne put rien y voir. Il remonta à la surface juste à temps pour voir la tête de Sela sortir de l'eau, une main tendue vers lui.

Il la saisit et l'attira vers lui tandis qu'elle tirait sur son autre main. Sa compagne atteignit la surface à son tour. Gavin la prit dans ses bras, et celle-ci s'agrippa si désespérément à lui qu'elle faillit lui mettre la tête sous l'eau, mais Connor s'écria : « Calme-toi, ou vous allez tous les deux couler. »

Ensuite seulement, il s'autorisa à se concentrer sur la jeune femme dans ses bras. La serrer contre lui semblait la chose la plus naturelle du monde. « Tout va bien, mon amour ? »

Elle hocha la tête tout en recrachant un peu d'eau.

« Pourquoi es-tu restée aussi longtemps sur le bateau ? As-tu des pensées suicidaires ? »

Sela secoua la tête, des larmes coulant sur ses joues. « Je ne pouvais pas les abandonner aux mains de Hord. Et les autres hommes nous ont ignorées. Ils n'étaient là que pour ramer. »

« Ne regarde pas en arrière » dit Connor. « Il est toujours à bord, et il nous regarde, mais quelque chose me dit qu'on ne le reverra pas avant un bon moment. »

Ils atteignirent enfin un endroit où ils avaient pied et où ils pouvaient se tenir debout. Dès qu'elle le put, elle passa ses bras autour de lui et dit : « Connor Grant, emmène-moi loin, très loin d'ici. »

Il s'immobilisa brièvement pour discuter avec ses cousins. Maggie et Will avaient attaché trois hommes. Ils prévoyaient de les ramener auprès de son père pour qu'il puisse les interroger.

« Sela, que savez-vous des autres bateaux et cargaisons ? » demanda Maggie.

« Ils retenaient environ vingt jeunes filles dans un manoir au bout de la rue principale du village » répondit-elle. « Si vous ne le connaissez pas, je peux vous y emmener. L'autre cargaison sera également emmenée là-bas dans deux heures. »

« Je sais exactement de quel endroit elle parle » intervint Will. « Nous allons y aller, libérer les jeunes filles qui y sont retenues, puis attendre la troisième cargaison. Y a-t-il autre chose que vous pourriez nous dire ? »

Elle secoua la tête, mais ensuite elle se mit à réfléchir un instant. « Simplement qu'ils ont envoyé des chevaliers anglais pour empêcher les Highlanders d'entrer dans le village. Mais visiblement, vous vous êtes déjà occupés d'eux. »

« Nous devons être sûrs qu'il ne reste personne d'autre du Canal de Dubh. »

Sela hocha la tête. « Si Guy et Dee sont morts, ce réseau est mort avec eux. Ils ne voulaient partager leur pouvoir avec personne d'autre. Je les ai entendus se disputer à ce sujet avec Hord et d'autres hommes. Le reste de leurs employés ne récupérait qu'un peu d'argent. »

Maggie sourit. « J'espère vraiment que vous avez raison. Nous allons vérifier nos sources et libérer les jeunes filles retenues dans ce manoir. »

« Je vais accompagner Sela pour qu'elle aille récupérer ses affaires. Nous vous retrouverons au campement. » Alors qu'il s'éloignait, il jeta un coup d'œil par-dessus son épaule. « Dites à Thorn que je serai rentré avant ce soir. »

Connor mena Sela jusqu'au sommet de la colline, puis en ville, surpris de la trouver aussi calme. Il s'arrêta en chemin chez un marchand de nourriture et demanda : « Que se passe-t-il aujourd'hui ? » Sela serrait très fort sa main dans la sienne, comme si elle craignait qu'on la découvre et qu'on l'emmène à nouveau. Aussi, lorsque l'homme se tourna pour préparer leur commande, Connor se pencha pour l'embrasser sur la joue. « Tout va bien. Je te protégerai. »

Elle sourit – un sourire qui ne remonta pas jusqu'à ses yeux, mais il comprenait pourquoi. Elle était restée sous le contrôle du Canal de Dubh pendant si longtemps qu'elle avait probablement du mal à croire que son calvaire était terminé.

Elle était libre.

Le marchand siffla. « Grosses nouvelles aujourd'hui. Des chevaliers anglais ont attaqué un groupe de Highlanders, mais les Écossais étaient plus de deux cents, et ils se sont facilement débarrassés d'eux. Ceux d'entre nous qui sont restés loyaux envers les Écossais sont ravis, mais certains des partisans du roi d'Angleterre sont à la fois choqués et déçus. Ils vont mettre du temps à enterrer leurs morts. J'ai entendu dire qu'ils ramèneront les corps sur le sol anglais, mais je ne sais pas qui viendra s'occuper de cette tâche. »

« Pourquoi tout est si calme à Berwick ? »

« Beaucoup se cachent. Tout rentrera dans l'ordre ce soir, j'en suis sûr, lorsque la bière coulera de nouveau. »

L'homme tendit à Connor les tourtes à la viande qu'il avait commandées, et celui-ci en rompit une en deux dont il offrit la moitié à Sela. Tandis qu'ils s'éloignaient, il demanda : « Où sont tes affaires ? »

Elle désigna une auberge. « Là-bas. Lorsque je suis revenue des terres des Grant, ils m'ont dit qu'ils ne me faisaient pas assez confiance pour me laisser rester au donjon. J'ai donc dormi seule à l'auberge, mais ils m'avaient assigné des gardes jour et nuit, pas à cause de moi mais à cause des paris. Leur argent était placé sous bonne garde. Tous les hommes qui me surveillaient se trouvaient sur la plage – il ne devrait donc pas y en avoir à l'auberge. » Elle pointa la porte du doigt. « Nous devrions passer par la porte de derrière pour ne pas nous faire remarquer. »

Ils s'approchèrent en faisant le tour du bâtiment. Une fois à l'intérieur, Connor lui dit : « Un instant. » Il partit vers l'endroit généralement le plus bondé d'une auberge – la taverne.

Elle était déserte.

« Il n'y a personne ici. »

« Bien. C'est rarement le cas durant la journée,

et j'imagine qu'il n'y aura pas non plus grand-monde ce soir. C'est le Canal de Dubh qui contrôlait cet endroit. »

Elle le mena dans les escaliers jusqu'à sa chambre, en refermant la porte derrière eux. Ensuite, elle l'attira vers lui, le tourna pour se retrouver face à elle et l'embrassa.

Elle s'arrêta juste assez longtemps pour lui dire : « Fais-moi l'amour, Connor. »

Entre ses baisers et le frisson de la victoire, elle n'eut pas besoin de le lui dire deux fois. Il avait encore le sang qui bouillonnait à cause du combat et de leur réussite, aussi ne se fit-il pas prier. Il avait envie de cette femme plus qu'il avait envie de respirer.

« Je n'arrive pas à croire que je sois libre » murmura-t-elle en retirant ses vêtements humides avant de les jeter au sol. Elle tendit la main vers la tunique du jeune homme, qu'elle lui enleva avant de la balancer contre un mur. « Merci à toi et aux tiens. »

Il l'aida de son mieux à retirer le reste de ses vêtements, mais elle ne cessait de poser les mains sur lui, ce qui le distrayait énormément.

« Tout de suite, tout de suite... » murmura-t-elle en lui mordillant l'oreille et le cou. « J'ai envie de toi, Connor Grant. J'ai besoin de toi. J'ai besoin de me sentir libre... De faire ce que j'ai envie... Et c'est de toi dont j'ai envie. »

Connor poussa un grognement et ôta son plaid pour se retrouver face à elle seulement vêtu de ses bottes. Puis il la souleva dans ses bras avec un rugissement tout en posant ses lèvres sur chaque centimètre de sa peau. Il avait envie d'être un peu rude, de la prendre fort, mais il se força à se calmer. Il la reposa au sol et l'embrassa profondément, la savourant avec une voracité qu'il ne ressentait que pour elle.

Il ne pouvait pas lutter contre son attirance pour cette femme. Il baissa la tête pour prendre un sein dans sa bouche, qu'il parcourut de sa langue avant de s'arrêter sur son mamelon. Il passa ses dents sur son extrémité durcie jusqu'à ce qu'elle pousse un gémissement, ce qui le poussa à faire la même chose avec l'autre sein.

Elle passa ses mains autour de son cou, et ses petits cris de plaisir lui firent perdre tout contrôle – son envie d'elle, d'aller jusqu'au bout, était insatiable. Il la reprit dans ses bras et la cala contre le mur avant de murmurer : « Guide-moi, Sela. Montre-moi que tu as envie de moi. » Sa voix était si rauque qu'il se demanda si elle l'avait entendu. En croisant son regard, il sut qu'elle était perdue dans les profondeurs de son propre désir.

Elle tendit la main vers son membre et, après quelques mouvements de va-et-vient, elle le guida jusqu'à son entrée.

« Regarde-moi, Connor » murmura-t-elle en l'emmenant jusqu'à l'endroit où culminerait leur plaisir. « Je t'en prie, j'ai besoin de voir que c'est bien toi. »

Il plongea son regard dans le sien. « Guide-moi. J'ai besoin de toi, Sela. Tout de suite. »

Elle écarta les jambes avant de les passer autour de sa taille, et il réalisa à quel point elle était prête pour lui. Il plongea en elle avec un grognement, en veillant à bien se positionner pour aller au plus profond. Il ne la quitta pas des yeux, et le simple mot qu'elle prononça lui fit perdre tout contrôle.

« Encore » dit-elle, ses mains désormais agrippées à ses avant-bras.

Il prit le rythme, la faisant rebondir contre le mur, jusqu'à trouver exactement la bonne allure et le bon placement. Elle se cambra contre lui pour essayer de le prendre encore plus profondément, sa voix à présent réduite à de petites exclamations étouffées.

« Est-ce que je te fais mal ? » parvint-il à demander, craignant de la prendre avec trop de rudesse.

« Non, plus vite, plus fort... »

Il obéit, ses mains placées sous ses fesses, et il trouva l'angle idéal pour lui. Cela parut plaire également à la jeune femme, car elle s'agrippa à lui avec un gémissement, avant d'atteindre la jouissance au bout de quelques va-et-vient. Le cri qu'elle hurla le poussa jusqu'au sommet de son plaisir et il enfouit sa tête dans son cou, humant son parfum et tout le reste de sa personne.

Bon sang, il n'avait jamais rien ressenti de pareil.

***

Sela s'agrippa à lui, refusant de le lâcher. Elle adorait la sensation de sa peau contre la sienne. Il la reposa sur ses pieds, mais au moment où elle sentit son cœur se serrer – allait-il partir ? – il prit son visage dans ses mains.

« C'était incroyable » dit-il d'une voix saccadée.

Elle tenta de calmer sa respiration, mais chaque

fois qu'elle posait les yeux sur lui, elle se sentait de nouveau envahie de désir. Elle tendit la main pour lui toucher les cheveux, un geste qu'elle désirait faire depuis longtemps, et passa ses doigts dans ses mèches sombres, trempées de sueur. « Tes cheveux sont en train de boucler. »

Il sourit. « Ça arrive lorsqu'il fait trop chaud pour moi. On dirait que c'est l'effet que tu me fais. » Il l'embrassa dans le cou, dans l'oreille, puis sur les lèvres. « Ça t'a plu ? »

'Plaire' n'était pas le verbe qui lui était venu à l'esprit. Elle avait adoré, mais elle n'était pas encore prête à le lui avouer. Ne sachant que dire, elle se contenta de répondre : « Je ne savais pas que ça pouvait se passer comme ça. »

Il la prit dans ses bras et la porta jusqu'au lit, où il la reposa avant de s'allonger à ses côtés, son bras toujours autour de sa taille. « J'imagine que… peu importe. Je préférerais que nous parlions seulement de toi et moi. »

Elle était d'accord. Ses premières expériences avaient été affreuses, et elle n'avait pas envie d'en parler pour le moment. « Alors je te dirai que c'était un moment fabuleux, comme je n'avais encore jamais vécu. »

Il l'embrassa sur la joue. « Je suis d'accord. »

Ils restèrent ainsi pendant quelques minutes, chacun écoutant la respiration de l'autre. Sela était encore sidérée que le bâtiment et toute la ville de Berwick fussent plongés dans le silence.

« Je suis libre » murmura-t-elle, les larmes aux yeux.

« Tu es libre. Libre de faire ce que bon te semble.

Dee et Guy ne te contrôleront plus jamais. » Il s'appuya sur son coude et passa un doigt le long de sa mâchoire.

« Qu'allons-nous faire à présent ? »

« Nous allons rejoindre les guerriers Grant, écouter l'histoire de la bataille, puis retourner sur les terres des Ramsay. Ta fille est là-bas, avec ma mère. Ensuite, tu pourras décider où tu souhaites d'installer. »

Elle lui prit la main et leva les yeux vers le plafond, dans l'espoir de faire cesser son flot de larmes.

« As-tu de la famille quelque part ? » s'enquit Connor.

Elle secoua la tête, refusant toujours de le regarder. « Je suis seule. Il n'y a que Claray et moi. Je ne sais pas quoi faire. »

« Si j'ai mon mot à dire, tu ne seras plus jamais seule. »

Elle lui caressa la joue, ignorant quoi lui répondre.

Il était probablement encore trop tôt pour lui dire à quel point elle était éprise de lui.

CHAPITRE 18

CONNOR ET SELA retournèrent au campement des guerriers. Dès qu'ils approchèrent du champ de bataille, Connor lui murmura : « Ne regarde pas. Ce n'est pas très beau à voir. »

Même lui n'avait jamais rien vu de tel de toute sa vie. Lorsqu'il posa les yeux sur la marée de cadavres, de cottes de mailles, de sang et de chevaux errants à la recherche de leurs maîtres tombés, il comprit un peu mieux les expériences passées de son père.

Alex et ses frères, oncle Brodie et oncle Robbie, avaient participé à la bataille de Largs, dont le combat avait été mené – et remporté – par la couronne écossaise en vue de récupérer les îles de l'Ouest. Connor avait grandi en écoutant les histoires de cette bataille sanglante. Ses cousins plus âgés avaient également mené de nombreux combats contre Glenn de Buchan et ses hommes.

Il n'avait jamais rien vu de plus terrible que la vision d'horreur qui s'étendait sous ses yeux.

La prochaine pensée qui lui vint à l'esprit lui serra le cœur. Des membres de son clan avaient-ils été blessés ? Un groupe d'hommes en plaids Grant et Ramsay était rassemblé à l'autre extrémité du champ de bataille, accompagné de quelques autres vêtus de noir. Il fit claquer ses rênes pour inciter Midnight Moon à aller plus vite.

Il fallait qu'il sache.

« Tout va bien, Connor ? Est-ce que quelqu'un que tu connais a été blessé ? » lui murmura Sela.

« Non, je suis simplement inquiet. Mon père, oncle Logan, oncle Micheil… ils ne sont plus très jeunes. Je voudrais voir qu'ils vont bien de mes propres yeux. »

Lorsqu'ils approchèrent du groupe, il sentit son estomac se contracter un peu plus, jusqu'à ce qu'il se trouve assez près pour entendre leur conversation. Ils étaient en train d'échanger joyeusement des plaisanteries. Surpris de voir son cousin Loki, il se dirigea vers le groupe sans la moindre hésitation. Après avoir aidé Sela à descendre de sa monture, il lui prit la main et se précipita vers les autres.

Il se détendit enfin lorsqu'il vit son père qui se tenait à l'arrière du groupe. « Père, tu es vivant. »

« Oui, même si mon corps me fera souffrir le martyre demain matin, je m'en suis beaucoup mieux sorti que ces froussards d'Anglais. Ils avaient beau avoir des cottes de mailles, ils n'étaient pas taillés pour le combat. Ça, c'est la bonne nouvelle. La mauvaise se trouve là-bas. » Il désigna un groupe rassemblé autour d'une personne assise sur un rondin. Maggie semblait en train d'administrer un traitement à un patient visiblement de très mauvaise humeur.

« Que s'est-il passé ? » demanda-t-il.

Loki tourna les talons, le saisit par l'épaule et répondit : « Je suis ravi de voir que tu vas bien, cousin, mais ton oncle ne s'en est pas aussi bien sorti. » Son visage tout entier lui indiquait qu'il était sur le point d'éclater de rire, mais tentait de se retenir.

« Fais vite, Maggie, tu veux ? » dit la voix grincheuse d'oncle Logan.

« Alors ne lui rends pas la tâche plus difficile, Logan » le réprimanda tante Gwyneth, qui se trouvait parmi le groupe rassemblé autour du patient.

« Que s'est-il passé ? » demanda Connor.

« Je vais te dire ce qu'il s'est passé » aboya oncle Logan, avant de s'interrompre en poussant un cri lorsque l'aiguille de Maggie lui perça la peau.

« Le bâtard qui l'a touché a attendu qu'oncle Logan attaque un autre ennemi. Il l'a blessé à la cuisse alors qu'il était en train de charger. »

« Et ensuite, j'ai coupé ce salaud en deux pour avoir osé me toucher… Aïe, Maggie ! »

Tante Gwyneth se retourna. « Je m'en vais, sinon je vais lui tordre le cou. Pauvre Maggie. »

« Je n'aurai donc aucun réconfort de la part de ma femme, Gwynie ? »

« Pas si tu te comportes comme un idiot » lui jeta-t-elle par-dessus son épaule.

Connor se retourna car il venait d'entendre un groupe s'approcher. Le reste de ses cousins les rejoignirent.

« Sela, vous avez fait du beau travail en encourageant les jeunes filles à sauter dans l'eau plutôt que de rester sur le bateau. » Gregor hocha la tête dans sa direction, et Gavin se joignit à lui. « Si vous aviez attendu plus longtemps, vous seriez à mi-chemin de la France à l'heure qu'il est. »

Sela rougit. « Je pense que je les ai plus poussées qu'encouragées, mais je ne pouvais tout simplement pas les laisser devenir les victimes de Hord. Avez-vous réussi à trouver l'autre groupe ? Savez-vous où il faut ramener ces jeunes filles ? Je crois me souvenir qu'elles viennent d'une abbaye. »

« Oui, Maggie a découvert que la majorité d'entre elles avaient été enlevées dans une abbaye anglaise » intervint Daniel. « Elles y avaient fondé une retraite pour les jeunes femmes qui souhaitaient devenir nonnes. Ces pauvres filles ne mettront probablement plus jamais les pieds dans une abbaye, mais nous les avons renvoyées chez elles. Lorsqu'elles ont appris la vérité à propos de la situation, elles ont accepté notre aide avec gratitude. »

L'homme qu'elle avait un jour manipulé pour le faire combattre dans l'une de ses arènes à Inverness la prit dans ses bras. Elle était choquée – mais aussi libérée – de voir à quel point sa présence était acceptée. « Nous avons trouvé et renvoyé l'autre groupe » dit Roddy. « Les garçons et jeunes filles qui étaient malades et dont Linet s'est occupée ont également été ramenés chez eux. Maggie et Will sont en train d'attendre le troisième groupe. Ils voulaient également rester en ville pour voir si Hord essaie de retourner à Berwick. »

« Je pense qu'une célébration est de mise, et nous l'organiserons dès que nous serons rentrés sur les terres des Ramsay » ajouta David. « Père dit que nous devons escorter oncle Logan jusque chez lui, sinon il risque d'étriper tante Gwyneth. »

Connor jeta un coup d'œil à Sela, et il n'eut pas besoin de lui demander à quoi elle pensait. « Père, mère est restée sur les terres des Ramsay, n'est-ce pas ? Sela voudrait voir sa fille. »

Le père de Connor s'avança à grands pas vers lui. « Oui, elle avait prévu de rester là-bas jusqu'à ce que tout soit terminé. Je ferai le voyage avec vous. »

« Oui » dit Braden. « Moi aussi. Mais je ne resterai pas longtemps. Je voudrais être rentré chez moi pour *Yule*[1]. Nous resterons pour la célébration, puis Roddy et moi rentrerons à la maison, au château de Muir. Je l'ai promis à Cairstine et Steenie. Je veux rentrer à temps pour le fêter avec eux. »

« Nous nous joindrons à Braden pour le premier *Yule* du petit » dit Roddy. « N'est-ce pas que tu as prévu aussi, Daniel ? Je suis sûr que Constance aurait envie de venir. »

Connor lui avait dit que Roddy, Daniel et leurs femmes vivaient dans un château situé dans une zone reculée de l'ouest des Highlands.

---

1   Équivalent de Noël célébré à l'époque en Écosse (NdT).

« Oui, nous passerons *Yule* avec vous tous chez Braden » dit Daniel.

« J'ai du mal à le croire, mais j'ai l'impression que la mission de notre Bande de Cousins est enfin terminée » déclara Connor.

« La seule pièce qui nous manque, c'est ce bâtard de Hord, mais nous le retrouverons et nous lui ferons payer pour ce qu'il a fait. J'attendrai la confirmation de Maggie, mais je pense que le Canal de Dubh est enfin tombé » dit Daniel avec un sourire. « Elle promet d'organiser une grande fête dès qu'elle en sera sûre et certaine. »

« J'ai hâte d'y être » commenta Connor.

Son père fit le tour du groupe, mais Connor remarqua que ses mouvements étaient plus lents. « Oui, je suis prêt à retourner sur les terres des Ramsay. J'ai promis à ta mère que nous serions rentrés pour *Yule*, nous aussi. »

« Nous irons avec toi, père. » Se rappelant soudain quelque chose, il tendit la main vers sa sacoche et en sortit quelques tourtes à la viande. « Où est Thorn ? »

Une silhouette se précipita vers lui à toute vitesse. « Ça sent la tourte à la viande, non ? »

« Oui. J'en ai assez pour tout le monde, mais il faudra peut-être en partager quelques-unes. » Il en tendit une à Thorn, puis une autre à Nari, qui avait suivi son ami à la hâte. « Comment s'est passée la bataille, les garçons ? »

« C'était la meilleure ! » s'écria Thorn. « Vous auriez dû voir comment les guerriers Grant ont anéanti ces sal… euh, ces hommes. Ils étaient tellement puissants. J'avais jamais vu un truc pareil. Pas vrai, Nari ? »

« On a rencontré Loki » dit Nari. « Et il nous a dit qu'on pouvait venir vivre avec lui. Il a un fils qui s'appelle Kenzie qui est très gentil, et il a un autre fils et aussi une fille. On peut aller vivre avec eux ? »

« C'est vous qui décidez, les garçons » répondit Connor. « Vous êtes les bienvenus sur les terres des Grant ou sur celles des Ramsay. J'espère juste que vous ne vivrez pas trop loin. »

« Nari et moi, on veut rester ensemble. Peut-être qu'après les célébrations, on ira vivre un peu chez Loki pour voir. On peut ? »

« Si vous en avez envie. C'est à vous de choisir. »

« Moi, je suis pas encore sûr » dit Nari.

Thorn sourit. « Mais on vous dira après une autre tourte à la viande. »

Sela ne savait pas vraiment que ressentir. Ils avaient bientôt rejoint les terres des Ramsay, en compagnie d'un grand nombre de personnes, et cela lui plaisait. Le père de Connor, ses oncles Logan et Micheil, et ses cousins David, Daniel, Gavin, Gregor, Roddy et Braden. Maggie et Will avaient décidé de rester quelque temps à Berwick afin de s'assurer que le Canal de Dubh avait bel et bien été démantelé. Elle priait pour qu'ils parviennent à retrouver Hord et à le traîner devant la justice. Une partie d'elle ne pourrait jamais trouver le repos tant qu'il n'aurait pas été attrapé.

Ce voyage en groupe lui donna l'espoir de vivre une nouvelle vie. Elle priait pour qu'elle et Claray fussent accueillies au clan Ramsay ou au clan Grant. Elle ne pouvait s'imaginer ce que cela faisait de se sentir ainsi acceptée, respectée et aimée. Les plaisanteries légères des cousins lui réchauffèrent le cœur, bien qu'elle eût l'impression de n'en être qu'un témoin extérieur. Ses parents s'étaient montrés si gentils et aimants, mais ils n'avaient toujours été que tous les trois. Elle n'avait jamais eu une famille comme celle-ci, mais c'était quelque chose dont elle avait envie pour Claray.

Claray. Elle sentit son cœur bondir dans sa poitrine à l'idée de revoir sa fille. Maddie avait-elle pris bien soin d'elle ? Elle n'en doutait pas, mais d'un autre côté, elle craignait de plus en plus que Claray finisse par tellement aimer Maddie qu'elle n'ait pas envie de retourner auprès de sa mère. La pauvre petite avait passé toute sa vie sous le contrôle du Canal de Dubh. Elle n'avait jamais eu d'amis, ni de clan ou de bonne nourriture. Le château des Ramsay devait lui paraître un univers merveilleux en comparaison, et c'était Maddie qui l'avait emmenée là-bas.

Connor lui murmura à l'oreille : « Je sais à quoi tu penses, et tu n'as pas besoin de t'inquiéter. »

Elle lui jeta un coup d'œil par-dessus son épaule. Comment savait-il toujours à quoi elle pensait ? « Si tu en sais tellement, tu pourras répondre à mes questions sans que j'aie à les poser. »

C'était un homme d'une grande sagesse, mais n'en faisait-il pas trop ?

« L'expérience m'a appris que les enfants sont très résilients, et qu'ils aiment inconditionnellement. Claray t'aimera toujours plus que ma mère, et elle sera ravie de te voir. »

Bon sang, il avait vu juste. Elle se contenta de hocher la tête et changea de sujet. « La région des Highlands est bien plus belle que la dernière fois que j'ai voyagé ici. »

« Nous sommes dans l'ouest du Lothian, à peine à la frontière des Highlands. Le château des Grant sera très différent d'ici. »

« Je me demande ce que me dira Linet. Penses-tu qu'elle me déteste ? » Elle se pencha légèrement contre lui, à la fois pour sentir sa chaleur et parce qu'elle en avait envie.

« Non, je pense qu'elle te sera reconnaissante. Tu l'as sauvée d'une vie très difficile. C'est mon avis. Tu l'as protégée, n'est-ce pas ? » Il enfouit son visage dans son cou.

« J'ai essayé, mais je ne m'en suis pas très bien sortie à Berwick. »

« Elle sait pourquoi. Merewen a dit que tu l'avais protégée. Linet te faisait confiance – c'était la seule raison pour laquelle elle a voulu rester dans le Canal de Dubh. »

Elle observa son profil. Cet homme était terriblement séduisant. De longues mèches sombres, des yeux dont la couleur semblait passer du gris au bleu. Il ressemblait beaucoup à son père, mais Connor était plus grand et plus large d'épaules. Pourtant, elle voyait aussi les traits qu'il avait hérités de Maddie Grant. Il avait ses hautes pommettes saillantes. Mais plus important encore, il était gentil et attentionné – des attributs qu'elle n'avait pas connus chez beaucoup d'hommes depuis que Guy et Dee l'avaient arrachée à son foyer – et elle savait qu'Alex et Maddie l'avaient bien élevé.

Il lui sourit, de ce grand sourire qu'elle aimait tant.

Qu'elle aimait tant. Mais l'aimait-elle, lui ? Après tout ce qu'elle avait traversé, tout ce qu'elle avait été contrainte de faire, elle ne se pensait plus capable d'aimer quelqu'un, à part Claray.

« À quoi penses-tu ? Tu as l'air perdue dans tes pensées » dit-il.

« Je pensais à tes parents. À quel point ils sont gentils, et comme ils t'ont bien élevé. Ce n'est pas une chose facile d'élever un enfant correctement. Ils ont fait du bon travail. »

Il rit en lui frottant le bras. « On verra si tu dis la même chose de mes frères et sœurs. »

« Combien en as-tu, déjà ? »

« Jake et Jamie, les jumeaux, sont les plus âgés et partagent le titre de laird de notre clan. Kyla est ma sœur, et probablement celle dont je suis le plus proche. Elle me ressemble beaucoup. Elizabeth, qui est le portrait craché de ma mère, est restée la plus jeune pendant très longtemps, et je dois ajouter que mon père lui laissait faire bien plus de choses qu'à nous. »

Cette pensée la fit glousser. « C'est sa préférée parce que c'est la plus petite ? »

Il hocha la tête. « Puis nous avons adopté Maeve, et elle aussi, elle a volé le cœur de mon père. Ce qu'elle aime par-dessus tout, c'est s'asseoir sur ses genoux. Tu les rencontreras bientôt. »

Ils grimpèrent une nouvelle colline avant d'arriver dans une immense prairie, avec un grand château à l'horizon. « C'est là ? »

« Oui, ce sont les terres des Ramsay. J'imagine que les enfants iront bientôt dehors pour attendre l'arrivée de notre groupe. Ma cousine Lily est la mère des jumelles, Lise et Liliana. Je pense que Claray a dû devenir très amie avec elles. Ce sont des petites filles qui n'arrêtent jamais, mais elles sont adorables. »

Le château était entouré d'un haut mur d'enceinte, avec des gardes à tous les coins. Devant les portes, elle vit un petit village composé de jolies huttes organisées en rangées ordonnées. Elle comprit que les champs qui se trouvaient derrière seraient entretenus au printemps afin d'y planter des céréales et des légumes pour le clan. Non loin de là, il y avait également un loch, magnifique et calme pour le moment, car le vent était tombé. Quelques cottages étaient disposés autour du loch, et l'une de ses extrémités lui sembla quelque peu étrange.

« Qu'y a-t-il à l'autre bout du loch ? »

Connor éclata d'un rire chaleureux. « C'est là que nous allons nager en été, enfin, ceux qui l'osent. Tante Brenna entretient une espèce de compétition avec mon père, et elle a décidé de le défier à celui qui aurait le meilleur loch. Elle a convaincu mon oncle d'installer ces rondins, afin de pouvoir faire asseoir des spectateurs pour regarder les enfants pendant qu'ils jouent dans l'eau. Quant aux tables, ils s'en servent pour pique-niquer. Tu vois ce grand arbre qui surplombe la surface du loch, là-bas ? »

« Oui » répondit-elle lorsqu'elle remarqua quelque chose pendu à l'une de ses branches.

« C'est une balançoire qu'oncle Quade a fait fabriquer et attacher aux branches de l'arbre. Nous nous y balançons avant de plonger au milieu du loch. Mon épreuve favorite, c'est celle où l'on doit faire le plus d'éclaboussures. En général, c'est Loki qui gagne. »

« Mais que font les plus jeunes durant cette compétition ? » Elle ne put s'empêcher de penser à sa chère petite fille. Il serait bien trop dangereux pour elle de s'aventurer dans le loch. « L'eau doit être très profonde sous cet arbre. »

Il rit une nouvelle fois, puis répondit : « En été, tante Brenna attache une corde dans le loch afin de montrer aux petits jusqu'où ils ont le droit d'aller. Tant qu'ils ne savent pas nager correctement, ils ne sont pas autorisés à passer la corde. Mon père avait l'habitude d'occuper les plus petits en jouant au 'grand arbre' avec eux dans la partie la moins profonde. Il tendait les deux bras, et nous nous y accrochions tous en essayant de ne pas lâcher pendant qu'il balançait les bras d'avant en arrière, comme un arbre sous le vent. Lorsque nous avons grandi, il a changé le nom du jeu et l'a appelé le 'monstre'. Ça me faisait peur, mais Jamie gloussait tellement fort qu'il était toujours le premier à tomber. Il finissait souvent par boire la tasse dans l'eau de notre magnifique loch, parce qu'il n'arrêtait pas de rigoler. »

« Et tes sœurs ? »

« Elizabeth était toujours trop petite, mais Kyla jouait avec nous. Elle gagnait parfois, mais quand ça arrivait, Jake et Jamie accusaient toujours notre père de faire du favoritisme. Ils n'aimaient pas admettre qu'elle était aussi forte que nous. »

« Et ta mère ? »

« Dès que Jamie tombait dans l'eau en riant, ma mère disait toujours la même chose. 'Fais attention avec les petits, Alex'. Puis Jamie lui rétorquait qu'il n'était pas petit. C'était toujours la même chose qui se répétait tout le temps – la seule chose qui changeait, c'étaient les enfants qui s'agrippaient à ses bras. Parfois, Roddy et Braden, ou même Daniel décidaient de se tenir d'une seule main. Mon père l'autorisait aussi à utiliser un pied. »

Elle essaya de s'imaginer entourée de ce clan si aimant, sa fille en train de jouer avec les autres enfants. Mais où était sa place à elle ? Elle se tenait seule. Était-ce là ce qu'elle souhaitait pour elle et sa fille ?

Lorsqu'elle tourna à nouveau le regard vers les portes, elle eut du mal à croire qu'ils étaient si près d'arriver.

Son estomac ne cessait de se retourner sous le coup de l'inquiétude – principalement à propos de Claray, mais elle craignait également de voir comment le reste de la famille de Connor allait la recevoir. Lui et ses cousins l'avaient acceptée, et c'étaient eux qui s'étaient directement battus contre le Canal de Dubh, mais elle ressentait toujours de la peine pour les actes qu'elle avait été contrainte de commettre.

Connor lui frotta le bras, un petit geste qui la remplit néanmoins de chaleur et de réconfort.

Gavin et Gregor arrivèrent derrière eux en poussant le cri de guerre des Ramsay.

« Bouche-toi les oreilles » l'avertit Connor, sans cesser de lui caresser le bras. Elle obéit, mais cela parvint à peine à étouffer le vacarme qui s'ensuivit lorsqu'il poussa à son tour le cri des Grant, bientôt rejoint par Roddy et Braden. Les chevaux se mirent à galoper dans la prairie, comme s'ils savaient déjà qu'ils seraient bientôt rentrés et nourris. Thorn chevauchait avec Roddy et Nari avec Gregor, un immense sourire aux lèvres. Les deux garçons firent un geste de la main à Connor en gloussant tandis qu'ils passaient devant lui. Les cousins de Connor étaient aussi des hommes bien, comprit-elle — ils accéléraient l'allure de leurs chevaux pour amuser les enfants.

Ils atteignirent les portes et les cris de joie se firent de plus en plus fort, si c'était possible. Les frères Drummond poussaient tour à tour le cri de leur clan et celui des Ramsay, puisqu'il s'agissait de leurs deux familles. Connor passa les portes avant de mener sa monture jusqu'à l'écurie. Certains de ses cousins le suivirent, mais d'autres continuèrent à pousser leurs cris de guerre en décrivant des cercles, afin d'annoncer leur victoire à tout le clan.

Une foule s'était rassemblée pour les accueillir, mais les seules personnes que Sela désirait voir étaient sa fille ou Maddie. Elle venait de quitter l'écurie et de tourner à l'angle lorsque Maddie se précipita pour saluer Alex. « Par ici, Sela » appela ensuite la mère de Connor en désignant un groupe de petites filles dans la cour.

Sela sentit sa gorge se nouer tandis qu'elle observait les quatre petites qui jouaient avec de jeunes chiots. Deux d'entre elles – probablement les jumelles, au vu de leur ressemblance – s'amusaient à poursuivre un petit chien. Les gloussements de Claray s'élevèrent dans les airs tandis que deux autres chiots se mirent à lui courir après, ses boucles rousses volant derrière elle.

L'esprit de Sela se remplit de joie face à ce doux son qu'elle n'avait encore jamais entendu. Oh, sa fille avait bien ri et gloussé à quelques occasions, mais de l'entendre ainsi envahie de joie était une tout autre chose – beaucoup plus spéciale. Cette vision fit fondre toute trace de glace autour de son cœur. Des larmes se mirent à couler sur ses joues alors qu'elle observait, fascinée, les petites en train de s'amuser.

Sa fille n'avait encore jamais joué avec des enfants de son âge.

Claray cria un « Lise ! » à l'une des jeunes jumelles, avant de s'effondrer au sol en riant en compagnie de son amie. Puis le son se transforma en gloussements hystériques lorsque les chiots se mirent à leur lécher le visage.

Connor posa une main dans le bas de son dos. « Tu ne veux pas aller lui dire bonjour, Sela ? » Il lui prit alors la main avant de l'attirer vers les petites.

Elle posa sa main sur le bras de Connor pour l'arrêter. « Non. Elle est si belle et insouciante. Je ne veux pas rompre le charme. »

Maddie arriva à leurs côtés. « Vous lui avez beaucoup manqué. »

« Vraiment ? J'ai eu si peur que… peur qu'elle ne soit pas heureuse de me voir. Est-ce que tout s'est bien passé ? »

« Pendant la journée, tout va bien. Parfois elle fait encore des cauchemars la nuit. » Puis Maddie appela la petite de l'autre côté de la cour : « Claray, viens voir qui est là. »

Sa fille se tourna vers Maddie, mais posa immédiatement les yeux sur sa mère. Sela aurait pu jurer que son cœur avait manqué quelques battements tandis qu'elle attendait. Mais ensuite, la douce voix de sa fille s'éleva jusqu'à elle.

« Maman ! » Elle bondit avant de se précipiter vers elle, ses petites jambes courant plus vite qu'elle ne l'avait encore jamais vu.

Sela s'agenouilla et ouvrit les bras, attrapant sa fille tandis que Claray se jetait contre elle. Les premiers mots qu'elle lui adressa furent : « Je t'aime, maman. »

Entre deux sanglots, elle parvint à répondre : « Je t'aime aussi. »

« Pourquoi tu pleures, maman ? T'es pas contente de me voir ? Tu vas adorer ici. Les gens sont gentils, et les tartes aux fruits sont les meilleures du monde. » Elle se leva devant sa mère et lui caressa la joue de sa petite main parfaite. « Pleure pas. Je pense que tu vas aimer ici. Moi, j'adore. Viens voir les chiots. »

Elle leva les yeux vers Connor, qui hocha la tête. « Vas-y, Sela » dit-il avec douceur. « Je vais aller passer un moment à l'intérieur. Viens me rejoindre quand tu seras prête. »

Sela se mit à jouer avec les quatre petites filles et les cinq chiots, tandis que ses larmes se changèrent en rires.

Quand s'était-elle déjà sentie aussi heureuse ?

CHAPITRE 19

———— ～～ ————

L A JOIE, LA célébration et la bonne chère n'avaient pas manqué ce soir-là. Claray avait mangé deux tartes aux fruits, dont une qu'elle avait partagée avec sa mère. « Tu trouves pas que c'est la meilleure tarte du monde ? » avait-elle demandé tandis que le délicieux jus des pommes lui coulait sur les doigts.

Le bonheur de Claray avait allumé dans son âme une flamme qui ne s'éteindrait jamais, et elle en savoura chaque instant. Lorsque vint l'heure de mettre les petites au lit, Sela suivit Maddie et Lily jusqu'à leur chambre. Le lit était grand avec un traversin sur le côté, probablement pour empêcher les fillettes de tomber par terre au milieu de la nuit. Plusieurs bougies de suif étaient allumées sur le mur, et elle vit deux petits lits dans un coin. « Les chiots dorment parfois dans celui-là, maman » déclara Claray. « Mais l'autre lit, c'est pour nos enfants. »

« Vos enfants ? » murmura-t-elle, sans trop comprendre ce qu'elle voulait dire.

Claray se précipita vers un panier dans un coin

et en sortit un lapin en peluche. « Celui-là, c'est mon préféré. J'adore le petit lapin » dit-elle en embrassant la peluche avant de l'installer dans le petit lit.

Les murs étaient recouverts de différentes tapisseries tissées avec le plus grand soin. L'une d'entre elles représentait un arc-en-ciel, et une autre une scène de chevaux en pleine course. « Lily est très douée » commenta Maddie. « Ne sont-elles pas magnifiques ? »

L'intéressée rougit et rétorqua : « Je voulais simplement en faire une jolie chambre pour enfants. »

« C'est charmant. Vous avez vraiment beaucoup de talent, Lily » répondit Sela. Elle en pensait chaque mot, mais ne put s'empêcher de se demander si *elle* aussi, elle avait le moindre talent.

À part ordonner à des jeunes filles de se battre.

« C'est là que je dors, maman » dit Claray. « C'est super, non ? Tu veux bien vérifier qu'il y a pas d'araignée avant que j'aille au lit ? »

Maddie hocha la tête, pressa le coude de Sela et dit : « Je vais chercher le balai. À nous trois, nous allons débarrasser cette chambre de toutes ses bestioles pour que vous puissiez passer une bonne nuit. »

Au final, elles ne trouvèrent qu'un seul insecte, mais aucune ne le mentionna aux fillettes. Lily s'en occupa discrètement, puis la chambre fut déclarée propre et prête pour la nuit. Claray serra Lily et Maddie contre elle, puis passa ses bras autour du cou de sa mère.

« Tu vas pas me laisser, hein maman ? » lui

murmura-t-elle à l'oreille. « Tu seras là demain matin ? »

« Oui, nous prendrons le petit-déjeuner ensemble. » Elle posa un petit baiser sur son front, puis demanda : « Où préfères-tu dormir, au milieu ou au bord ? »

Elle désigna un côté de l'immense lit moelleux avant de bondir dessus. « Au bord. Lise et Liliana dorment au milieu, et Nellie à l'autre bord. C'est le lit le plus doux que j'ai jamais connu, maman. Regarde toutes les fourrures et les plaids qu'on a. » Sela poussa un soupir, et son inquiétude habituelle retrouva le chemin de son esprit. Comment avait-on traité sa fille lorsque les hommes de Dubh l'avaient retenue prisonnière ? Vern lui avait toujours assuré qu'elle allait bien, qu'il la surveillait.

Mais il n'avait pas d'enfant – comment aurait-il su si elle avait besoin d'une couverture ?

Sa fille s'était-elle endormie tous les soirs en tremblant de froid ?

Sela l'ignorait. Et elle ne le saurait jamais.

Bien sûr, il ne servait à rien de s'inquiéter à ce sujet maintenant. Tout cela faisait partie du passé. À partir d'aujourd'hui, Claray serait toujours à ses côtés, ou au moins avec une personne en qui elle avait entièrement confiance, comme Maddie, Lily ou Brenna.

Elle borda sa fille dans son lit, puis suivit les autres femmes dans le couloir. « Laissez-moi vous montrer votre chambre » dit Lily. « Nous vous avons installée juste en face de la sienne, et Connor sera à côté. Heureusement, nous avons de nombreuses chambres d'amis grâce aux nouvelles tours que père a construites. »

Ce geste attentionné était tout à fait sidérant pour elle, qui n'avait connu que peu de gentillesse dans sa vie ces derniers temps. « Merci infiniment à vous deux » dit Sela. « Je ne vous remercierai jamais assez de l'avoir amenée ici. » Elle tourna les yeux vers Maddie. « Ce que vous avez fait… »

« N'en dites pas plus, jeune fille. C'était pour moi un plaisir » répondit Maddie.

« C'est une petite adorable » ajouta Lily. « Elle va beaucoup manquer à mes filles quand vous partirez. » Elle saisit Sela par l'épaule. « Je suis surprise que vous vous en soyez si bien sortie, étant donné toutes les histoires que j'ai entendues sur les horreurs que vous et ces femmes avez vécues. J'espère que vous dormirez bien. Si vous avez besoin de quoi que ce soit, n'hésitez pas à me le dire. Je ne sais pas si vous avez des affaires, mais vous pouvez emprunter l'une des chemises de nuit dans le coffre au bout du lit, si vous en avez besoin. »

« Je dois admettre que je suis épuisée. Je vais aller dire à Connor que je vais me coucher. Je pense qu'il va vouloir profiter de ses cousins. »

Elle les suivit dans les escaliers, surprise de voir le nombre de personnes rassemblées dans le grand hall. Le groupe de cousins se tenait devant la cheminée, tandis que les autres étaient installés à différentes tables à tréteaux.

À sa grande surprise, deux jeunes femmes qu'elle reconnut se dirigèrent vers elle – Linet et Merewen Baird, bien qu'elle eût appris qu'elles s'étaient mariées avec des hommes du clan Ramsay.

« Pouvons-nous vous parler, Sela ? » demanda Linet.

« Bien sûr. J'en serais ravie. » Elle ne put s'empêcher de se demander si elles comptaient la réprimander pour les actes qu'elle avait commis – elle leur avait fait du tort, à toutes les deux – mais si c'était le cas, elles en avaient le droit. Elle souhaitait trouver le chemin de la rédemption, si c'était possible.

Elles trouvèrent quelques fauteuils libres au coin du feu, assez près pour profiter de la chaleur, mais pas trop afin d'éviter que la discussion des cousins sur les dernières batailles avec le Canal de Dubh ne gêne leur conversation.

Sela sentit ses mains trembler légèrement, mais elle les serra l'une contre l'autre.

« Je voulais juste vous dire à quel point j'ai apprécié ce que vous avez fait pour moi à Inverness » déclara Linet. « Vous m'avez protégé d'une chose qui m'aurait probablement anéantie. »

Les larmes lui montèrent immédiatement aux yeux, bien qu'elle eût appris à retenir ses émotions pour éviter de se tourner en ridicule. « Leena… je veux dire Linet, j'aurais voulu pouvoir vous aider davantage à Edinburgh et à Berwick, mais je n'ai pas pu. »

Merewen prit la main de Sela dans la sienne. « Non, nous vous comprenons. C'est notre horrible frère qui nous a causé tous ces problèmes, pas vous. Je vous en prie, ne vous blâmez pas pour ce qu'il s'est passé. »

Sela redressa les épaules et posa les mains sur ses genoux. « Vous êtes trop indulgentes, mais il est vrai que j'ai agi uniquement dans le but de protéger ma fille. J'ai essayé de donner une vie décente à la plupart des jeunes filles dont j'avais la charge... » Elle adressa un regard à Linet, mais elle ne vit aucune lueur accusatrice dans ses yeux. « ... Mais ce que je regrette le plus, c'est d'avoir fermé les yeux sur tellement de choses. Je n'ai pas posé de questions, alors que j'aurais dû. Vous ne me croirez peut-être pas, mais je n'avais pas conscience de l'ampleur de ce trafic. Je n'ai jamais participé à la vente de garçons et de jeunes filles − et cela vaut mieux. Mais tout de même, j'ai fermé les yeux lorsque Fitzroy... » Elle se tourna à nouveau vers Merewen, incapable de retenir ses larmes, cette fois. « Je suis désolée pour ce que vous avez dû endurer, toutes les deux. Je vous demande pardon pour tout ce que j'ai fait qui a pu vous faire du mal. Je ne sais pas trop comment faire, mais je voudrais me racheter pour mon implication dans les activités du Canal de Dubh. »

« Vous êtes pardonnée » dit Linet. « Je sais que ce n'était pas votre faute, mais celle de ces hommes cruels. N'y pensez plus, je vous en prie. »

À la grande surprise de Sela, Merewen acquiesça. « Vous êtes pardonnée. Tout est bien qui finit bien, et nous en sommes ravies. »

« Tout comme moi » murmura-t-elle en essuyant ses larmes. Elle parcourut le hall du regard pour voir si quelqu'un était en train de les observer, mais personne ne semblait leur prêter attention. Le bruit des discussions et des rires emplissait la pièce.

« Vous avez de la chance de faire partie de ce clan » commenta-t-elle.

« Nous en avons conscience » répondit Merewen. « Et nous savons aussi que nous avons de la chance d'avoir rencontré nos maris. Je ne sais pas ce qu'il s'est passé entre vous et Connor, mais j'ai remarqué la façon dont il vous regardait. Nous l'avons tous remarqué. C'est un homme bien, mais j'imagine que vous le savez déjà. »

« Que prévoyez-vous de faire maintenant que cette histoire est terminée ? » demanda doucement Linet. « Avez-vous un endroit où aller ? Je suis sûre que les Ramsay ou les Grant seraient ravis de vous offrir un foyer. »

Elle secoua la tête, incapable de répondre. Elle était abasourdie par la générosité de ces gens – tous ces gens. Elle avait fait si peu pour le mériter. « Si vous voulez bien m'excuser, je suis fatiguée. Je vais monter dans ma chambre. J'apprécie votre générosité. »

Les deux sœurs se levèrent avant de la prendre dans leurs bras à tour de rôle. D'abord hésitante, elle finit par leur autoriser cette proximité, ravie de constater qu'elle se sentit mieux après.

Connor se tourna alors pour se diriger vers elles.

« Tout va bien ? » demanda-t-il en regardant Sela sans détourner les yeux, comme pour essayer de deviner ce qu'elle ressentait.

« Oui » répondit Sela. « Nous venons d'avoir

une très agréable discussion, et je leur en suis reconnaissante. »

Linet et Merewen s'en allèrent rejoindre leurs époux, mais Linet lui jeta un coup d'œil par-dessus son épaule pour lui adresser un dernier sourire.

« Je suis épuisée, Connor. Je pense que je vais monter dans ma chambre. Passe une bonne soirée avec tes cousins, et nous nous reverrons demain matin. »

Elle ne s'était pas attendue à ce qu'il accepte son excuse et la laisse partir, aussi ne fut-elle pas déçue. « Laisse-moi t'accompagner jusqu'en haut des escaliers » dit-il. « Je ne sais pas quelle chambre t'a été attribuée, mais je suis dans celle à côté de la chambre des petites. »

Elle adressa de brèves paroles de bonne nuit à ses parents et aux Ramsay, puis lui montra le chemin de sa chambre. Avant d'ouvrir la porte, elle prit la torche accrochée au mur.

« Pourquoi la torche ? » demanda Connor en lui ouvrant la porte avant de la laisser passer.

« Je sais que tu vas me penser folle, mais je dois vérifier qu'il n'y a pas d'araignées. Ainsi, je dormirai bien mieux, et la torche me facilitera les choses. »

« Et si tu me laissais le faire ? »

Elle capitula, principalement parce qu'elle était trop fatiguée pour réfléchir à une bonne raison de le lui refuser. Lorsqu'il eut terminé – après avoir ostensiblement tué deux araignées – il prit la torche et la remit à sa place dans le couloir.

« Merci » murmura-t-elle en s'asseyant sur le lit.

« Un groupe partira pour les terres des Grant dans deux jours. Veux-tu te joindre à nous ? »

« Bien sûr » répondit-elle en croisant son regard. Il avait l'air de penser ce qu'il venait de lui demander. Elle avait eu peur qu'il l'abandonne sur les terres des Ramsay, mais à la place, il venait de l'inviter. Il voulait qu'elle l'accompagne, et elle accepterait avec joie. Avec Connor, elle se sentait en sécurité.

« Tu es épuisée, ma douce. » Il se pencha pour poser un baiser sur son front, puis sur ses lèvres. « J'espère que tu dormiras bien. Nous parlerons demain matin. »

Elle hocha la tête et le raccompagna jusqu'à la porte, qu'elle referma et verrouilla ensuite derrière lui.

Elle était libre. Elle n'avait plus à rendre des comptes à qui que ce fût, et Claray dormait sereinement dans la chambre voisine. Pourquoi ne se sentait-elle pas aussi heureuse qu'elle l'aurait dû ?

Elle savait pourquoi.

Elle se sentait coupable.

Connor profita d'une agréable soirée avec ses cousins, mais une peur insidieuse ne cessait de hanter son esprit.

Qu'allait faire Sela maintenant qu'elle était libre ?

Il était amoureux d'elle. C'était une femme forte, pleine de ressources, et même si son cœur avait fondu, il la considérait toujours comme une reine. Sa beauté et son attitude avaient un halo royal, et maintenant qu'elle lui avait ouvert son cœur, il était surpris de la douceur qu'il recelait. Sans l'ombre d'un doute, elle adorait sa fille, à tel point qu'elle avait souffert d'horribles traitements pour la préserver.

Comment ne pourrait-il pas admirer une personne d'une telle ténacité ?

Mais il voyait aussi qu'elle était perdue. Les années qu'elle avait passées sous l'emprise du Canal de Dubh l'avaient forcée à se forger une autre personnalité – Sela, la Reine nordique au cœur de glace. Maintenant qu'elle était enfin libre, elle avait du mal à se rappeler qui elle était vraiment.

Et il ne savait pas comment l'aider.

Lorsque le groupe commença à se dissiper, Roddy et Braden se mirent à table avec lui.

« Alors, quel est ton plan, Connor ? Quelle relation entretiens-tu avec Sela, exactement ? » demanda Roddy.

« Honnêtement, je l'ignore. Je commence à avoir des sentiments très forts pour elle, mais je ne sais pas ce qu'elle en pense. »

« J'imagine qu'elle doit avoir du mal à digérer tous ces changements » dit Braden. « Elle est restée sous le contrôle du Canal de Dubh pendant très longtemps, pas vrai ? Je sais que Cairstine a mis du temps à s'adapter à sa nouvelle liberté. Mais je pense que son rôle dans la réparation du château de Muir l'a aidée. Ça lui a permis de penser à autre chose qu'à sa situation. »

« A-t-elle de la famille ? Fait-elle partie d'un clan ? » s'enquit Roddy.

« Non, c'est en partie pour ça qu'elle s'est retrouvée dans cette situation. Son père était un Écossais du clan Seton, et sa mère était Nordique. Les hommes à l'origine du Canal de Dubh, Granville et DeVere, ont tué ses parents et l'ont enlevée il y a cinq ans. Depuis, c'est la seule vie qu'elle a connue. »

« Si seulement Rose était là. Elle saurait quoi faire pour l'aider. Elle aussi a eu du mal à croire qu'elle méritait le bonheur après toutes ces années sous l'emprise de sa mère. »

Connor hocha la tête. « Elle ne l'a pas exactement exprimé de cette façon, mais j'ai vu le doute dans ses yeux. Elle est ravie de voir Claray si heureuse, mais je crois qu'elle ne pense pas mériter la même chose. »

« Vous avez un long chemin devant vous » dit Roddy. « Mais si tes sentiments pour elle sont forts, alors ça en vaudra la peine. »

Connor repoussa sa chaise. « Je pense que je vais monter dans ma chambre. Savez-vous où vous allez dormir ? Il y a une paillasse libre dans ma chambre, si l'un de vous veut venir. »

« Nous avons un lit chacun, et après toutes ces nuits à dormir par terre, j'ai hâte de profiter d'une bonne nuit de sommeil » répondit Braden. « Malheureusement, je partage ma chambre avec cet idiot et non ma femme, mais je la reverrai bientôt. »

Roddy passa ses bras autour de Braden avec un

grand sourire. « Ne suis-je pas assez doux pour toi, cousin ? » demanda-t-il en battant des cils.

Braden s'esclaffa avant de le repousser.

Connor éclata de rire en montant les escaliers. Il adorait ses cousins. Ils étaient passés maîtres dans l'art de la plaisanterie. Il se faufila dans le couloir, ravi d'entendre que tout était silencieux. Enfin, ils avaient retrouvé la paix.

Il était amoureux de la femme qui se trouvait dans la chambre voisine, mais il lui laisserait l'intimité dont elle avait besoin pour le moment. Lorsqu'il trouva sa chambre et retira ses vêtements, posant son plaid non loin de lui, il s'installa dans le lit, certain de s'endormir en un clin d'œil.

Sa dernière pensée fut l'image d'une nymphe aux cheveux blancs et aux yeux bleus comme la glace.

Connor bondit de son lit, saisit machinalement son plaid et le passa autour de son corps nu. D'où diable provenait ce bruit ? Puis il trouva immédiatement la réponse.

Sela était en train de faire un cauchemar.

Il se faufila dans le couloir, ravi de constater que personne d'autre n'était réveillé, puis se dirigea vers la porte. Elle était fermée, mais Sela ouvrit le verrou et se précipita hors de sa chambre, manquant de le faire tomber à la renverse.

« Des araignées ! » cria-t-elle.

« Allons, ma douce » murmura-t-il en la prenant dans ses bras avant de la ramener dans sa chambre. Il s'assit ensuite sur le lit et la posa sur ses genoux.

La porte venait de se refermer lorsque le père de Connor la rouvrit, les yeux écarquillés.

« Elle va bien, père. Seulement un cauchemar. » Il lui fit un geste de la main pour lui donner congé.

« Des araignées, des araignées partout » marmonna Sela. « Tue-les toutes, je t'en prie. »

Alex semblait profondément inquiet, mais il hocha la tête et quitta la pièce en refermant la porte derrière lui. Toute l'attention de Connor était tournée vers Sela, qui sembla enfin comprendre qu'il était venu la rejoindre. Reposant sa tête sur son épaule, elle murmura : « Des araignées, Connor. J'ai rêvé qu'il y avait des araignées partout. Quand est-ce que ça va s'arrêter ? Hord est-il en vie ? Va-t-il venir me chercher ? »

« J'ai vérifié ta chambre avant de partir, ma douce. Veux-tu que je le fasse une deuxième fois ? Je vais allumer la bougie et regarder dans tous les coins, même sous ton lit. »

« Ça ne te dérange pas ? Je suis vraiment désolée, mais si la moindre araignée venait à ramper sur moi, je pense que ça suffira à me réveiller. Je sais qu'il est impossible de débarrasser un château de toutes ses araignées, mais si je n'en croise aucune, mes cauchemars se calmeront peut-être. Que dois-je faire, Connor ? »

Le jeune homme l'embrassa sur le front et la posa sur le côté du lit. Puis il saisit une bougie de suif et l'alluma à l'aide de la torche dans le couloir, en adressant un signe de la main à son père en train de retourner dans sa chambre.

De retour à l'intérieur, Connor vérifia tous les coins de la chambre. Il trouva et tua une petite araignée, mais il doutait que celle-ci lui fasse peur. Il savait bien ce qui était à l'origine de ses hurlements.

C'était de Hord qu'elle avait peur – le collectionneur d'araignées.

Lorsqu'il eut terminé son inspection, il replaça la bougie sur son support, puis se rassit sur le lit. Il l'installa une nouvelle fois sur ses genoux, la positionnant de côté afin qu'elle puisse poser sa tête sur son épaule.

« Pardonne-moi » murmura-t-elle d'une voix pleine de frustration.

« Ce n'est pas de ta faute. Ce n'était pas étonnant que tu rêves d'araignées. Si j'avais souffert la moitié de ce que tu as vécu, je suis sûr que je me réveillerais toutes les nuits en hurlant, moi aussi. »

Elle lui sourit. « Tes cris porteraient probablement moins loin que les miens. Je crains d'avoir réveillé tout le monde. »

« Seulement mon père, mais il est retourné se coucher. Je n'ai pas entendu le moindre bruit dans la chambre des petites, donc je pense que tu ne les as pas réveillées. »

Son sourire s'effaça. « Je ne sais pas quoi faire, Connor. Vais-je devoir vivre de cette façon pour toujours ? »

Il soupira, surtout parce qu'il aurait aimé avoir une solution à lui offrir – mais il n'en avait aucune. « Avec le temps, tes cauchemars devraient s'espacer. Mais je crains que ça prenne beaucoup de temps. J'imagine que plus tu dormiras sans te réveiller, moins tu feras de cauchemars. »

« Mais comment faire pour que ça arrive ? »

« J'aimerais te tenir dans mes bras pendant ton sommeil. Est-ce que ça pourrait t'aider à t'apaiser ? »

Elle se redressa et posa les yeux sur lui. « Mais si les autres l'apprennent, ils risquent d'être contrariés. Tes parents, lady Brenna. Ils penseront que je suis… »

Il posa un doigt sur ses lèvres. « Ne dis pas ce mot. Et ils savent que tu ne l'es pas. Il n'y a rien de mal à vouloir te réconforter, et tu n'es plus vierge, de toute façon. Je retournerai dans ma chambre avant le lever du soleil, si ça peut te rassurer. »

« Promis ? »

« Promis. » Il l'embrassa si profondément qu'il ne pouvait plus dissimuler ses sentiments. « Je te propose de s'apprécier l'un l'autre dès que nous le pouvons. »

CHAPITRE 20

« CONNOR GRANT » MURMURA Sela. « Je suis d'accord. » Elle passa ses mains sur ses épaules, puis le long de ses bras. « Je pense que tu devrais enlever ce plaid et venir dans le lit avec moi. »

Elle se leva et retira sa chemise de nuit, qu'elle posa sur le coffre au bout du lit. Il y ajouta son plaid, puis s'avança vers elle pour lui saisir la poitrine en poussant un grognement rauque, mais il s'interrompit pour ne pas l'effrayer. Il titilla ses mamelons du bout du pouce jusqu'à ce qu'ils durcissent, et elle tressaillit sous ses caresses.

Il posa ses lèvres sur son cou, puis traça un sillon de baisers le long de la fine ligne de sa mâchoire. « T'ai-je déjà dit à quel point j'adore le fait que tu sois assez grande pour presque me regarder dans les yeux ? »

« Non » répondit-elle d'une voix rauque et saccadée tandis qu'elle s'agrippait à lui. « J'ai toujours détesté être si grande. »

« Eh bien, c'est terminé. Je veux que tu adores ta grande taille, car ainsi nous sommes extrêmement bien assortis. » Il passa ses mains dans son dos et l'attira vers lui, peau à peau, avant de la regarder dans les yeux pendant qu'il descendait ses mains vers ses fesses en la caressant légèrement jusqu'à ce qu'elle se trémousse contre lui.

« Ça ne risque pas de m'aider » la taquina-t-il.

« Alors viens dans le lit, et je t'aiderai » rétorqua-t-elle.

Il obéit en lui adressant un regard provocateur. Puis il s'allongea sur le dos et plaça ses mains derrière la tête. Il attendit qu'elle le rejoigne dans le lit pour lui murmurer – car ils ne voulaient pas faire de bruit : « Et qu'as-tu donc à l'esprit ? »

Elle s'agenouilla sur le lit et rampa jusqu'à se placer au-dessus de lui, puis baissa la tête jusqu'à ce que le bout de sa langue entre en contact avec l'extrémité de sa virilité.

« Bon sang » fut tout ce qu'il parvint à dire.

Elle le titilla quelques fois du bout de sa langue, et il dût se concentrer pour ne pas crier. Puis elle baissa la tête encore plus loin et le prit entièrement dans sa bouche, sans cesser de lui donner des coups de langue tout en appliquant un mouvement de va-et-vient, puis elle tendit une main pour lui caresser les bourses.

Il la laissa jouer avec lui encore quelques instants, puis il la saisit par les bras pour l'inciter à l'enfourcher, en tendant les mains pour lui caresser la poitrine tandis qu'il entendait sa respiration se faire plus saccadée. « Finie la torture, grande femme. Monte sur moi, je t'en prie, avant que je ne m'oublie comme un jeune homme. »

Elle tendit les mains pour caresser la surface dure de sa poitrine, puis le glissa doucement en elle avec un petit gémissement jusqu'à se retrouver complètement assise sur lui. Lorsqu'ils furent soudés l'un à l'autre, elle l'attira vers lui pour l'embrasser, leurs langues s'enlaçant au même rythme ensorcelant que leurs corps. Elle le caressa de la façon qu'il adorait, mais après tous ces préliminaires, il ne pouvait plus le supporter. Il tendit les mains vers ses fesses, qu'il saisit avec avidité, et elle jouit avec une violence qui le surprit, ses lèvres toujours posées sur les siennes pour atténuer ses cris de plaisir.

Puis il perdit tout contrôle, mais pensa tout de même à se mordre les lèvres pour se retenir de hurler tandis que ses contractions autour de lui le vidèrent de toute sa semence.

Ils s'allongèrent ensemble en silence, se remettant doucement de leur extase, sa tête posée sur sa poitrine tandis qu'il lui caressait le dos. « Par tous les saints, nous sommes si bien assortis. »

« Oui, c'est vrai. » Ses doigts tracèrent un chemin autour de son mamelon, avant de passer sur sa poitrine et sa mâchoire. « C'est toujours comme ça quand tu le fais ? »

« Non, tu es la seule avec qui j'ai ressenti une chose pareille. »

Elle soupira, et son haleine chaude le titilla. « À quoi penses-tu ? » demanda-t-il en passant ses mains dans ses mèches soyeuses.

« Qu'adviendra-t-il de nous ? »

« Eh bien, ce n'est pas exactement comme ça que j'avais prévu de te le demander, mais j'avais espéré que tu acceptes de m'épouser. »

Elle leva la tête et posa son menton dans sa

main en croisant son regard. « Oh, Connor » dit-elle au bout d'un moment. « Je pense vraiment ce que je t'ai dit l'autre jour. Je ne suis pas le genre de femme que tu devrais épouser. »

Il lui caressa le menton du bout du doigt. « Je pense que c'est à moi de décider qui je devrais épouser, et c'est toi que je choisis. » Il devait la convaincre qu'elle avait tort.

« Mais tu devrais épouser une femme de sang noble, qui pourra te donner de nombreux fils. »

« Et moi, je pense que je devrais épouser la femme de mon choix. Ma grand-mère a fait promettre à mon père de laisser mes tantes choisir leurs maris. Penses-tu qu'il n'accorderait pas la même chose à ses propres enfants ? »

Elle reposa sa tête sur sa poitrine. Elle avait fermé les yeux, et il ne parvint pas à lire dans ses pensées. Tout ce qu'il pouvait faire, c'était lui dire la vérité.

« Ma famille est connue pour ses histoires d'amour solides et durables. Je ne changerai pas d'avis. Si tu as besoin de temps pour t'adapter aux changements qui se sont produits dans ta vie, je t'attendrai. Et je te promets également d'aimer et d'élever Claray comme si elle était ma fille. »

Elle posa une main sur son flanc. « Me penses-tu vraiment capable d'aimer quelqu'un ? »

« Tu aimes ta fille, n'est-ce pas ? »

« C'est différent. » Elle baissa les yeux. « Une personne intègre n'aurait jamais fait les actes que j'ai commis. J'ai encore besoin de me racheter. »

Il lui releva le menton afin de croiser son regard.

« Si tes parents n'avaient pas été tués, te serais-tu
enfuie pour rejoindre le Canal de Dubh ? »

Elle redressa la tête, choquée. « Non, bien sûr
que non. »

« Écoute-moi. T'es-tu donnée librement à ces
hommes ? »

« Non, Connor, bien sûr que non. Ils m'ont
violée. » Il vit ses yeux se remplir de larmes à la
simple pensée des choses qu'elle avait endurées.

« Et après avoir eu ta fille, tu as sacrifié ta propre
éducation morale, ta propre définition du bien
et du mal pour que ta petite ne connaisse pas la
douleur. Pour moi, c'est un immense sacrifice.
Tu es une victime, rien de plus, rien de moins. Il
faut que tu commences à la reconnaître. » Il prit
son visage dans ses mains et essuya ses larmes du
bout de son pouce.

« J'aurais pu me battre un peu plus pour ces
jeunes femmes. J'ai toujours veillé à ce qu'elles
soient nourries et puissent dormir dans un
endroit propre, mais je ne me suis pas assez
rebellée contre ces combats. Je… Jusqu'à la fin, je
n'avais pas connaissance du trafic de garçons et de
jeunes filles, mais j'aurais dû m'en rendre compte
avant… J'aurais peut-être pu les arrêter. »

Il leva une nouvelle fois son menton pour croiser
son regard. « Penses-tu qu'ils t'auraient écoutée ?
Que t'est-il arrivé lorsque tu as défendu Linet à
Edinburgh ? Ne vois-tu pas qu'ils auraient trouvé
quelqu'un d'autre pour faire le sale travail à ta
place si tu avais refusé ? »

Ses larmes coulaient à présent sur ses joues, mais

il espérait que ce fût parce qu'elle avait compris son point de vue.

Elle déglutit avec difficulté et secoua la tête. « Ça n'aurait eu aucune importance. Là-dessus, tu as raison. Je peux simplement espérer que le Seigneur me juge avec autant de clémence que toi. »

« Ma douce, si tu souhaites parler avec une abbesse ou un prêtre, je serais ravi de m'en occuper pour toi. Ma tante Jenny est mariée à Aedan Cameron, dont le clan est chargé de protéger l'abbaye de Lochluin. Elle se trouve à mi-chemin entre ici et les terres des Grant. Nous pourrions nous y arrêter en chemin. Tu pourras y passer le temps que tu voudras. Comme je te l'ai dit, je t'attendrai. »

Elle reposa sa tête sur sa poitrine, ses larmes formant de petites taches sur sa peau. « Si je suis encore capable d'aimer quelqu'un, alors c'est ce que je ressens pour toi, Connor Grant. Je t'aime. »

Son cœur lui parut plus léger lorsqu'elle prononça ces mots, mais il se serra une seconde plus tard.

« Par contre, je ne peux pas t'épouser. »

CHAPITRE 21

LORSQU'ELLE SE RÉVEILLA, elle était toujours allongée dans les bras de Connor, mais ils étaient à présent sur le côté. Après lui avoir dit qu'elle ne pouvait pas l'épouser, elle avait craint qu'il l'abandonne, mais il était resté. Elle ne s'était jamais sentie autant en sécurité que dans ses bras.

Elle pouvait lui accorder une vague promesse, car elle pensait pouvoir finir par accepter sa demande, mais elle repensa ensuite à la promesse qu'elle avait faite à sa mère. Elle lui avait juré de ne jamais accepter ou insinuer d'accepter de se marier avant d'en être certaine.

Et elle avait raison.

Il écarta quelques mèches de son front. « Tu es réveillée, ma belle ? »

Elle ouvrit les yeux et sourit. « Oui, merci d'être resté avec moi. »

« Bien sûr. Je t'aime, et ça ne changera jamais. »

« Jamais ? Tu en es sûr ? Même après ce que je t'ai dit hier soir ? »

« Oui. Avant de partir, je dois te demander ce que tu voudrais faire. J'accepte ce que tu m'as répondu, bien que j'espère que tu changes d'avis, mais surtout, j'ignore encore où tu as envie de vivre. Tu peux rester ici si tu le souhaites, ou bien nous pourrions te préparer ton propre cottage sur les terres des Grant. Le choix t'appartient. »

Elle était restée éveillée un moment à réfléchir à cette question, et elle avait pris sa décision. « J'aimerais me rendre à l'abbaye de Lochluin avec Claray. Je deviendrai peut-être nonne. »

Elle fut soulagée de ne pas le voir éclater de rire, comme elle s'y était attendue. Au lieu de cela, il répondit : « Comme tu le souhaites. Nous prendrons quelques gardes pour t'escorter. Je sais que mon oncle et ma tante seront heureux de t'aider, si tu as besoin de leur aide. »

« Ce serait parfait. »

Il se leva et enfila son plaid, mais elle ne pouvait pas le laisser partir ainsi. Il en avait trop fait pour elle.

« Connor » murmura-t-elle en s'approchant de lui, avant de sortir du lit et de mettre sa chemise de nuit.

Lorsqu'il posa les yeux sur elle, son regard était rempli d'émotions. Pour elle. Voilà tout ce qu'il ressentait pour *elle*. Cette vision lui parut aussi émouvante que terrifiante.

« Je suis désolée, mais je me sens encore un peu confuse, et j'ai l'impression que c'est le seul endroit où je pourrai obtenir les réponses à mes questions. Ne me déteste pas, je t'en prie. »

Il s'approcha pour faire courir la main le long de sa mâchoire, et cette caresse lui rappela douloureusement ce qu'elle était sur le point de perdre. « Te détester ? Jamais. Je t'aimerai toujours, et je ne veux que le meilleur pour toi. Mais je suis furieux de ce qu'ont fait les hommes de Dubh, à toi et aux autres victimes aussi. Oui, tu étais une victime. Pas seulement de Hord, mais de tous. Le plus triste pour moi, c'est que je ne sais pas comment t'aider. J'aimerais pouvoir le faire, mais je suis perdu. Alors tout ce que je peux faire, c'est te soutenir dans cette quête, et t'attendre. »

Ses paroles lui donnèrent un espoir qu'elle ne méritait pas, mais elle le prendrait, même s'il n'était pas plus fort que le timide éclat d'une bougie.

« Je ne peux pas te demander de m'attendre, car je ne peux pas te promettre que je reviendrai. Je choisirai peut-être de prononcer mes vœux. » Si ses mots avaient passé ses lèvres, ils ne venaient pas de son cœur. Elle *voulait* lui demander de l'attendre. Mais elle pouvait simplement prier pour qu'il le fasse. Et prier pour que son cœur et son âme finissent par guérir et lui permettre d'aimer librement cet homme, son plus grand désir.

« Je n'ai pas le choix, Sela. Je sais que je n'en aimerai jamais une autre. Je suis heureux de t'avoir rencontrée, mais je ne te forcerai jamais à rien. Tu dois vivre ta vie comme tu l'entends. »

Il lui adressa un bref baiser avant de quitter la pièce.

Elle sentit son cœur se briser en mille morceaux, mais elle ne put se résoudre à le rappeler. Sa culpabilité et ses horribles souvenirs la tourmentaient terriblement.

Elle se rallongea dans son lit telle une coquille vide, jusqu'à ce que Claray vienne bondir à ses côtés.

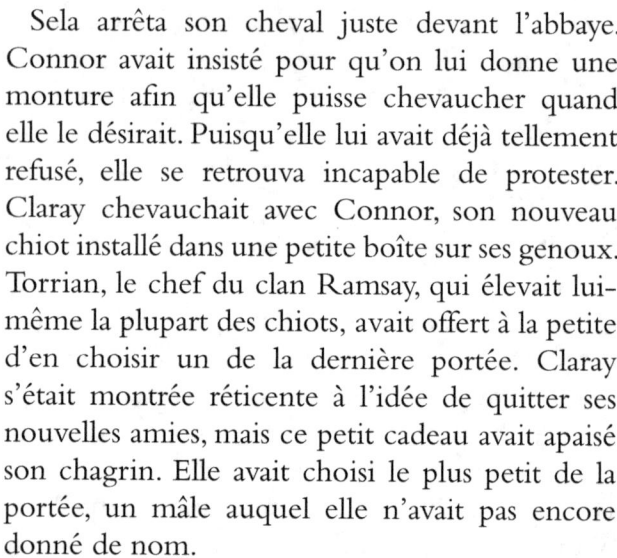

Sela arrêta son cheval juste devant l'abbaye. Connor avait insisté pour qu'on lui donne une monture afin qu'elle puisse chevaucher quand elle le désirait. Puisqu'elle lui avait déjà tellement refusé, elle se retrouva incapable de protester. Claray chevauchait avec Connor, son nouveau chiot installé dans une petite boîte sur ses genoux. Torrian, le chef du clan Ramsay, qui élevait lui-même la plupart des chiots, avait offert à la petite d'en choisir un de la dernière portée. Claray s'était montrée réticente à l'idée de quitter ses nouvelles amies, mais ce petit cadeau avait apaisé son chagrin. Elle avait choisi le plus petit de la portée, un mâle auquel elle n'avait pas encore donné de nom.

Avant de descendre de cheval, Connor indiqua aux gardes de s'éloigner afin qu'il puisse s'entretenir en privé avec Sela. Il aida ensuite Claray à descendre de la selle, puis la tendit à Sela avec une douceur qui lui donna envie de pleurer.

« Je pense que tu devrais faire sortir ton chiot pour qu'il puisse faire ses besoins » dit Sela en lui embrassant le sommet du crâne. Sa petite fille se précipita vers un coin d'herbe et sortit le chiot de sa boîte, observant ses moindres mouvements.

Connor lui caressa la joue. « Tu es vraiment sûre que c'est ce que tu désires ? »

Elle se sentait aussi nerveuse de cette nouvelle

situation que lors de son accouchement, mais elle acquiesça. « Je m'excuse encore une fois de t'avoir fait de la peine. Mais j'ai vraiment l'impression que c'est la meilleure chose à faire pour moi. C'est la seule façon d'arranger les choses. »

La porte s'ouvrit et un prêtre leur adressa un signe de la main. Il était de taille moyenne, les épaules un peu arrondies, et ses cheveux sombres étaient parsemés de mèches grises. Il avait les yeux les plus doux que Sela eut jamais vus. À en juger par la façon dont le regard de Connor s'illumina, elle comprit qu'il le connaissait. « Bonjour, père MacGregor » dit-il. « Je voudrais vous présenter mon amie, Sela Seton. Elle est venue s'entretenir avec l'abbesse à propos de la possibilité de devenir nonne. »

« Un plaisir de vous rencontrer, jeune fille. »

« Et voici sa fille, Claray, qui a emmené son chiot avec elle. »

« Est-ce autorisé ? J'espère que oui » dit Sela en se tortillant les mains. Elle ne serait pas recalée à cause d'un chien, non ?

« Je suis sûr que les nonnes vont adorer Claray et son chiot. Dès que vous serez prête, je vous emmènerai à l'intérieur pour rencontrer l'abbesse. » Il leur lança un regard scrutateur, puis ajouta : « Viens, Claray. Je vous accompagne à l'intérieur, toi et ton petit compagnon. Laissons Connor et ta maman se dire au revoir. » Puis il dit à l'adresse de Connor : « J'aimerais vous parler avant votre départ, jeune homme. »

« Bien sûr, père MacGregor. » Le prêtre emmena Claray dans l'abbaye. Connor lui toucha la main et leurs doigts s'effleurèrent – un geste subtil pour lui indiquer son affection pour elle lorsque quelqu'un pouvait les voir. « Il a marié mes parents et ma sœur. J'imagine qu'il veut savoir comment ils se portent. »

« Je te suis éternellement reconnaissante pour tout ce que tu as fait pour moi » dit Sela en se tournant vers lui. Elle avait envie de passer ses bras autour du jeune homme.

Mais elle ne pouvait pas.

« N'oublie jamais une chose : tu mérites le bonheur, mais seule toi peux décider quelle forme il prendra. Je t'aimerai toujours. Dès que tu as besoin de moi, envoie-moi un messager et je viendrai te voir. Si tu décides de venir me rendre visite sur les terres des Grant, je suis sûr que mon oncle Aedan enverra un groupe de gardes pour t'escorter. »

« Merci à toi et à ta famille » dit-elle. « Je ne vous remercierai jamais assez. »

Il l'embrassa sur le front tandis qu'elle s'agrippait à lui un instant avant de se forcer à s'éloigner. Elle se retourna une dernière fois vers lui. « Tu promets de ne pas m'oublier ? »

« Je te le promets. »

Elle entra dans l'abbaye, refusant de regarder en arrière. Elle ne put s'y résoudre. Si elle le faisait, elle ne savait pas si elle parviendrait à le quitter.

Connor dut faire appel à toutes ses forces pour ne pas la supplier de rester, mais il savait que sa seule chance de la revoir un jour était de la laisser partir. De lui accorder la liberté que tous ces hommes lui avaient prise. Il se souvint qu'il lui avait promis de lui présenter à son oncle et sa tante, mais il se dit que ni l'un ni l'autre ne pourraient le supporter pour le moment. Il irait les voir avant son départ. Tante Jennie voudrait rendre visite à la jeune femme, il en était sûr.

Il avait passé en revue au moins un millier de manières de l'aider, mais il n'avait rien trouvé de probant. La seule chose à faire serait peut-être de tuer Hord, mais il ne savait pas où était parti ce bâtard. Il s'était enfui loin de tous, vers une destination inconnue. Maggie et Will étaient toujours à sa recherche, mais il semblait improbable que l'homme revienne de sitôt.

Il se dirigea vers l'abbaye tout en ressassant encore les mêmes choses dans son esprit. Elle avait eu le temps de trouver son chemin jusqu'au bureau de l'abbesse, et il avait promis de parler avec le vieux prêtre.

Le père MacGregor l'attendait devant la porte. Il l'ouvrit et lui fit un signe de la main. « Entrez, Connor. Accordez une faveur à un vieil homme et venez vous asseoir avec moi dans le bâtiment des moines. J'adorerais avoir des nouvelles de vos parents. »

Connor hocha la tête et suivit le prêtre dans un couloir menant à une autre partie de l'abbaye, probablement le bâtiment où vivaient et travaillaient les moines. Il se rappela que tante Jennie lui avait parlé du dur labeur des scribes, qui écrivaient toute la journée pour transcrire d'importantes œuvres et des volumes sur l'enseignement du Seigneur.

Le silence le rendait mal à l'aise. Sela y trouverait-elle du réconfort, ou ressentirait-elle la même chose que lui ?

Le prêtre entra dans une petite pièce et prit un fauteuil devant la cheminée, puis désigna celui en face de lui pour l'inviter à prendre place. « Cette pièce est mon endroit favori. Je suis autorisé à rester au chaud, contrairement aux moines. »

Connor attendit que le prêtre se fût assis avant de prendre place.

« Vos parents vont bien, j'espère ? » demanda le vieil homme. Il avait beaucoup de respect pour le prêtre, d'autant qu'il savait à quel point sa mère le tenait en haute estime.

« Oui, ils vont bien. Nous pensons avoir réussi à mettre un terme aux agissements du Canal de Dubh. Père a participé à la bataille, mais il est rentré sain et sauf à la maison. Kyla attend son premier enfant pour le printemps, tout comme Gracie, la femme de Jamie. »

« Quelle joie ce doit être pour votre mère. » Le prêtre sortit un carré de lin et s'essuya le front. « À présent, que voudriez-vous me dire au sujet de la jeune femme que vous avez escortée jusqu'ici ? Ressentez-vous des sentiments plus forts qu'une simple amitié ? »

Le prêtre était très perspicace. « Mon père, Sela est restée sous l'emprise des hommes de Dubh pendant cinq ans. L'un d'entre eux l'a mise enceinte, et elle a élevé sa fille dans cet horrible environnement. Les hommes se servaient de

Claray pour la forcer à travailler pour eux. Je l'ai rencontrée à Inverness, où elle s'occupait des combats de femmes. Elle n'a jamais volé ni enlevé quiconque, mais elle ressent une terrible culpabilité. »

« N'était-elle pas forcée d'accomplir toutes ces choses ? »

« Si, mais elle se sent en partie responsable et pense qu'elle doit se racheter. J'espère que les nonnes pourront l'aider. »

« Et vos sentiments pour elle ? »

Connor plongea son regard dans les flammes et se pencha en avant, les coudes posés sur ses genoux. « Je suis amoureux d'elle. C'est une femme forte et pleine de vie. Si vous saviez la moitié des atrocités qu'elle a vécues, vous en seriez choqué. Je ne sais pas comment elle est parvenue à endurer tout ça. Je lui ai demandé de m'épouser, mais elle m'a rejeté, en m'expliquant qu'il valait mieux qu'elle devienne nonne. »

« Vous a-t-elle avoué partager vos sentiments amoureux ? »

Connor se redressa, confus par sa question. « Oui, mais je ne comprends pas comment elle a pu me rejeter, si elle m'aime vraiment. »

« Ne venez-vous pas de le faire, vous aussi ? »

Connor lui adressa un regard perplexe, mais il savait que ses paroles étaient remplies de sagesse.

« Puis-je vous confier quelque chose, mon garçon ? »

Il faillit sourire en entendant la façon dont le prêtre venait de l'appeler. Voilà bien longtemps qu'on ne le qualifiait plus de 'garçon", mais il

n'avait aucune intention de contredire le prêtre.
« Je vous en prie. »

« Je me rappelle avoir eu une conversation similaire avec votre père, il y a de nombreuses années. Votre mère avait subi d'horribles traitements, mais on lui avait appris à obéir à ses aînés, en particulier les hommes. Elle a eu du mal à trouver un équilibre entre ses croyances et ses expériences, mais plus important encore… » Il s'interrompit pour boire une gorgée à son verre d'eau posé sur une table voisine. Lorsqu'il se fut éclairci la gorge, il reprit : « Plus important encore, elle a eu du mal à accepter sa propre valeur, et à apprendre à faire confiance à votre père. »

« Vraiment ? Je pense n'avoir jamais entendu parler de ça. Je sais que ma mère a subi de mauvais traitements, mais je n'avais jamais remarqué que ça lui avait causé des problèmes. J'avais toujours cru qu'ils s'étaient mariés tout de suite. »

« Non, cette chère Maddie était une jeune femme tourmentée. Votre père voulait se marier sur-le-champ, mais elle avait traversé trop d'épreuves pour se précipiter. Peut-être qu'il se passe la même chose pour votre jeune femme. Je la sens tourmentée, et ce pourrait être le bon moyen pour elle de faire la paix avec ces sentiments. Ne désespérez pas tout de suite, mon garçon. Là où il y a de l'amour, il y a toujours de l'espoir. »

« Merci, mon père. » Décidant qu'il était temps de partir, il se leva de son fauteuil. « Je dirai à mes parents que nous avons eu une très bonne conversation. »

Il devait partir. Sinon, il retournerait la chercher, se mettrait à genoux et la supplierait de l'épouser. Et il ne pourrait pas supporter un nouveau refus.

CHAPITRE 22

«ENTREZ » DIT L'ABBESSE en les invitant dans son bureau. « Vous pouvez m'appeler mère Matilda. Et comment se nomme votre fille ? » L'abbesse était une femme de haute taille, bien qu'elle ne fût pas aussi grande que Sela. Son regard perçant semblait capable de lire dans l'âme de la jeune femme. Elle se dit qu'elle ne serait jamais en mesure de lui mentir. Fort heureusement, cette question n'était pas difficile à répondre.

« Je suis Sela Seton, et voici ma fille, Claray. »

« Et le chiot ? »

Claray s'assit sur le sol, son animal sur les genoux. « Je veux l'appeler Torry. Je peux, maman ? »

« Bien sûr. Pourquoi Torry ? »

« Parce que c'est le chef Torrian qui me l'a donné. Je n'avais jamais eu de chiot avant. » Elle gloussa lorsque le lévrier écossais au pelage gris secoua la tête, faisant battre ses oreilles.

« Sœur Therese » appela mère Matilda lorsqu'une femme passa devant la porte. « Pourriez-vous emmener Claray pour lui donner quelque chose à manger, je vous prie ? Je suis sûre qu'elle adorerait prendre un peu de pain et de fromage. Peut-être qu'il y aura aussi un os à ronger pour le chiot. »

La nonne se précipita à l'intérieur avant d'inviter la fillette et le chien à la suivre. Étonnamment, Claray fut ravie de l'accompagner.

Lorsqu'elle fut partie, mère Matilda se tourna pour regarder Sela dans les yeux. « À présent, veuillez m'expliquer pourquoi vous désirez servir notre Seigneur. Les couvents n'accueillent pas souvent des jeunes femmes avec un enfant. De plus, nous n'avons pas vraiment de couvent ici, à l'abbaye de Lochluin, car nous n'avons que quelques novices, mais d'autres établissements devraient pouvoir vous accueillir. Parlez-moi de vous. »

Sela lui raconta son histoire, en commençant par son enfance heureuse, puis le meurtre de ses parents et sa nouvelle vie dans le Canal de Dubh — les combats, la prostitution, les araignées, tout. L'abbesse lui parut coriace — ses yeux ne trahirent rien de ses sentiments, bien qu'elle claquât la langue et secouât la tête à deux reprises.

« Ma chère » dit-elle une fois qu'elle eut terminé. « Voilà une histoire bien affreuse, et je suis profondément désolée pour tout ce que vous avez été forcée d'endurer. Il est évident que Dieu vous a donné une force que peu d'entre nous possèdent. Mais vous n'avez pas répondu à ma question. Pourquoi souhaitez-vous entrer au couvent ? » Elle s'écarta de son bureau et posa ses mains sur ses genoux.

« Parce que je dois me racheter pour les actes atroces que j'ai commis. Je pense que mes péchés sont si grands que la seule façon pour moi de m'en repentir est de dévouer le reste de ma vie à notre Seigneur. » À ce moment-là, elle se sentait si mal à l'aise qu'elle ne savait pas quoi dire d'autre. Si elle la renvoyait, elle n'avait pas d'autre solution pour faire la paix avec elle-même.

« Je ne pense pas que vos péchés soient si grands, mais je comprends ce que vous devez ressentir. Vous avez été forcée de commettre la plupart de ces actes, n'est-ce pas ? Si c'est le cas, je ne pense pas que le Seigneur vous en veuille. »

« Mais je peux travailler pour vous. Je pourrais nettoyer les chambres, planter les semis dans le jardin au printemps. Je pourrais couper les légumes et laver la vaisselle dans la cuisine. Je pourrais apprendre à cuisiner… »

« Arrêtez, mon enfant, je vous en prie. » L'abbesse se pencha en avant, reposant ses mains sur le bureau. « Savez-vous pourquoi je suis moi-même venue ici ? »

Elle secoua la tête.

« Parce que mon cœur appartient à Dieu. Par respect pour les Grant, les Ramsay et les Cameron, je vous autorise à vivre et travailler ici. Pendant votre séjour à l'abbaye, vous pourrez parler avec les prêtres et les autres nonnes, et je vous conseille également de prier Dieu pour qu'Il vous guide. Vous sortez à peine de cinq années de torture – je serais indigne de mon rôle de servante de Dieu si je refusais de vous aider. Mais vous devez sonder votre cœur. À qui appartient-il ? »

Une autre nonne passa devant la pièce et mère Matilda l'appela. « Sœur Grace, pourriez-vous emmener la jeune Sela ici présente dans la chambre au bout du couloir du deuxième étage ? Elle et son adorable fille, Claray, vont rester quelque temps avec nous. Elle a vécu de terribles épreuves, et nous l'aiderons à les surmonter, si nous le pouvons. »

La sœur Grace, une petite femme rondelette aux yeux rieurs et aux cheveux gris, répondit : « Bien sûr. Suivez-moi. C'est une très belle chambre, vous verrez. Et je ferai tout ce qui est en mon pouvoir pour vous venir en aide. »

« Oh, et sœur Grace ? »

« Oui, mère Matilda ? »

« Elle participera aux corvées de cuisine et de ménage. Vous pourrez lui montrer ce qu'elle aura à faire demain. Sa fille est dans les cuisines avec sœur Therese. Allez la chercher, et faites-lui une rapide visite des lieux avant de leur montrer la chambre. »

Sela se tourna vers l'abbesse et dit : « Merci beaucoup, mère Matilda. »

« Soyez bénie, mon enfant. Que notre Seigneur vous apporte la paix, à vous et votre fille. »

Lorsque Connor retourna au château Ramsay, il fut ravi de voir que Will et Maggie étaient présents. Tout le monde avait convenu de passer une dernière nuit de célébration en l'honneur des prouesses de la Bande. Les Ramsay organisèrent un merveilleux festival avec des ménestrels, des tables à tréteaux remplies de nourriture, et d'innombrables discussions sur toutes les aventures de la Bande.

Connor passa un agréable moment en compagnie de ses cousins, mais il fut frappé de constater que tous avaient trouvé le bonheur au cours des deux dernières années, et qu'il était seul. Il avait trouvé l'amour, mais elle ne pouvait pas rester avec lui.

Maggie, qui avait toujours été très douée pour lire les émotions des autres, le prit à part. Les yeux dans les yeux, elle lui demanda : « Comment gères-tu le séjour de Sela à l'abbaye ? »

Il haussa les épaules. « C'est ce qu'elle désire, et je ne veux que son bonheur. »

« Tu es amoureux d'elle, pas vrai ? C'était impossible de ne pas voir l'attraction entre vous. Elle a lutté contre son désir pendant un long moment, mais je pense que son cœur finira par t'appartenir. »

« Merci, Maggie. J'espère que tu as raison. Je me sens tellement impuissant. Que puis-je faire pour elle ? J'aurais voulu l'aider à traverser cette épreuve, mais elle a préféré s'éloigner de moi. » Il se frotta le menton en se souvenant à quel point Sela lui manquait déjà.

« T'a-t-elle avoué ses sentiments pour toi ? » Il appréciait la franchise de Maggie. En général, elle ne mâchait pas ses mots.

« Oui, mais elle croit avoir envie de prononcer ses vœux. Je suis tombé amoureux d'une nonne. Quelle malchance, non ? » Il ne put s'empêcher de sourire.

Maggie lui adressa une brève étreinte. « Sois

patient. Ces hommes étaient particulièrement fous et cruels. Peu importe ce qu'elle t'a dit, tu n'as aucune idée de tout ce qu'elle a dû endurer pendant sa captivité. Elle ne te racontera pas tout — nous sommes comme ça, nous les femmes. Elle a besoin de temps pour guérir. La simple histoire de ce que cet homme lui a fait avec les araignées continuera de me tourmenter pendant de nombreuses lunes. Je pense que tu as choisi une femme bien plus forte que moi. Si tu l'aimes vraiment, tu dois avoir foi en elle. »

« J'espère que tu as raison, Maggie. Merci beaucoup de m'avoir partagé ton avis. » Il lui rendit son étreinte. Sa cousine était une femme de caractère, et ses encouragements lui redonnèrent espoir.

Elle s'en retourna ensuite vers son mari et Connor ressentit soudain un besoin urgent d'être seul. Il monta les escaliers, passa devant sa chambre et ouvrit la porte menant aux parapets, la brise fraîche lui fouettant le visage.

Peu lui importait la température. Il avait juste envie d'être seul.

Mais il ne le serait pas. Lorsqu'il ouvrit la porte, il fut surpris de constater qu'il n'était pas le seul à être venu se réfugier ici. « Père ? Je ne m'attendais pas à te trouver ici. »

Mais peut-être qu'il aurait dû s'y attendre. Son père avait toujours aimé passer du temps dans les parapets.

Il lui adressa un regard en coin. « La vue d'ici est spectaculaire, presque autant qu'à la maison. Moi, je monte souvent ici… mais toi, non. » Son père s'interrompit en se penchant sur la pierre froide pour admirer les terres qui s'étendaient devant eux. « Qu'est-ce qui t'amène ici alors que tes cousins sont en train de faire la fête en bas ? »

« J'avais besoin d'être seul. » Il se pencha à son tour sur les parapets, dans la même position que son père. « Je comprends pourquoi tu aimes venir ici. C'est un endroit paisible. »

Son père se contenta de hausser un sourcil.

« J'ai discuté avec un ancien ami à toi avant de quitter l'abbaye de Lochluin » déclara Connor. « Le père MacGregor. Il m'a dit quelque chose que je n'avais encore jamais entendu. »

Alex, toujours peu loquace, continua de le regarder, dans l'attente d'écouter le reste. Il prit une profonde inspiration et se jeta à l'eau, en espérant ne pas raviver de mauvais souvenirs chez son père. « Il m'a dit que mère était une femme tourmentée lors de votre rencontre, et qu'il lui a fallu du temps pour accepter de t'épouser. Je pensais que vous vous étiez mariés tout de suite. »

Un petit sourire passa sur le visage de son père. « Oui, ta mère a pris tout son temps avant de décider de m'épouser. J'en étais tellement contrarié que je criais sur tout le monde, sauf elle. »

Connor ne put s'empêcher de sourire à cette pensée. Son père ne criait presque plus, ces derniers temps. « Vraiment ? »

« Oui, je me suis jeté sur mes deux frères avec mon épée, et tante Brenna a eu envie de m'étrangler. Même tante Jennie, qui n'avait que huit étés à l'époque, m'a traité de méchant. Le seul qui est parvenu à me faire entendre raison, c'était Hugh, le vieux maître d'écurie. »

« Hugh ? Je pensais que tu dirais Mac. C'était lui, notre maître d'écurie, non ? »

« Mac est arrivé avec Maddie. Il était le mari de sa femme de chambre, et ces deux-là sont probablement la seule raison pour laquelle ta mère a survécu à son calvaire. Je n'ai pas connu beaucoup d'hommes plus cruels que son beau-frère, et ce qu'elle a vécu… Je ne sais toujours pas comment elle a pu l'endurer. Les femmes ont une ténacité que les hommes n'ont pas. J'ai mis des décennies à le comprendre, mais ta mère en est un bon exemple. Et je pense que Sela est comme elle. De nombreuses femmes auraient succombé aux tortures qu'elle a endurées, mais elle avait une fille. C'est ce qui lui a donné la force d'avancer. »

« Je l'ai demandée en mariage, père. Mais elle a refusé. »

« Tout comme ta mère a refusé la première fois que je le lui ai demandé. »

« Mère t'a rejeté ? »

Il hocha la tête avec un sourire. « Elle ne l'a pas formulé ainsi, mais je l'ai poursuivie pendant des semaines avant qu'elle accepte ne serait-ce que de me laisser être à ses côtés. Elle ne voulait pas me voir. En fait, je me souviens du moment où elle s'est assise à notre table à tréteaux et m'a demandé de l'emmener dans une abbaye. Elle voulait devenir nonne. »

« Vraiment ? » Il n'avait jamais entendu cette histoire auparavant. Pourquoi n'en avait-il jamais entendu parler ?

« Vraiment. » Son père s'interrompit, le regarda dans les yeux, puis lui demanda : « Es-tu vraiment amoureux de Sela ? »

« Oui, père. Je ne pense pas pouvoir tomber amoureux d'une autre femme. Mais je ne sais pas quoi faire. Je savais que je devais la laisser partir aujourd'hui, mais j'avais envie de la supplier de m'épouser. »

Son père poussa un soupir et leva les yeux vers la lune qui perçait de temps à autre de derrière les nuages. « Lorsqu'une femme a subi ce genre d'abus, il faut faire preuve de patience, fils. Jake te dirait la même chose. Mais si tu veux vraiment l'aider, je te dirais d'aller en parler avec ta mère. Elle a traversé le même genre d'épreuve. Si elle t'aime aussi, ne l'abandonne pas. Cinq années d'emprisonnement et de cruauté sont bien difficiles à oublier. »

« Merci, père. » Il le saisit par l'épaule avant de se retourner pour partir.

Lorsqu'il ouvrit la porte, la voix de son père l'arrêta.

« Connor ? »

« Oui ? »

« Les femmes qui peuvent endurer de telles cruautés ont une grande force, et elles donnent naissance à des enfants forts. »

Il espérait vraiment que ce fût vrai.

CHAPITRE 23

ELA S'ÉTAIT HABITUÉE à sa routine.
Chaque matin, elle emmenait Claray et Torry
en promenade, puis elle se rendait aux cuisines
afin de couper des légumes pour le repas du
midi. Claray passait ce temps-là en compagnie
des nonnes.

Lorsqu'elle terminait sa tâche dans les cuisines,
elle se dirigeait vers la chapelle afin de prier
pendant près d'une heure, puis elle allait chercher
Claray avant de se rendre dans les chambres pour
faire le ménage. Elle aimait nettoyer les chambres
des nonnes, car ainsi, elle débarrassait l'abbaye de
toutes ses araignées.

Comme elle avait vingt chambres à nettoyer,
elle devait respecter un emploi du temps très
serré, mais elle était ravie à chaque fois qu'une
nonne lui disait qu'elle avait fait du bon travail.
Cela lui donnait un sentiment de fierté qu'elle
n'avait jamais vécu auparavant.

Chaque soir, sa prière se terminait par : « En
ai-je fait assez pour que Vous cessiez de me haïr,
Seigneur ? »

Elle savait qu'un jour, d'une façon ou d'une

autre, elle obtiendrait sa réponse, même si ce jour n'était pas encore arrivé.

Si Claray faisait de moins en moins de cauchemars, Sela se réveillait souvent au milieu de la nuit avec des sueurs froides, en balançant des bras pour écraser des créatures imaginaires. Comme Claray dormait sur une paillasse à côté de son petit lit, elle ne risquait pas de lui donner un coup au passage.

Torry dormait dans une boîte recouverte d'un vieux plaid doux offert par Torrian. Le chiot enfouissait toujours son nez dans le plaid avant de s'endormir, ce qu'elle et sa fille adoraient observer chaque soir lorsqu'il s'installait pour se reposer. Après avoir tourné en cercle quatre ou cinq fois, il finissait par s'allonger avec un grognement, puis farfouillait un peu dans la couverture jusqu'à ce que son nez repose au milieu des plis du tissu.

Sela pensait souvent à Connor – sa douceur, son odeur masculine, son fort caractère, mais surtout à quel point elle aimait se trouver dans ses bras. Aurait-elle à nouveau ce plaisir un jour ?

Elle l'espérait. Mais elle n'avait pas encore accompli sa pénitence.

Peut-être que ce jour ne viendrait jamais.

Un après-midi, elle était en train de nettoyer sa chambre lorsque la sœur Grace entra dans la pièce pour se joindre à elle. « Je voulais venir voir la petite Claray. Ce matin, j'avais l'impression qu'elle était en train de tomber malade. Comment va-t-elle ? »

Sela se retourna pour regarder sa fille, silencieusement installée sur le sol, en train de jouer avec Torry. Certes, elle préférait d'habitude pourchasser le chiot en cercles, mais elle ne semblait pas malade. « Je pense qu'elle va bien, sœur Grace, mais vous avez plus d'expérience que moi. Elle n'était pas toujours à mes côtés, l'année dernière. »

La sœur Grace se contenta de sourire – elle souriait toujours d'un air sincère – et s'avança vers Claray. Elle posa ensuite une main sur son front et déclara : « Je suis sûre qu'elle ira bien. »

« Merci » dit Sela. « Je garderai un œil sur elle. »

La sœur Grace était sur le point de passer la porte, mais elle hésita et jeta un coup d'œil en arrière. « N'avez-vous pas nettoyé votre chambre hier ? »

« Si, je l'ai fait. »

« Mais vous ne nettoyez pas toutes les chambres tous les jours, n'est-ce pas ? »

« Non, je veux juste m'assurer que ma chambre est toujours propre pour Claray. » Elle se retourna vers le mur qu'elle avait commencé à astiquer avant l'arrivée de la sœur Grace. « J'ai presque fini. »

La nonne s'avança jusqu'à se trouver en face d'elle. « De quoi avez-vous peur, mon enfant ? Je sens en vous une grande crainte, mais j'ignore de quoi il s'agit. »

Sela rougit, mais continua de frotter. « Ce n'est rien, ma sœur. Je vais bien. »

« Maman et moi, on a peur des araignées » intervint Claray avec innocence. « Je les aime pas parce qu'elles mordent. »

Sela ignora sa fille et continua sa tâche, dans

l'espoir que la nonne accepte la réponse de Claray et quitte la pièce.

Une étrange lueur passa dans les yeux de la sœur Grace, mais elle se contenta de répondre : « Très bien. Je vois que c'est important pour vous de nettoyer la pièce tous les jours à cause des araignées. Si vous avez besoin de quoi que ce soit, Sela, n'hésitez pas à me le dire. »

« Merci beaucoup, sœur Grace. » Elle s'arrêta pour s'incliner légèrement en direction de sa compagne avant de retourner à son ouvrage.

Elle fut surprise de constater que Claray n'avait pas envie de descendre dans le hall pour le dîner, mais puisqu'elle-même non plus n'avait pas vraiment faim, elle s'allongea dans le lit et raconta une histoire à Claray, à propos d'un beau Highlander qui passait son temps à sauver les jeunes filles sous l'emprise d'hommes cruels.

« Est-ce qu'il s'appelle Connor, maman ? » demanda Claray. « *Lui*, il nous a sauvées d'hommes méchants. »

En entendant son nom, Sela sentit sa gorge se serrer. « Si tu veux, nous pouvons l'appeler Connor. » Elle n'arrivait pas à décider comment terminer l'histoire, mais cela n'eut pas d'importance. Elles s'endormirent toutes les deux au beau milieu de l'histoire.

Elle se réveilla en entendant un bruit étrange. Roulant sur le côté, elle jeta un coup d'œil à Claray, et réalisa que le bruit en question provenait de deux sources. L'une était un étrange gémissement de sa fille, et l'autre un son plus fort provenant de Torry, qui semblait pleurer dès qu'il reniflait Claray. Elle bondit du lit et toucha la joue de sa fille pour la réveiller, constatant qu'elle était brûlante de fièvre.

Claray ne se réveilla pas.

Paniquée, Sela la prit dans ses bras et se précipita dans le couloir en criant : « Aidez-moi, je vous en prie ! Ma fille. » Elle ignorait quoi faire pour elle, mais quelqu'un devait bien le savoir. Claray comptait plus que tout pour elle.

Plusieurs nonnes sortirent de leurs chambres. « Qu'y a-t-il ? » appela l'une d'elles. « Qu'arrive-t-il à Claray ? » demanda une autre.

« Elle ne se réveille pas. Son front est brûlant et en sueur, et je ne sais pas quoi faire. Aidez-moi, je vous en prie. Où est votre guérisseur ? » Elle scruta chacun de leurs visages d'un air désespéré.

La première nonne qui avait parlé lui répondit : « Je vais demander à un garde d'aller chercher maîtresse Jennie. C'est une excellente guérisseuse. »

Lorsque Jennie arriva, Sela était assise à un fauteuil dans l'une des salles de réception, en pleurs, serrant sa fille contre sa poitrine, sans cesser de répéter : « Ne la prenez pas, je vous en prie, ne la prenez pas, je vous en prie mon Dieu. Elle est tout ce que j'ai. Sauvez-la, je vous en prie. » Elle se balançait d'avant en arrière dans un mouvement qui faillit lui donner la nausée, mais elle ne pouvait pas s'arrêter.

Comme Claray était sa première enfant, elle se sentait souvent perdue avec elle. Elle aurait tellement aimé que sa mère fût là pour l'aider.

Claray n'avait eu de la fièvre qu'une seule fois auparavant, mais pas autant. Que devait-elle faire ?

Une femme entra dans la chambre, et comme elle remarqua immédiatement sa ressemblance avec Alexander Grant, elle comprit qu'il s'agissait de Jennie. Ses cheveux bruns étaient parsemés de quelques mèches grises, mais elle était toujours une femme magnifique aux yeux remplis de douceur. « Ah, ce doit être Claray » dit-elle. « Je m'appelle Jennie Cameron. Vous êtes Sela, n'est-ce pas ? »

« Oui, Sela Seton. C'est ma fille, et je ne sais pas quoi faire pour l'aider. Elle n'a jamais eu autant de fièvre… Je ne sais pas y faire… Les enfants sont un mystère pour moi… Comment puis-je l'aider… »

« Allons, ne vous inquiétez pas. Je m'occupe d'enfants depuis très longtemps. Puis-je la prendre dans mes bras ? »

Sela la lui tendit en hochant la tête. Si cette femme était la tante de Connor, elle pouvait lui faire confiance. Jennie berça la petite Claray sur ses genoux tout en ordonnant rapidement aux nonnes de lui apporter ce dont elle avait besoin. Puis elle toucha et secoua gentiment la fillette, probablement pour essayer de la réveiller.

Claray ne bougea pas d'un pouce.

« Les enfants tombent souvent malades, bien plus que nous, les adultes. Les maladies vont et viennent, et il n'y a souvent rien à faire, à part les garder au chaud et leur donner à boire. La fièvre les déshydrate – nous devons donc lui donner du lait de chèvre, ou même de l'eau. »

« Je vais chercher du lait, maîtresse Jennie » dit une nonne.

Jennie retira une grande partie des vêtements de Claray. « Je vais essayer de lui faire baisser sa température, pour voir si ça l'aide. » Elle jeta un coup d'œil à Sela. « Connor m'a parlé de vous et de votre fille, vous le saviez ? »

« Oui. Il vous ressemble beaucoup, et son père aussi. »

« Alex est mon frère aîné. Brenna Ramsay est ma très chère sœur. Je suis sûre que vous l'avez déjà rencontrée. Notre mère et notre grand-père étaient guérisseurs. Racontez-moi comment vous avez rencontré Connor. »

Les nonnes lui apportèrent les affaires qu'elle avait demandées, puis elle leur donna congé en leur demandant de refermer la porte. « J'aimerais que vous me parliez de vous et Connor. Racontez-moi. Mon neveu m'est très cher, car il me rappelle beaucoup mon frère. »

« Connor… Je… » Que devait-elle lui raconter ? Pour une raison inconnue, elle décida de se montrer brutalement honnête avec cette femme. « J'ai rencontré Connor à l'époque où on m'appelait la Reine au cœur de glace d'Inverness. Je travaillais pour le Canal de Dubh. Je n'ai appris que très tard qu'ils vendaient des garçons et des jeunes filles, mais j'ai été impliquée dans d'autres de leurs activités. Connor et ses cousins ont combattu les hommes de Dubh à Inverness et Edinburgh, avant de vaincre enfin ces bâtards à Berwick. Je suis ici pour racheter mes fautes. Je ne sais pas encore si je choisirai de prononcer mes vœux et de devenir nonne. »

Jennie Cameron l'examina pendant quelques instants tandis qu'elle lavait Claray avec de l'eau froide. « Et le père de votre fille ? »

« Il est mort. En fait, je ne sais pas exactement lequel d'entre eux était son père. » Sela posa les yeux sur la cheminée éteinte devant elle, dans l'attente de voir si l'autre femme allait la réprimander. « Il y avait deux hommes, mais ils sont morts. »

La voix de Jennie s'éleva d'un ton doux et compatissant, qui lui rappela celui de sa très chère mère. « Donc si j'ai bien compris, vous avez été enlevée de chez vous, violée et forcée d'obéir aux ordres. Vous avez donné naissance à une magnifique petite fille, mais ils se sont servis d'elle pour vous forcer à travailler. Ils vous ont fait faire des choses en échange de sa sécurité. »

Des larmes se mirent à couler sur ses joues. Jennie s'était montrée aussi franche qu'elle.

Et elle avait raison. Comment l'avait-elle deviné ? Elle se contenta de répondre à voix basse : « Oui. »

« Et j'imagine aussi que vous êtes amoureuse de Connor, mais que vous ne pensez pas mériter tout l'amour qu'il a à vous offrir. »

Elle se mit à fixer le sol, incapable de répondre.

La voix de Jennie l'apaisait, comme celle de sa mère lorsqu'elle se réveillait quand elle se sentait mal au milieu de la nuit. « Vous n'avez pas besoin de le dire, mais vous avez répondu à mes questions. J'ai vu des femmes dans des situations similaires à la vôtre, et j'aimerais vous dire que vous n'avez pas besoin de vous racheter pour quoi que ce soit que ces horribles hommes vous ont obligée à faire en retenant votre fille prisonnière. Vous avez le droit au bonheur, et vous pouvez vous pardonner. »

« Me pardonner ? »

« Lorsqu'on se retrouve sous l'emprise de quelqu'un comme ça vous est arrivé, cela peut changer votre manière de penser, et la plupart des mères feraient tout pour protéger leurs enfants. C'est exactement ce que vous avez fait. C'est ainsi que l'a voulu la nature. Les ours, les sangliers et toutes les autres créatures de Dieu agissent de la même façon. Vous avez fait ce que la nature vous a poussée à faire. »

Cela ne lui était jamais venu à l'esprit. Toutes les mères étaient-elles aussi féroces qu'elle quand il s'agissait de leurs enfants ? Sa mère l'avait été, c'est vrai. Elle se rappela comment elle avait essayé de la cacher de Guy et Dee.

« Maman ? » Claray ouvrit les yeux et leva la tête pour regarder maîtresse Jennie.

Sela bondit sur ses pieds et s'agenouilla auprès d'elle. « Comment tu te sens, ma puce ? »

« J'ai soif. »

Jennie l'assit et répondit : « Nous avons du lait de chèvre frais pour toi. Nous allons t'aider à le boire. »

Claray toucha le visage de Jennie et dit : « Vous êtes qui ? Je vous aime bien. »

Sela pensait la même chose, et elle n'oublierait jamais ses douces paroles. Connor le lui avait déjà dit, mais il l'*aimait* – ce n'était pas la même chose de l'entendre de la bouche de cette femme forte et sage, qui n'avait aucune raison de transformer la vérité pour la réconforter.

CHAPITRE 24

DEUX JOURS PLUS tard, Claray allait beaucoup mieux. Maîtresse Jennie était revenue la voir deux fois par jour, et à chaque fois, elle et Sela finissaient par discuter pendant des heures. Jennie aimait lui raconter des histoires sur le petit Connor qui, voulant imiter ses frères jumeaux, mettait la main sur toutes les épées à sa portée. Il avait fait peur à sa mère plus d'une fois lorsqu'il avait été surpris en train de traîner une épée d'homme adulte dans la cour à l'âge de seulement trois étés.

Mais après tout, ses frères aînés avaient fait la même chose.

Elle avait aussi expliqué à Sela qu'Alex avait porté tous ses enfants autour de sa poitrine, enveloppés dans un plaid. Connor avait tout particulièrement apprécié lorsque son père le portait avec lui jusque dans les lices, les yeux tournés vers le monde afin de lui permettre d'observer les hommes pendant qu'il s'entraînait. Il bondissait de joie, à tel point qu'Alex devait souvent le rattraper pour l'empêcher de tomber.

Sela adorait écouter ces histoires, mais il semblait

que ses cauchemars avaient empiré à mesure que l'état de Claray s'était amélioré. Plus d'une fois, elle s'était réveillée en train de balancer des poings avec force.

Lorsqu'elle en parla à maîtresse Jennie, la femme d'âge mûr fit claquer sa langue. « Et si vous me laissiez prendre Claray et Torry à la maison pendant quelques jours ? J'ai deux filles qui seraient ravies de jouer avec elle. »

Claray était tellement contente à l'idée de cette aventure qu'elle bondit sur le cheval – preuve qu'elle allait effectivement beaucoup mieux. Elle s'assit à portée de Jennie et lui adressa un geste de la main, son cher petit chiot aux bons soins d'un garde. « Au revoir, maman ! Je reviens bientôt. »

Sela lui fit un signe à son tour. Elle savait que Claray avait l'habitude d'être loin d'elle, mais elle était partie si facilement – et avec une telle joie – qu'elle se sentit blessée dans son cœur.

Elle retourna donc faire du ménage. Elle nettoya les chambres tous les jours, mais les cauchemars persistèrent.

Une nuit, elle se réveilla et aurait pu jurer que Hord se trouvait dans un coin de la pièce. Elle poussa un cri, et deux gardes se précipitèrent dans la chambre, mais il n'y avait personne. Pendant la journée, elle faisait les cent pas dans l'abbaye, et la nuit elle récurait sa chambre avant de dormir, en laissant les bougies de suif allumées et la porte ouverte.

Si elle pouvait appeler cela dormir.

Chaque jour, elle dormait de moins en moins.

Hord était là. Elle le savait.

Le groupe de Grant quitta les terres des Ramsay. Le père de Connor avait promis à Maddie de rentrer à la maison à temps pour Yule, et Braden et Roddy étaient déjà prêts à rentrer chez eux.

Le jeune homme fut tenté de se diriger vers les terres des Cameron et l'abbaye de Lochluin, mais tout le monde lui avait conseillé de faire preuve de patience.

Et c'est ce qu'il fit pendant près d'une semaine au château Grant. En ce laps de temps, toutes ses pensées étaient tournées vers Sela. Il avait de moins en moins d'espoir qu'elle accepte sa demande, mais il mourait d'envie de savoir comment elle se portait.

Si elle allait bien.

Il se réveilla tôt et descendit dans le grand hall pour prendre son petit-déjeuner. À sa grande surprise, sa sœur Kyla était déjà assise sur l'estrade, en train de mâchonner une pomme. « Ton ventre est de plus en plus gros, jeune fille » le taquina-t-il. « Tu penses que ce sera un garçon ou une fille ? »

Elle gloussa, ses cheveux sombres détachés dans son dos. « Je pense que ce sera une fille, mais si je dois écouter encore une seule dispute entre Finlay et Jamie au sujet de celui qui aura le premier garçon, je crois bien que je m'arracherai tous les cheveux. »

Il sourit à sa sœur. « Tu es très heureuse. J'aime te voir ainsi. »

« Je le suis » répondit-elle, mais son sourire s'effaça tandis qu'elle le regardait. « Mais *toi* non. J'aurais bien aimé rencontrer Sela. Parle-moi d'elle. »

« Elle est presque aussi grande que moi, et elle a de longs cheveux blonds, presque blancs. Elle est magnifique, mais j'ai tout de suite lu la douleur dans ses yeux. Je savais qu'elle était malheureuse. Je n'ai pas bien compris sa situation au début, mais je savais qu'il y avait quelque chose qu'elle me cachait. Je ne sais pas quoi te dire d'autre, à part que plus j'en apprends sur elle, plus je l'aime. »

Leur mère sortit des cuisines avec un bol de bouillie d'avoine, et ses yeux s'illuminèrent lorsqu'elle les aperçut. Comme il était encore tôt, ils étaient les seuls dans le grand hall. « Puis-je me joindre à mes enfants ? »

« Bien sûr, mère » répondit Kyla.

« Est-ce que je vous ai interrompus ? » demanda Maddie en s'asseyant à côté de Kyla. « Je ne voudrais pas m'imposer au milieu d'une importante conversation. »

« Connor était en train de me parler de Sela. »

« Mère » intervint Connor. « J'aimerais te poser une question, si ça ne te dérange pas. »

« Je te répondrai si je le peux » dit-elle en prenant une bouchée de bouillie d'avoine.

« Père m'a dit que tu avais mis du temps à accepter sa demande en mariage. Qu'est-ce qui t'a fait changer d'avis ? »

Sa mère se perdit dans ses pensées, jouant avec les mèches rebelles qui s'étaient échappées de sa tresse. « J'avais peur de ton père. Il avait une façon de crier quand il était contrarié que je n'appréciais pas du tout. »

« Père ? » s'étonna Kyla en s'appuyant sur ses coudes. « Il ne crie jamais. »

« C'est vrai qu'il le fait rarement à présent, mais quand il était jeune ? Posez la question à vos oncles. Ils vous diront la même chose. L'âge a adouci son caractère, sans aucun doute, mais ma réticence à l'épouser venait plutôt de moi, pas de lui. » Elle reposa sa cuillère dans son bol et appuya ses coudes sur la table, les mains croisées. « Connor, cette pauvre femme a subi d'horribles traitements pendant cinq ans. Mais le pire de tout, c'est qu'elle a également dû supporter de voir son enfant se faire maltraiter. Je n'imagine même pas comment elle a pu traverser ce genre d'épreuve. Sa culpabilité, bien qu'infondée, doit être très forte. En tout cas, c'est ce que moi, je ressentirais. »

« Mais pourquoi ? » demanda Kyla. « Ce n'est pas de sa faute si elle était sous l'emprise de ces hommes. »

« Quoi qu'il soit arrivé, je n'aurais jamais cessé de me demander s'il y avait quelque chose que j'aurais pu faire pour mon enfant – une façon de ruser ou de m'échapper, par exemple. »

Kyla fronça soudain les sourcils. « Oh, mère. Je crois que je suis d'accord avec elle, Connor. J'étais tellement en colère de ne pas réussir à échapper à mes ravisseurs lorsqu'ils m'ont enlevée. J'étais furieuse contre eux, mais aussi contre moi-même pour ne pas avoir trouvé le moyen de me sortir de cette situation. »

« Mais tu as fini par en réchapper » lui rappela Connor.

« Oui, mais peu importait. Je n'oublierai jamais à quel point ç'a été difficile pour moi de parler à père à mon retour. J'avais tellement honte de ce que j'avais fait. »

« Et la souffrance de Sela est d'une toute autre envergure » ajouta sa mère. « Je crois que personne parmi nous ne peut vraiment comprendre ce qu'elle a vécu. Voir ses parents mourir sous ses yeux, puis voir sa fille soumise à la torture. Mon Dieu. » Elle posa les yeux sur son bol de bouillie d'avoine, comme perdue dans ses pensées d'une époque lointaine. « Tu vas devoir te montrer patient. Et je sais que ça va peut-être te paraître un peu insensé, mais elle doit réapprendre à s'aimer. »

« Quoi ? » s'exclama Connor.

« Elle s'en veut terriblement pour tout ce qu'il s'est passé. Peut-être même qu'elle croit qu'elle aurait pu empêcher la mort de ses parents. Elle doit réapprendre à s'aimer avant d'aimer quelqu'un d'autre. »

Kyla hocha la tête en croquant une nouvelle fois dans sa pomme. « Notre mère a raison. Écoute ses paroles. »

Les frères jumeaux de Connor passèrent la porte d'entrée en trombe, pleins d'énergie et de vigueur malgré l'heure matinale. « Amène ton cul de paresseux dans les lices, petit frère » s'écria Jake. « Je voudrais voir comment tu as réussi à battre ces hommes de Dubh. »

« Non » protesta Jamie. « Je veux qu'il vienne

sur le champ de tir avec moi. J'ai entendu dire que tante Gwyneth t'avait enseigné ses talents. »

Il hocha la tête. « Et Gregor aussi. Quel meilleur professeur aurais-je pu demander ? J'irai au champ de tir avec toi, Jamie. Ils m'ont donné des flèches spéciales que je n'avais encore jamais vues. »

Il se leva de table, se pencha pour embrasser sa mère sur la joue, puis ajouta : « Merci à vous deux. »

Connor passa plusieurs heures à s'entraîner avec ses frères, en faisant une pause de temps à autre pour boire une bière et échanger quelques mots. C'était pour lui une excellente distraction afin d'éviter de penser à Sela – jusqu'à ce que Jamie se mette à parler d'elle.

« Es-tu inquiet de voir si nos parents vont accepter Sela ? » demanda Jamie.

Connor repensa aux récentes conversations qu'il avait eues avec son père et sa mère. « Au début, je l'étais. Mais ils m'ont dit qu'ils ne la jugent pas pour ce qu'elle a fait lorsqu'elle était sous l'emprise des hommes de Dubh. As-tu un autre avis ? »

Jamie secoua la tête. « Non, c'est une femme courageuse sans l'ombre d'un doute. Je déteste les araignées » répondit-il en tressaillant d'un air dramatique.

Connor se tourna vers son autre frère. « Et toi, Jake ? Ç'a été difficile pour Aline ? »

Il poussa un soupir. « Je te préviens, c'est très dur d'accompagner quelqu'un qui doit guérir de ses blessures psychologiques. Aline a continué de crier dans son sommeil pendant un long moment, mais elle est allée un peu mieux à chaque lune qui passait. Patience, mon frère. Il faut de la patience et de la tempérance. »

« De la tempérance ? » répéta Connor.

« Oui. Sinon, tu risques d'être tenté de donner un coup de poing dans le mur en imaginant la tête de ce bâtard qui lui a fait du mal. Si tu te laisses aller à la colère, tu finiras avec une main cassée et encore plus de frustration. »

« Comment va-t-elle ? Je ne l'ai pas encore vue. »

« Elle est malade. »

« Elle est enceinte ? » demanda Jamie, et ses yeux s'illuminèrent.

« Non, elle n'est pas enceinte. Inquiète-toi plutôt de ta femme, et je m'occuperai d'Aline. »

Comme Connor ne savait pas quoi demander d'autre à ses frères, il se contenta de hausser les épaules – un geste qui trahissait son sentiment d'impuissance. « Vous voulez voir ce que Gregor m'a donné avant de quitter les terres des Ramsay ? » Il tendit la main vers son carquois et en sortit quatre flèches. « Intéressant, pas vrai ? Lorsqu'il est parti sauver Linet, il a craint de ne pas être assez bon au tir à l'arc pour les protéger, elle et lui. Alors il a commencé à pratiquer davantage à l'épée, mais il a aussi réfléchi à une façon de rendre ses flèches encore plus mortelles. »

« Pourquoi sont-elles comme ça ? Je n'en avais encore jamais vu de pareilles » commenta Jake. « Mais je ne suis pas très bon archer. Tu es bien meilleur que moi, Connor. »

Jamie éclata de rire. « Tu ne l'entendras pas

souvent prononcer ces mots. » Il fit rouler l'une des flèches entre ses doigts. « C'est inhabituel. Pourquoi avoir changé les bords ? »

« C'est pour les enflammer, si je le souhaite. »

Jake, qui avait détourné le regard, reporta immédiatement son attention sur eux. « Les enflammer ? Pour quoi faire ? »

« Il n'y a pas mal à rendre une arme deux fois plus mortelle » répondit Jamie. « Et puis, n'as-tu jamais été dans une situation où tu ne pouvais pas toucher un ennemi directement dans le cœur ou la tête ? Une flèche enflammée au bras peut être aussi mortelle. Ou bien tu peux t'en servir pour enflammer un bâtiment en bois ou au toit en chaume. C'est ingénieux. Gregor est doué pour trouver ce genre d'idée. »

« Oui » répondit Connor en sortant une nouvelle flèche afin de viser avec et d'en tester le poids. « Jennet aussi est très ingénieuse, je n'étais donc pas surpris d'apprendre que Gregor avait trouvé ce genre d'invention. »

Il relâcha sa flèche et toucha la cible dès le premier essai. Il fronça les sourcils en imaginant Hord au bout de cette flèche.

« À qui pensais-tu en envoyant celle-ci, petit frère ? » demanda Jake en lui adressant un regard entendu.

Connor haussa les épaules. « Hord. Cet homme est obsédé par Sela. Suis-je stupide de penser qu'il reviendra la chercher, maintenant que tout le monde l'a abandonné ? N'est-ce pas ce qu'a fait le bourreau de mère ? Hord est malin, je dois lui accorder ça. »

« Ne doute jamais de ton instinct » répondit Jamie. « Si tu es préparé à l'affronter, il ne te prendra jamais complètement par surprise. »

« Et pour ce qui est de Sela, sois patient » ajouta Jake en lui prenant l'épaule. « Tu ne le regretteras pas. »

Jamie s'esclaffa. « Il était temps, petit frère. On était en train de commencer à se demander si tu allais enfin te choisir une femme. »

« Oui, sinon, on avait prévu de t'en trouver une cet été. »

« Merci, mais c'est moi qui choisirai ma femme. » Connor n'avait même pas envie de penser à ce qu'ils avaient prévu pour lui. « Je sais d'expérience qu'il ne vaut mieux pas que je fasse confiance à mes chers frères pour ce genre de chose. »

Jamie but une gorgée de bière de son outre. « Pourquoi ça ? »

« Oh, je ne sais pas. Peut-être à cause de la fois où vous avez essayé de me mettre en couple avec celle qui était amoureuse de moi ? Qui ne pouvait même pas me parler parce qu'elle était trop occupée à me regarder et à me caresser la main ? »

Jamie cracha sa bière sur le sol devant lui, puis partit d'un grand éclat de rire.

Connor croisa les bras devant lui, les yeux fixés sur ses frères. « C'était pendant l'un des festivals des Ramsay. Et j'ai fait ce que j'avais à faire, mais lorsqu'elle a essayé de monter derrière moi sur la balançoire en corde, j'ai dû mettre fin à ce début de relation. »

Jake se plia en deux et poussa un rugissement tel qu'il n'en avait pas entendu depuis longtemps.

« Nous ne la connaissions pas vraiment » postillonna Jamies. « Nous avions simplement remarqué qu'elle te regardait. Et tu dois admettre qu'elle était jolie. »

« Ça, je suis d'accord. Elle était magnifique, mais ce n'est pas la seule chose qui compte. Riez autant que vous le voulez, tous les deux, mais je suis plus grand que vous maintenant » ajouta-t-il avec un sourire en se retournant vers la cible avant de tirer quelques flèches supplémentaires.

« Comment as-tu deviné que c'était nous qui avions fait le coup ? » demanda Jake.

« Peut-être parce que l'année précédente, vous aviez essayé de me présenter à une femme plus vieille que notre mère » marmonna-t-il en tirant deux autres flèches.

« Allons, Connor. On ne faisait que te taquiner. On pensait que tu pourrais acquérir un peu d'expérience avec cette femme » dit Jake en s'approchant de Jamie, qu'il saisit par l'épaule. « Ça faisait partie de notre devoir en tant que grands frères. Cette fois, nous t'avions trouvé une belle jeune fille de notre âge. »

« C'est sûr » répondit Connor, cessant enfin de fixer ses deux frères. « Mais cette fille me murmurait à l'oreille des choses que je n'avais encore jamais entendues. Elle m'a fait peur quand elle m'a décrit toutes les choses qu'elle voulait me faire. Je n'avais que quinze étés à l'époque. »

Jamie prit une autre gorgée de bière en toussotant encore un peu.

« Et je parle de détails explicites. Des choses que je ne connaissais même pas encore à l'époque. J'aurais dû vous la renvoyer. »

Jamie cracha une nouvelle fois sa bière, saisi d'un autre fou rire. Lorsqu'il parvint enfin à se calmer, il répondit : « Désolé, mais c'était tellement drôle. »

« Celle que tu t'es trouvée est vraiment différente » dit Jake. « Sela est impressionnante. »

Connor croisa les bras en adressant à ses frères un regard suffisant. « Oui, et comme je l'ai dit, si vous réessayez de tenter quoi que ce soit dans ce genre, rappelez-vous que c'est moi le plus grand. »

« Oui » rétorqua Jamie, toujours aussi sournois. « Mais ce sera un combat à deux contre un. »

Loki arriva derrière eux en déclarant : « Non, deux contre deux. Je serai de ton côté, Connor. »

Jamie et Jake grommelèrent de mécontentement.

« Merci, cousin » répondit Connor. « Je ne t'ai pas entendu arriver. »

« Je voulais savoir où vous en étiez avec les hommes de Dubh avant les préparatifs de Yule. Je vais rester tranquille pour le reste de l'hiver, mais la curiosité m'a poussé à me poser des questions… »

« Aucune nouvelle du Canal de Dubh. Pour ce que nous en savons, nous y avons mis un terme. »

« Bien. À présent, voyons voir lequel d'entre nous est le meilleur archer. »

Ils poursuivirent leur entraînement sur le champ de tir. Peu après que le soleil eût atteint son zénith, Connor remarqua deux chevaux en train de se diriger vers eux. Il sentit sa gorge se serrer.

« Ce ne sont pas des plaids des Cameron, Jamie ? » demanda-t-il.

« Si, je crois bien. »

Il monta en selle et chevaucha pour aller à la rencontre des messagers. L'un des gardes lui demanda : « Connor Grant ? »

« Oui, c'est moi. »

« La mère Matilda vous demande de venir immédiatement à l'abbaye de Lochluin. »

Merde.

CHAPITRE 25

～

SELA EFFECTUA SES corvées matinales, coupa les légumes pour le repas de midi, mais elle ne parvenait à se sortir de la tête l'idée que Hord se cachait quelque part dans l'abbaye. Comment pouvait-elle le prouver ? Elle n'avait aucune envie de le chercher.

La sœur Therese s'approcha pour vérifier l'avancement de ses tâches, ce qu'elle faisait généralement une fois par jour. « Doux Jésus, vous avez coupé beaucoup de légumes ce matin, Sela. Est-ce que tout va bien ? »

Elle laisse tomber son couteau, remarquant seulement à quel point elle s'y était agrippée, puis s'essuya les mains sur le tablier qu'elle portait par-dessus sa robe en laine. « Je vais bien, ma sœur. Et vous ? »

« Oui. Je serais heureuse de déguster vos légumes, mais vous n'aviez pas besoin de les couper aussi finement. »

« Désolée, ma sœur. Je ferai mieux demain. Si vous voulez bien me laisser les mettre dans la marmite sur le feu. »

« Oui, ensuite vous pourrez aller à la chapelle. »

Elle plongea les légumes dans la marmite, puis se dirigea vers la chapelle après avoir nettoyé son plan de travail. En général, elle s'agenouillait devant l'autel avant de réciter ses prières de pardon et d'implorer au Seigneur de la guider.

Ce matin-là, elle resta vers le fond du bâtiment, incapable de s'approcher.

Il est ici, Seigneur. Il est ici, Seigneur. Aidez-moi, je vous en prie. Ne le laissez pas me faire encore du mal. Protégez Claray. Enseignez-moi à me protéger, je Vous en prie.

Après avoir répété sa prière au moins dix fois, la réponse lui parvint.

Elle aurait besoin d'un gros bâton pour se défendre.

Merci, Seigneur.

Elle se précipita vers la porte de derrière, en espérant ne croiser personne. Elle aurait bien le temps de nettoyer les chambres plus tard. Elle devait d'abord se trouver un gros bâton.

Plusieurs gardes étaient en train de patrouiller dehors. Elle les salua tous avec politesse, puis continua son chemin.

« Où allez-vous, milady ? » demanda l'un d'eux.

« Je vais dans la forêt. Pourriez-vous m'y escorter ? Je ne voudrais pas tomber sur des reivers. »

Ou Hord. Mais elle ne leur confia pas cette pensée, car elle sentait que personne ne la comprendrait.

Deux gardes la suivirent tandis qu'elle s'avançait entre les arbres, le regard tourné vers les branches mortes à la recherche du bâton dont elle avait besoin. Il lui fallut dix minutes pour en trouver un assez gros pour faire l'affaire.

Elle ferma ses doigts autour de la branche épaisse et donna un coup dans le vide, le plus fort possible, en imaginant le visage hilare de Hord devant elle.

Elle aimait bien celui-là.

« Pourquoi avez-vous besoin de ça, milady ? » demanda un garde.

Si elle lui disait la vérité, il risquait de le lui confisquer. Après tout, les gardes étaient là pour les protéger, et ils pourraient ne pas comprendre pourquoi elle aurait besoin de quelque chose pour se défendre.

« Yule approche, comme vous le savez. C'est pour en faire une décoration » mentit-elle. « Je pensais que je pourrais y ajouter des baies et des rubans, pour en accrocher dans le chauffoir et la salle du chapitre. »

Il ne posa pas d'autres questions, se contentant de l'aider à chercher des bâtons.

Elle en trouva un autre.

Et un autre.

Et un autre.

Chacun plus gros que le précédent.

« Êtes-vous certaine d'avoir besoin de tout ça, milady ? Nous pouvons en porter encore quelques autres, mais ensuite, nous risquons d'avoir du mal à tout ramener à l'abbaye. »

Elle leva les yeux vers les gardes aux bras chargés de bâtons et répondit : « Excusez-moi. Je pense qu'un dernier devrait suffire. »

Elle retint son souffle lorsqu'elle trouva

exactement ce qu'elle cherchait. Il était si grand qu'elle était à peine capable de l'utiliser. Mais elle s'entraînerait jusqu'à devenir plus forte. C'était ce que Connor lui avait dit à propos du développement de compétences au tir à l'arc et à l'épée : il suffisait juste d'un bon entraînement.

Elle parvenait tout juste à le soulever, mais il était parfait.

« Attendez, milady, je vais vous le porter. »

« Non ! »

Elle n'avait pas voulu crier, mais elle sentait que c'était le bâton qu'il lui fallait. Et elle devait le ramener elle-même à l'abbaye. « Je vais le traîner derrière moi. Je pense que nous en avons assez. Nous pouvons rentrer, à présent. Merci beaucoup pour votre aide. »

Les deux gardes lui sourirent. Comme ils avaient l'habitude de travailler en compagnie de nonnes, de prêtre et de moines, elle supposa qu'ils étaient heureux de parler à une personne normale pour une fois.

Elle se mit à tirer la lourde branche derrière elle. Il lui fallut de la persévérance, mais elle réussit à la ramener. « Vous pouvez laisser les branches ici, je vais m'en occuper. »

Lorsque les gardes furent de retour à leur poste, elle entreprit de faire le tour des environs de l'abbaye. Il lui fallait un plan. Elle avait assez de bâtons pour en disperser un peu partout. Mesurant les distances avec soin, elle trouva un endroit pour cacher chacune de ses armes autour de l'abbaye, toutes parfaitement placées pour qu'elle en eût toujours une à portée de main.

Ainsi, peu importait où elle serait quand Hord la retrouverait.

Ne serait-il pas sidéré de la voir lui donner un bon coup sur la tête pour l'assommer ? Lorsqu'elle fut enfin satisfaite, elle retourna dans le bâtiment, en prenant avec elle le plus gros bâton, qu'elle laisserait dans sa chambre.

La mère Matilda l'arrêta dans le couloir. « Mon Dieu, qu'avez-vous ici, mon enfant ? »

« C'est une grosse branche que j'aimerais couper en morceaux pour confectionner des décorations. » Elle réfléchit avec soin, tout en priant pour le pardon du Seigneur tandis qu'elle mentait à l'abbesse. « C'est une surprise — je ne peux pas vous en dire plus. »

Elle lui adressa ensuite son plus beau sourire, puis reprit le chemin de sa chambre. Elle récupéra tout son matériel de ménage, puis entreprit d'effectuer ses corvées de la journée. La dernière chambre à nettoyer serait la sienne, juste avant l'heure du coucher.

Si elle arrivait à dormir. Elle ne cessait d'essayer, mais elle restait éveillée presque toutes les nuits — à s'inquiéter, planifier, élaborer une stratégie pour vaincre Hord une bonne fois pour toutes.

Plus elle nettoyait de chambres, plus elle s'inquiétait.

Il y avait plus d'araignées que d'habitude.

En général, elle n'en trouvait qu'une ou deux par chambre. Aujourd'hui, elle en dénicha quatre dans une, cinq dans une autre, et trois dans la troisième.

Hord était là. Elle en était certaine.

Elle se précipita vers sa chambre pour la nettoyer, mais elle se mit ensuite à réfléchir à autre chose. Elle devait absolument se préparer à l'arrivée de ce bâtard. Le soleil était sur le point de se coucher, mais elle avait encore assez de lumière pour y voir clair. Elle refit le tour de l'abbaye et retrouva chacun de ses bâtons, qu'elle reprit tous pour les monter dans sa chambre.

Elle venait de terminer lorsque la sœur Grace entra dans la pièce. « Encore des bâtons, Sela ? » s'enquit-elle.

« Oui, c'est une surprise. Je ne peux pas vous dire ce que je prévois d'en faire. » Elle lui sourit en essuyant la sueur de son front.

La sœur Grace se précipita ensuite dans le couloir pour se diriger vers le solarium de l'abbesse, mais Sela n'avait pas le temps de se demander pourquoi elle était si pressée. Elle avait du ménage à faire.

Et des araignées à tuer.

Elle récura chaque recoin de sa chambre. Elle trouva six araignées. Comment toutes ces bestioles avaient-elles pu entrer dans sa chambre ? Il n'y avait qu'une seule réponse à cette question.

C'était Hord qui les avait mises là.

Assise sur le bord de son lit, elle laissa libre cours à ses larmes.

Où était Connor ? Elle avait besoin de lui, mais elle l'avait rejeté.

Elle se moucha dans un carré de lin, juste au moment où l'abbesse entrait dans la chambre. « Comment allez-vous ce soir, Sela ? J'ai entendu dire que vous aviez été très occupée. »

« Bonsoir, mère Matilda. Entrez, asseyez-vous sur le lit avec moi. » L'abbesse s'installa à ses côtés. « Ma chambre est toute propre. Je viens de finir de la nettoyer, mais il est vrai que j'ai été très occupée aujourd'hui. J'ai gardé la mienne pour la fin. »

« Qu'avez-vous fait aujourd'hui ? »

Elle sourit à l'abbesse en essuyant ses larmes à l'aide du carré de lin. C'était réconfortant d'avoir quelqu'un à ses côtés. Hord ne viendrait pas la chercher si elle n'était pas seule, non ? « J'ai tué des araignées. »

« Y en a-t-il plus que d'habitude ? Votre chambre est toujours impeccable. »

« Je fais de mon mieux. Excusez-moi, j'en vois une autre. » Elle bondit du lit et écrasa la bestiole sur le mur à l'aide d'un chiffon.

« Oh, en voilà une autre. » Elle abattit sa main nue sur le mur.

« Et une autre. »

La mère Matilda s'était levée, elle aussi, et se tenait juste derrière la jeune femme. « Je ne vois aucune araignée. Êtes-vous sûre que votre vue n'est pas un peu brouillée ? »

« Non, vous voyez ? En voilà une autre. » Elle bondit à un autre endroit, frappant le mur avec son chiffon. « Et une autre, là. Comment ne pouvez-vous pas les voir ? Et en voilà une autre. Et une autre. »

La sœur Grace passa la porte d'un air inquiet, mais Sela ignorait pourquoi.

« Mère Matilda, la personne que vous avez convoquée ce matin est arrivée. »

Sela se fichait bien de qui il pouvait s'agir. Elle avait trois autres araignées à tuer.

Elle devait les tuer toutes, avant qu'elles ne la tuent, elle.

Connor avait fait galoper Midnight Moon si vite qu'il lui offrit une pomme dès leur arrivée. Hochant la tête en direction du garçon d'écurie, il déclara : « Il a besoin d'eau. »

Il se précipita ensuite à l'intérieur, peu surpris de voir une nonne qui l'attendait en se tortillant les mains. « Elle est dans sa chambre. Mère Matilda est avec elle. Elle a des hallucinations, à présent. »

« Où est Claray ? » demanda-t-il. « Pouvez-vous la garder ce soir ? »

« Maîtresse Jennie a emmené Claray dans son donjon. »

Il ne savait pas vraiment quoi faire, mais il suivit la nonne jusqu'à la chambre et se tint dans l'encadrement de la porte, avant d'apercevoir Sela dans l'obscurité. Elle se déplaçait d'un endroit à l'autre du mur pour frapper, écraser et tuer des ennemis invisibles. Il doutait qu'il y eût la moindre bestiole dans les environs.

La mère Matilda le salua et dit : « Je ne sais pas quoi faire pour elle. »

« Merci de m'avoir appelé. Je vais probablement l'emmener au donjon de ma tante Jennie pour la calmer. Nous reviendrons sûrement demain. »

L'abbesse lui tapota le bras avant de s'éloigner.

Sela n'avait même pas remarqué sa présence. « Sela ? Qu'est-ce que tu fais ? » demanda-t-il.

Elle tourna la tête et ses yeux s'illuminèrent lorsqu'elle le reconnut, mais la lueur de joie s'effaça bientôt tandis qu'elle reportait son attention sur le mur. Elle sanglotait dans un coin. « Tu ne sais pas, Connor ? Hord est ici. »

Comme il voyait bien qu'elle était en train de perdre pied, il choisit sa réponse avec soin : « Où est-il ? »

« Je ne l'ai pas vu avec certitude, mais je sais qu'il est là. Regarde toutes les araignées dans ma chambre. D'habitude, il n'y en a qu'une ou deux. J'en ai tué plus d'une vingtaine, et il y en a encore tellement. Regarde dans ce coin. Les toiles dissimulent leur nombre, mais je dois les tuer toutes. Je dois protéger Claray. »

Il s'approcha doucement d'elle, car il ne voulait pas l'effrayer. « À quoi te servent tous ces bâtons ? »

« C'est pour frapper Hord quand il me retrouvera. Je me suis souvenue de ce que tu m'as dit à propos de s'entraîner. Il ne me trouvera pas sans défense. Mais ces fichues araignées n'arrêtent pas de revenir » dit-elle d'une voix brisée en sanglotant. « Ces araignées, Connor. Je ne peux pas les arrêter, elles deviennent de plus en plus grosses, et elles… Aide-moi à les faire disparaître, je t'en prie. »

Il se plaça derrière elle et passa un bras autour de sa taille. « Ne t'inquiète pas, ma douce. Je vais m'occuper des araignées. » Il tendit la main pour lui prendre son chiffon, remarquant qu'elle n'avait pas écrasé la moindre araignée ou toile d'araignée. « Regarde, je vais les tuer. » Il prit le chiffon et l'agita dans un coin, encore et encore.

« Tu vois ? Elles sont toutes parties maintenant. Je ne les laisserai pas te faire du mal. »

Elle désigna un endroit sur la droite. « Il y en a une là. »

Il ne vit rien, mais fit semblant d'en tuer une.

« Et une autre là-bas. » Elle pointa du doigt à gauche. « Je ne peux pas toutes les écraser, Connor. Je ne sais pas quoi faire. » Elle se dégagea de son étreinte et se mit à frapper le mur à différents endroits. « Regarde-les, là » s'écria-t-elle en s'agenouillant pour tuer des araignées qu'elle crut voir entre le sol et le mur. « Aide-moi à les tuer, je t'en prie. »

Elle abattit sa main encore et encore, jusqu'à ce qu'il ne puisse plus le supporter. Il passa une nouvelle fois son bras autour de sa taille pour l'éloigner. « Et si tu me laissais les tuer ? As-tu oublié que je t'ai dit que je te protégerai pour toujours ? »

« Vraiment ? Le peux-tu ? Il y en a tellement que nous ne serons pas trop de deux pour les tuer. Je ne peux pas les laisser s'approcher de Claray. Aide-moi, je t'en prie. » Elle le repoussa et posa une main sur sa poitrine.

La peur qu'il lisait dans ses yeux devenait de plus en plus intolérable. Comment pouvait-il l'aider ? « Et si je t'emmenais voir tante Jennie ? Je reviendrai ensuite pour les brûler toutes. »

« Tu ferais ça ? Pour moi ? C'est une merveilleuse idée. Elles ne pourront pas survivre à ça. »

Son regard tourmenté était difficile à supporter. Il devait la calmer, la convaincre qu'il n'y avait aucune araignée.

« Je te le promets. Dès que nous arriverons là-bas, je reviendrai immédiatement ici. »

« Merci, Connor. N'oublie bien de bien vérifier qu'il n'y en a plus après. Sous mon lit, derrière les chaises, dans les coins, même au plafond. Elles peuvent se cacher partout. »

Son corps était secoué de sanglots, et il la prit dans ses bras. « Je vais m'occuper de toi. Je t'aime, tu te souviens ? » Il l'embrassa sur le front.

« Oui, et je t'aime aussi. Je suis désolée de t'avoir blessé. »

« Je comprends. Je t'attendrai. »

« Mais Hord… Tu dois le trouver. » Elle posa sa tête sur son épaule en continuant de sangloter.

« Il ne te touchera pas. Tu me fais confiance ? » Il l'embrassa une nouvelle fois, dans l'espoir de distraire le chaos qui avait envahi son esprit. Il ferait n'importe quoi pour l'aider.

« Oui, je te fais confiance. Tu me protégeras. » Elle s'agrippa si fermement à ses bras qu'il se demanda si elle pourrait le lâcher un jour.

« Oui. » Il la porta dans les escaliers, puis dans le couloir. La mère Matilda hocha la tête dans sa direction tandis qu'il l'emmenait dehors. Lorsqu'il atteignit son cheval, elle s'était profondément endormie. Le maître d'écurie s'avança pour la prendre dans ses bras afin que Connor puisse monter en selle, puis il la lui tendit.

Posant Sela sur ses genoux, Connor s'adressa aux deux gardes Grant qui avaient fait le trajet avec lui. « Je veux que vous alliez fouiller le périmètre à la recherche d'étrangers. J'enverrai des gardes Cameron vous aider. »

Mais à son avis, ils ne trouveraient rien. Elle avait imaginé toutes les araignées. Il n'en avait vu aucune dans toute l'abbaye, et il avait jeté un œil dans le couloir en chemin. Ce salaud lui faisait tellement peur qu'il continuait de la tourmenter à distance.

Mais il savait qu'il ne fallait pas ignorer son intuition féminine. Gavin lui avait confié que Merewen pouvait sentir la présence de Linet. Et si elle ressentait quelque chose de semblable ?

Lorsqu'il arriva sur les terres des Cameron, il porta Sela à l'intérieur. Tante Jennie avait été informée de son arrivée, et elle se précipita à sa rencontre. « Elle va bien ? Elle s'est fait du mal ? Elle a de la fièvre ? »

Il jeta un coup d'œil à Sela pour vérifier qu'elle était toujours endormie, puis répondit : « Elle pense que l'homme qui l'a torturée – celui qui adore les araignées – est de retour. Je pense qu'elle a tout imaginé, mais par sécurité, j'ai envoyé les deux gardes de mon escorte patrouiller sur vos terres. Pourrais-tu demander à oncle Aedan d'envoyer également quelques-uns de ses gardes ? »

« Bien sûr. J'irai lui parler. Claray est avec nous, et elle va très bien. Et si tu emmenais Sela dans notre cachette ? Ainsi, Claray ne la verra pas dans cet état. Je peux vous faire porter de la nourriture et de la bière. »

« Merci, tante Jennie. Elle s'est endormie dès que je l'ai prise dans mes bras. »

Jennie le guida jusqu'à l'arrière du donjon, et il la suivit tandis qu'elle empruntait un chemin qui menait à un cottage dissimulé dans les buissons.

Il se rappelait avoir entendu ses frères parler de cette cachette, mais il n'y était encore jamais allé. Niché au milieu de parterres de fleurs bien entretenues et de buissons taillés, le cottage se composait de deux pièces. La première était petite mais confortable, avec une table entourée de quatre chaises et deux grands fauteuils rembourrés au coin du feu. Les vases de fleurs séchées posés sur le manteau de la cheminée conféraient à la pièce une agréable odeur de lavande. Le seul autre meuble était un coffre surmonté d'épaisses fourrures et de deux livres. Jennie adorait lire, aussi ne fut-il pas surpris d'en trouver dans le cottage.

Jennie se dirigea vers la deuxième pièce en lui faisant un geste de la main. « Aedan aime tellement cet endroit qu'il l'a ajouté à la première pièce. Parfois, nous aimons venir ici pour lire – tout est tellement plus tranquille. »

Dans la deuxième pièce trônait un grand lit recouvert de fourrures et d'oreillers, mais son regard fut attiré par le plafond, qui était inhabituel. Il ne put s'empêcher de le fixer tout en suivant sa tante dans la chambre.

« On peut l'ouvrir pour admirer le ciel » déclara tante Jennie. « Mais il vaut mieux ne pas l'utiliser à cette époque de l'année. Aedan l'a fait construire ainsi pour que nous puissions regarder les étoiles en été. Cette partie rectangulaire est reliée à une corde dehors. Comme ça, il peut soulever le toit et l'ouvrir pour la nuit, mais il faut le faire de l'extérieur. C'est l'un des passe-temps préférés d'Aedan – observer les étoiles par une nuit dégagée. Mais il fait bien trop froid pour le faire ce soir, et puis Sela a besoin de toi. »

Comme il ne savait pas trop quoi faire pour Sela, il lui confia ses doutes. « Comment puis-je l'aider, tante Jennie ? »

« Pose-la sur le lit pour que je puisse l'examiner avant de partir. »

Connor obéit, puis observa tante Jennie tandis qu'elle faisait courir ses mains expertes sur le corps de Sela sans déranger son sommeil. « Donne-moi la bougie, s'il te plaît. »

Connor la lui tendit et elle l'approcha du visage de Sela. Elle ne fit pas le moindre mouvement ou tressaillement. « Regarde les cernes sous ses yeux. Je parie qu'elle n'a pas beaucoup dormi ces derniers temps – c'est probablement pour ça qu'elle s'est endormie si vite dans tes bras. Elle sait qu'elle est en sécurité avec toi. » Elle rendit la bougie à Connor et recouvrit Sela d'un plaid.

« Que puis-je faire pour elle, tante Jennie ? »

« Laisse-la dormir. Elle va probablement rester endormie toute la nuit et oublier les vilains tours que lui a joués son esprit. L'épuisement peut nous faire faire de drôles de choses. Je vais vous rapporter un panier de nourriture et un peu de bière. Espérons qu'elle ira mieux demain, mais je te suggère de ne pas l'amener au donjon ni auprès de Claray pour le moment. »

« Tu es sûre que Claray ne pourrait pas l'aider ? »

« Cela dépend de ta réponse à ma question : se peut-il qu'elle ait raison ? Cet homme est-il de retour ? Parce que si c'est le cas, je suis sûre qu'elle voudra emmener Claray très, très loin d'ici. »

Connor n'en avait aucune idée, mais il comptait bien le découvrir.

CHAPITRE 26

LORSQUE SELA OUVRIT les yeux, elle crut pendant un instant qu'elle était encore en train de rêver. L'un de ces plus beaux rêves, celui où Connor était avec elle, et non un cauchemar rempli d'araignées. Ils se trouvaient dans une chambre inconnue, et il était allongé auprès d'elle sur les couvertures, seulement vêtu d'un plaid. Ce ne pouvait être qu'un rêve, et pourtant, elle portait sa robe de l'abbaye. Elle se leva du lit, en veillant à ne pas le réveiller, puis retira ses vêtements.

Connor était toujours là.

Se pouvait-il qu'il soit réel ?

Elle aurait pu le contempler toute la journée. Il avait l'air paisible, ainsi endormi. Ensuite, à sa grande surprise, il ouvrit un œil, puis l'autre.

« Es-tu vraiment là, Connor Grant ? » Elle fit courir un doigt le long de sa mâchoire. « Pourquoi es-tu venu ? Es-tu en train de faire pousser ta barbe ? Elle est un peu hirsute. »

« Trois questions, c'est trop à la fois. Oui, je suis là. Je suis venu parce que je t'aime, et je n'ai pas encore eu l'occasion de me raser la barbe. »

« Où sommes-nous ? » demanda-t-elle en parcourant le reste de son corps du bout du doigt – son oreille, son menton, puis sa poitrine aux poils sombres. Elle aurait pu le toucher ainsi jusqu'à la fin des temps.

« Nous sommes dans un cottage sur les terres des Cameron. »

« Comment as-tu su qu'il fallait venir ? »

« Mère Matilda était inquiète pour toi. »

« Je suis devenue folle, n'est-ce pas ? J'ai vu des choses qui n'étaient pas là. J'ai cru que Hord était tout près de l'abbaye, en train de lâcher ses araignées sur moi. Qu'est-ce qui m'arrive ? » Elle cessa le mouvement de sa main et croisa son regard.

Il lui prit la main et la porta à ses lèvres pour l'embrasser, puis la serra contre sa poitrine. « Ma tante, la guérisseuse, a dit que l'épuisement peut provoquer des hallucinations. Tu t'es endormie dès que je t'ai prise dans mes bras. Tu avais de grosses cernes sous les yeux. »

« Est-ce que tout ça cessera un jour, Connor ? »

Il soupira en l'attirant vers lui. « Oui. Un jour, ça cessera, mais tout ça est encore trop récent pour toi. »

« Fais-moi l'amour » dit-elle en sentant son sexe durci sous son plaid. « J'ai besoin de toi. »

« Nous ne sommes pas mariés, Sela. Je pourrais te mettre enceinte. Nous ne devrions pas continuer à le faire, mais j'admets que c'est très difficile pour moi de t'ignorer quand je te tiens ainsi nue dans mes bras. As-tu décidé d'accepter ma demande ? »

Elle se mordilla la lèvre inférieure avant de répondre : « Comment pourrais-je t'épouser alors que je crains de perdre la raison ? J'ai envoyé Claray chez maîtresse Jennie parce que mes cauchemars ne faisaient qu'empirer, et je craignais de lui faire du mal au milieu de la nuit. » Elle s'interrompit, réfléchissant à la question − serait-ce un signe si elle tombait enceinte ? − puis ajouta : « Si je porte ton enfant, je t'épouserai. Sinon, je ne veux pas te soumettre à toutes mes afflictions. » Elle passa la main sous son plaid et le saisit fermement en effectuant un mouvement de va-et-vient. « J'ai besoin de toi. S'il te plaît ? »

Il poussa un grognement et lui ravit ses lèvres avec un désir qu'elle partageait. Elle le repoussa un instant pour lui dire : « Je t'aime vraiment, Connor. »

« D'accord, mais ensuite, ça n'arrivera plus jamais jusqu'à ce que tu décides de devenir ma femme » dit-il en faisant glisser sa main jusqu'à la touffe de fines boucles entre ses jambes, qu'il titilla du bout du doigt avant de plonger dans son humidité.

« Ce n'est pas de cette partie de toi dont j'ai envie. » Elle tendit la main pour repousser la sienne.

Il se leva en laissant tomber son plaid au sol, puis s'installa entre ses cuisses et dit : « Guide-moi. Montre-moi que tu en as envie. »

Elle écarta les jambes et s'agrippa à lui, l'amenant vers son entrée en jouant un peu avec son extrémité, puis le positionna pour qu'il puisse entrer en elle. « À ton tour. »

Il plongea en elle, poussant un gémissement lorsqu'il l'eut complètement pénétrée, puis laissa tomber sa tête sur son épaule. « Tu me rends fou, Sela. Tu le sais ? »

Il se retira lentement, puis la pénétra à nouveau, attendant jusqu'à la dernière seconde pour entrer complètement. Elle poussa une exclamation étouffée.

« Je t'aime. Dis-moi encore que tu m'aimes » lui murmura-t-il à l'oreille, son haleine chaude alimentant son désir.

« Je t'aime, Connor. J'ai besoin de toi. »

Il continua ses va-et-vient, puis plongea complètement encore une fois, son membre se contractant au plus profond d'elle.

Elle poussa des gémissements de plus en plus aigus. « Connor. »

« Tu seras mienne un jour, n'est-ce pas ? » Il posa ses lèvres sur la peau soyeuse de son cou, caressant chaque partie de son corps où il pouvait sentir les battements de son cœur.

« Oui, je suis à toi maintenant. Je n'en voudrai jamais un autre. »

Il se retira une nouvelle fois, la pénétra de nouveau, puis encore et encore jusqu'à ce qu'elle craignît que ses cris ne finissent par être entendus jusqu'à l'abbaye. Son désir montait de plus en plus en elle, délicieusement douloureux, mais elle voulait qu'il accélère. « Encore » murmura-t-elle d'une voix rauque.

Il continua ses va-et-vient langoureux, à un rythme qui était presque une torture pour elle.

Lorsqu'elle devint incapable de le supporter, elle se pressa contre lui. « Plus vite, je t'en prie. »

Il accéléra la cadence, plongeant en elle avec la force dont elle avait besoin. Agrippée à son épaule, les ongles enfoncés dans sa peau, elle cria son nom en atteignant l'extase, s'abandonnant enfin à des convulsions de plaisir tandis qu'il la rejoignait en criant son nom.

Ils restèrent allongés, leurs corps toujours enlacés. « Je ne peux pas vivre sans toi, Sela » dit enfin Connor. « Épouse-moi, je t'en prie. »

« J'y réfléchirai lorsque je serai convaincue que je ne deviendrai pas un fardeau pour toi. Je ne peux pas prononcer mes vœux tant que je ne me fais pas entièrement confiance. Est-ce que tu comprends ? »

Il enfouit son visage dans son cou, humant son doux parfum, avant de lui embrasser l'épaule. « Tu as besoin de temps. Je serai patient. »

Il roula sur le côté et elle posa sa tête sur son épaule. « Dis-moi une chose. Qu'est-ce qui t'a fait penser que Hord était de retour ? Tu devais bien avoir une raison. »

Elle réfléchit aux événements des derniers jours. « Ce n'était qu'un pressentiment – qu'on m'observait, ou qu'on me jugeait – qu'il était là, à m'attendre. Au lieu de céder comme je le fais d'habitude, j'ai décidé de riposter. J'ai trouvé plusieurs bâtons à utiliser pour me défendre. Mais je sais maintenant que j'ai imaginé les araignées dans ma chambre hier soir. J'en ai bien trouvé un peu plus que d'habitude dans l'abbaye, mais ça ne veut rien dire. Je le sais. »

« Oui, c'est peut-être simplement à cause du temps qu'il fait » dit-il en lui caressant légèrement le dos. « Veux-tu que je m'en aille ? »

« J'adore être ici avec toi, mais nous ne pouvons pas vivre ainsi sans être mariés. Je le sais. La seule chose que je te demanderai, c'est de fouiller un peu les environs avant de partir. Tu veux bien ? Je sais que les gardes de l'abbaye ont déjà cherché des traces de Hord, mais ce ne sont pas des gardes Grant. »

« Mes hommes sont déjà en train de le chercher. Et si tu te rhabillais et retournais à l'abbaye lorsque le soleil sera levé ? J'irai voir tante Jennie et oncle Aedan. Je leur parlerai de cet intrus potentiel. »

« Merci beaucoup. Tu reviendras me voir avant de partir ? S'il te plaît ? » Elle joua avec sa lèvre inférieure, et il sortit les dents pour la mordiller gentiment.

« Je te le promets. » Il se leva et elle eut tout le loisir de contempler son corps, tentée de toucher les monts et crevasses de ses muscles, mais elle se contrôla.

« Un jour, lorsque je le pourrai, je prévois d'embrasser chaque partie de ton corps massif. Je ne me lasse pas de le regarder. »

Il tourna les talons en lui adressant un sourire rayonnant. « Et moi, j'ai hâte de te rendre la pareille. »

Elle l'observa se durcir à nouveau devant elle, et elle gloussa parce qu'elle se sentait tellement heureuse de susciter une telle réaction chez lui.

« Continue de me regarder comme ça pour voir, jeune fille » la taquina-t-il.

Elle n'avait qu'un mot à dire et il serait sien. Oh, elle avait tellement envie de le dire, mais il méritait mieux qu'une femme qui ne pouvait même pas contrôler son esprit. Elle détacha son regard de son corps fabuleux et saisit ses vêtements.

Enfilant d'abord sa chemise de nuit et sa robe, elle s'étira ensuite avant de se lever pour jeter un coup d'œil par la porte.

Elle aurait pu jurer avoir vu une ombre passer devant elle avant de se cacher derrière un arbre.

À présent, elle était sûre d'être devenue folle.

Sela retourna à l'abbaye, attendant dans la salle de réception le retour de Connor. Les hommes qu'il avait envoyés la veille n'avaient rien trouvé, mais il était reparti avec une patrouille plus grande, comprenant notamment des gardes Cameron. Ils étaient partis depuis près de trois heures. Elle s'était mise en mouvement, avait accompli toutes ses corvées, mais à présent, il n'y avait plus rien pour la distraire.

Elle avait envie de le voir.

Elle voulait savoir ce qu'il aurait à dire à propos de Hord.

Heureusement, elle n'eut pas besoin d'attendre bien longtemps. Connor arrêta Midnight Moon devant l'abbaye après avoir indiqué d'un geste aux gardes Cameron qu'ils pouvaient retourner à leur donjon. Les deux gardes qu'il avait emmenés avec lui continuèrent de patrouiller dans les environs, comme ils l'avaient fait depuis son arrivée.

Plutôt que d'attendre qu'il entre, elle se précipita dehors. « Avez-vous trouvé quelque chose ? »

Il descendit de sa monture et lui prit la main. « Non, rien. Nous avons trouvé un endroit non loin d'ici qui ressemblait à un campement de reivers, mais ils sont partis. Nous n'avons vu aucune trace d'un voyageur solitaire. »

Alors elle était *bel et bien* en train de perdre la raison. D'une certaine façon, elle aurait préféré qu'ils le trouvent, ou qu'ils découvrent un signe de sa présence. Ainsi, elle aurait su qu'elle n'était pas folle. « Merci d'avoir vérifié. Ce doit être mon imagination. Je suis vraiment désolée de t'avoir fait venir ici pour rien » dit-elle, les larmes aux yeux.

« Pour rien ? Je serais toujours ravi d'avoir une occasion de voir la femme que j'aime. Tu n'as qu'un mot à dire, et je serai là. » Il leva les yeux vers le ciel parsemé de nuages gris. « Mais je dois partir. Je voudrais rentrer avant la tombée de la nuit. Envoie-moi un messager dès que tu le souhaites » ajouta-t-il. Puis il posa un bref baiser sur ses lèvres avant de remonter en selle.

Il s'éloigna, mais elle l'arrêta. « Connor ? »

« Oui ? »

« Ne m'oublie pas, d'accord ? Je… Finalement, je ne veux pas que tu m'abandonnes. J'ai peur que tu m'oublies quand tu seras de nouveau entouré de toutes ces filles au clan Grant. Je suis sûre qu'elles font la queue pour espérer attirer ton regard. »

« C'est possible, mais je ne les remarquerai pas. Seule une jeune femme a attiré mon attention, et elle se tient devant moi. Je ne t'oublierai jamais. »

Il lui adressa un petit signe de la main avant de partir. Comme le ciel commençait à devenir menaçant, elle passa ses bras autour de son corps et rentra à la hâte. La mère Matilda l'attendait.

La femme d'âge mûr lui adressa un regard plein de sagesse. « Vous allez mieux ? »

« Oui, excusez-moi pour ce que j'ai fait hier soir. Je ne me souviens pas de grand-chose, mais je sais que je devais paraître complètement folle. »

« Sela, lorsque vous êtes arrivée ici, je vous ai demandé de décider à qui appartenait votre cœur. Je vous ai dit que le mien appartenait à Dieu. Je ne sais pas si vous avez déjà trouvé la réponse à cette question, mais je suis presque sûre que votre cœur appartient à Connor Grant. »

Elle baissa la tête, luttant pour retenir ses larmes. « Peut-être que vous avez raison, mère Matilda, mais je dois encore me racheter de mes péchés. J'y travaille très dur, et je prie tous les jours. »

« Bien, j'en suis ravie. La réponse vous viendra bientôt. »

Elle avait rendu visite à Claray un peu plus tôt, pendant que Connor parlait avec son oncle et sa tante. La petite passait un merveilleux moment avec les filles Cameron, Tara et Riley. Jennie avait invité Claray à passer quelques jours de plus avec eux, et Sela avait accepté avec joie. Riley avait douze étés et Tara seize, aussi étaient-elles assez grandes pour la surveiller, mais encore assez jeunes pour avoir envie de jouer avec elle.

Sa fille lui manquait beaucoup, mais Sela ne voulait pas embêter Claray avec ses problèmes.

Les nonnes parlèrent peu ce soir-là après le repas du soir, comme si elles avaient peur de la voir s'effondrer sous leurs yeux.

« Vous êtes sûre que vous allez bien ? » demanda la sœur Grace.

« Oui, j'étais simplement épuisée, et je ne me souviens pas vraiment de ce qu'il s'est passé. Je me sens beaucoup mieux aujourd'hui. » Encore un pieux mensonge. Ses souvenirs de la veille lui étaient revenus peu à peu, mais elle ne se sentait pas encore prête à en parler.

Lorsque le repas fut terminé, elle s'arrêta pour réciter ses prières du soir, remercier le Seigneur, principalement pour Connor, puis se rendit directement dans sa chambre. Elle la fouilla avec soin et, à sa grande joie, ne trouva pas la moindre araignée.

Elle était sur le point de s'endormir lorsque le vacarme du tonnerre la réveilla, si fort qu'elle se redressa dans son lit pour prendre un plaid supplémentaire à cause de la soudaine vague de froid dans l'air. La tempête fit rage, mais elle était tellement fatiguée que ses yeux finirent par se refermer.

Un autre coup de tonnerre retentit et elle bondit une nouvelle fois de son lit. Quelque chose n'allait pas.

Il y avait quelqu'un dans sa chambre.

Hord.

« Je me demandais combien de temps tu allais dormir avec cet orage. Je commençais à en avoir assez de t'attendre. J'ai passé le plus clair de mon temps dans les sous-sols des abbayes, à collecter mes petites amies » dit-il en tenant deux sacs chargés d'immondes créatures. « Nous passions un si bon moment jusqu'à l'arrivée de cet idiot de Grant, et tu n'as pas hésité à partager son lit. Tu en as bien profité la nuit dernière, Sela ? »

Elle mit un moment à retrouver sa voix, mais lorsqu'elle put enfin parler, elle s'écria : « Sortez d'ici, espèce de salaud ! Je n'irai nulle part avec vous. » Elle sortit du lit et se précipita vers la porte en criant à l'aide, mais la tempête couvrit le son de sa voix. Hord la saisit par le bras, assez fort pour lui laisser des bleus.

« Ferme ta bouche de putain, ou j'emmènerai Claray à ta place. C'est toi qui choisis. »

« Non, non ! Que voulez-vous ? »

Il passa un doigt sur sa joue. « Eh bien, toi, ma douce. C'est tout ce que j'ai toujours voulu. Si seulement tu avais accepté ma demande, tu aurais eu une vie merveilleuse. Tu m'appartiens, et si je ne peux pas t'avoir, alors personne ne le pourra. C'est compris ? »

Elle hocha la tête, levant les yeux vers son regard fou. Ses cheveux bruns, mouillés par la pluie, tombaient comme des lianes autour de son visage. La saleté sous ses ongles lui donna envie de vomir. « Où m'emmenez-vous ? »

« Je voudrais t'emmener dans notre nouvelle maison, mais je ne veux pas voyager de nuit, alors j'ai d'autres plans pour toi ce soir. Tu vas devoir apprendre à m'obéir. »

Sans lâcher son bras, il la traîna dans les escaliers au bout du couloir. Elle savait ce qui les attendait – les sous-sols obscurs. Il prit deux sacs en bas des escaliers et se dirigea vers la porte qui menait à l'extérieur. « Personne ne me verra. Ils ne m'ont pas trouvé de toute la semaine, et je doute qu'ils soient en train de patrouiller à cette heure-ci. Mais je te préviens, si tu cries, je te lâcherai et j'irai tout droit vers le donjon des Cameron. J'ai déjà trouvé comment entrer dans leurs sous-sols. Je n'aurai aucun mal à trouver la petite Claray dans cette tempête. »

CHAPITRE 27

S ELA OBÉIT À Hord, le suivant en silence
tandis qu'il la traînait dans la boue et entre les
arbres. La pluie torrentielle continuait de tomber
autour d'eux, et elle fut bientôt complètement
trempée dans le froid de la nuit. Il l'avait laissée
prendre son manteau, mais il ne lui était pas
d'une grande utilité.

Elle tomba et poussa un cri en espérant que
quelqu'un l'entende, mais le vacarme de la
tempête était trop bruyant. Même les portes de
l'écurie avaient été verrouillées pour les garder
fermées. Les chevaux étaient tous à l'abri, et
l'endroit était désert.

Hord la remit sur ses pieds et tira sur son bras.
Des larmes menacèrent d'inonder ses joues, mais
elle refusa de lui faire ce plaisir, car elle ne voulait
pas que ce salaud comprenne qu'elle avait peur de
lui. Enfin, il cessa de la tirer derrière lui lorsqu'ils
atteignirent une clairière dans la forêt. Elle n'aima
pas du tout ce qui apparut alors sous ses yeux.

Des cordes attachées à deux arbres.

« Qu'est-ce que vous faites ? Laissez-moi

tranquille ! Connor Grant reviendra pour vous tuer. »

Hord se contenta d'éclater de rire. « Il est parti d'ici à toute vitesse. Tu crois vraiment qu'il tient à toi ? Il est venu pour s'allonger entre tes jambes, et tu l'as laissé faire. Il a pris ce qu'il voulait et il est reparti. Il ne reviendra pas. »

Il l'attira vers les arbres.

« Non, vous ne m'attacherez pas. Non, je refuse. » Elle se débattit de toutes ses forces, mais il était plus fort qu'elle. Si seulement elle avait gardé l'un des bâtons qu'elle avait ramassés, mais elle les avait remis dehors, convaincue que le retour de Hord n'était qu'une hallucination. Elle vit une grosse branche à terre un peu plus loin, et elle donna des coups de pieds pour tenter de s'en approcher. Lorsqu'elle la saisit, elle l'abattit de toutes ses forces sur sa joue. Il la relâcha en poussant un rugissement.

Elle reprit en courant le chemin de l'abbaye, mais il la suivit et la rattrapa, puis la gifla et la jeta au sol. Avant qu'elle n'ait eu le temps de se remettre, il la retourna et s'assit sur elle. Elle eut beau se tortiller, il ne bougea pas d'un pouce.

« Espèce de catin. Tu vas payer pour ça. »

Lorsqu'il se releva, il la prit par la tresse pour la traîner derrière lui, et elle sentit une vague de douleur lui envahir le cuir chevelu. De retour à l'arbre, il la jeta au sol et s'assit à nouveau sur elle pour lui attacher les bras, un à chaque arbre, avant de la relâcher.

Elle se redressa et tira sur ses deux bras, mais

elle était fermement attachée. Elle ne pouvait pas les bouger.

À sa grande surprise, il disparut. Elle s'efforça de faire glisser ses poignets pour se libérer de ses liens, dans l'espoir de se faire aider par l'humidité de la pluie, mais en vain.

Elle était attachée et à sa merci.

Hord revint avec deux sacs d'araignées. « Cette fois-ci, tu ne pourras pas écraser mes petites amies avec tes mains. »

Un autre coup de tonnerre zébra le ciel, ce qui lui laissa le temps d'apercevoir la lueur de folie dans ses yeux.

Il plaça les deux sacs dans un tronc creux pour les protéger. « Malheureusement, je vais devoir attendre que la pluie cesse de tomber. Je veux pouvoir te regarder. » Son sourire diabolique l'épouvanta plus que tout au monde.

Elle se mit à prier, prier, prier pour que la pluie ne s'arrête jamais, mais bien sûr, celle-ci finit par se calmer. Hord tendit la main vers le tronc, en tira les deux sacs d'araignées et une autre sacoche, dont il sortit une tunique sèche qu'il enfila à la place de ses vêtements trempés. « J'ai envie de te regarder pendant un long moment. J'ai deux grands sacs de mes créatures de compagnie, et je vais les relâcher petit à petit. Il faut donc que je me mette l'aise. »

Elle ne put se retenir. Elle hurla de toutes ses forces : « Connor ! »

Connor se trouvait à deux heures des terres des Cameron lorsqu'il entendit quelque chose – la voix de Sela qui l'appelait.

« Connor ! »

Il était impossible qu'il ait pu l'entendre, et pourtant, il était certain qu'elle avait besoin de lui. Et qu'il devait retourner auprès d'elle.

Il tourna son cheval et dit à ses gardes : « On fait demi-tour. »

« Pourquoi ? » demanda l'un d'eux.

« Je ne sais pas comment vous l'expliquer, mais il y a quelque chose qui cloche. »

Le garde le surprit en répondant : « D'accord. Moi aussi, je trouvais que quelque chose ne tournait pas rond. Nous avons cherché partout et nous n'avons rien trouvé, mais il y avait quelque chose dans l'air. »

S'il n'avait pas déjà décidé de rebrousser chemin, les paroles du garde auraient suffi à le convaincre. S'il y avait le moindre risque que Sela fût en danger, il devait aller la voir.

Peu après, ils atteignirent une prairie. Lorsqu'ils s'en approchèrent, il fut surpris d'entendre un sifflement sur le côté. Il arrêta son cheval, puis jeta un coup d'œil par-dessus son épaule. Un cavalier solitaire se dirigeait droit vers eux. Il leva une main en direction de ses gardes, puis attendit de voir ce qu'allait faire l'inconnu.

Un allié viendrait les saluer.

Hord, non.

Mais au lieu de rebrousser chemin, l'homme continua de s'approcher. Comme Connor ne parvenait pas à identifier son plaid, il ne chevaucha pas vers lui pour le rejoindre, mais tourna tout de même sa monture pour lui faire face.

Puis il reconnut enfin l'inconnu qui s'approchait. Il l'avait déjà vu à Inverness. Et à Berwick aussi.

« Connor Grant ? » appela-t-il.

« C'est moi. Qui le demande ? »

L'homme arrêta son cheval juste devant Midnight Moon. L'animal semblait épuisé. Pourquoi cet homme l'avait-il poussé à chevaucher aussi vite ?

« Je m'appelle Vern. J'étais en quelque sorte le protecteur de Sela. Je travaillais avec Guy et Dee avant qu'ils se mettent à vendre des jeunes filles et des garçons. Ils m'auraient tué si j'avais essayé de partir, et je ne voulais pas abandonner Sela et Claray. Alors je suis resté avec eux, même si je les détestais, eux et tout ce qu'ils faisaient. Je vous suis reconnaissant pour votre intervention. »

Il s'interrompit pour reprendre son souffle.

Connor ne répondit rien. Il l'avait reconnu, mais il ne savait pas grand-chose à son sujet, à part le fait qu'il était venu voir Sela et qu'il lui avait demandé si elle avait besoin d'aide.

Ce souvenir fut la seule raison pour laquelle il autorisa l'homme à reprendre la parole.

Vern prit une profonde inspiration et poursuivit : « Hord. Il est de retour. Il a trouvé un autre navire pour revenir sur la côte avant de prendre le large. Il a dit qu'il allait chercher Sela pour finir ce qu'il avait commencé. Il a toujours été fou d'elle. »

« Quand a-t-il quitté Berwick ? »

« Il est parti il y a quelques jours, après avoir entendu dire qu'elle était avec les Ramsay. Je n'arrête pas de vous chercher depuis. J'avais entendu des rumeurs indiquant que Sela était à l'abbaye de Lochluin, mais je ne l'ai pas dit à Hord. J'ignore s'il a fini ou non par l'apprendre, lui aussi. Mais il faut la protéger. »

« Où allez-vous, à présent ? »

« Je retourne à Inverness. C'est là qu'est ma place, mais j'espérais pouvoir vous rattraper ou l'un des membres de votre clan pour que vous puissiez l'aider. À cause de ma blessure, je ne vous serai pas d'un grand secours. »

Connor remarqua les traces de sang sur son pantalon. « Merci à vous, et bonne chance. »

Il tourna son cheval et reprit son chemin, se dirigeant tout droit vers l'abbaye. Cette entrevue l'avait encore plus convaincu. Il avait eu l'étrange sensation que Hord était revenu et que Sela avait besoin de lui, mais la confirmation de Vern aurait terminé de convaincre le plus sceptique.

Peu après, la pluie se mit à tomber sur eux. Mais il ne pouvait pas s'arrêter, bien que la tempête ralentît considérablement son avancée.

Il devait la retrouver avant Hord.

Un éclair zébra le ciel tandis qu'ils atteignaient l'abbaye, et éclaira le bâtiment pendant quelques secondes. Il arrêta son cheval et parcourut les environs du regard.

L'écurie était fermée à cause de la tempête, et il n'y avait personne dehors.

Il devait entrer pour voir si Sela était là. Par chance, la pluie cessa alors qu'il chevauchait vers l'abbaye. Il descendit de sa monture, se secoua la tête pour débarrasser ses cheveux des gouttes de pluie, puis se précipita vers la porte. Il entra dans la salle de réception de l'abbaye, peu surpris d'y voir trois gardes attendant la fin de la tempête.

« Vous ne veniez pas de partir, Grant ? »

« Si, mais j'ai entendu dire que quelqu'un se dirigeait par ici. Avez-vous vu un étranger au cours des dernières heures ? Ou des deux derniers jours ? »

« Non. Nous avons fouillé les environs avec les gardes Cameron après votre départ, mais nous n'avons rien trouvé. Nous avons laissé tomber quand l'orage a commencé. Qui diable oserait sortir par ce temps ? C'est un orage violent, mais il semble s'être un peu calmé. Nous allons reprendre les patrouilles. »

« Je vais voir Sela. »

« Nous attendrons vos instructions. »

Il s'avança le plus silencieusement possible dans le couloir, en adressant une rapide prière dans l'espoir de la trouver endormie dans son lit, mais il ne fut pas surpris de constater que sa chambre était vide.

Elle avait eu raison. Ce bâtard était là depuis deux jours, attendant le bon moment pour frapper. Il retourna dehors à la hâte et dit aux gardes : « Elle a été enlevée dans son lit. J'aurai besoin de votre aide. »

« Cette fille a perdu l'esprit l'autre soir. Vous êtes sûr qu'elle n'est pas simplement partie toute seule ? » demanda l'un des gardes. Il changea de position sur sa chaise, visiblement réticent à l'idée de quitter son environnement rassurant.

« Si c'est le cas, j'ai aussi besoin d'aide pour la

retrouver, espèce d'idiot. » Il tourna les talons et retourna auprès de son cheval afin de récupérer son arc et son épée. Les environs étaient recouverts de forêts, aussi devrait-il laisser Midnight Moon.

Trois autres gardes le rejoignirent et il déclara : « Prenez une torche. Ça pourrait nous aider à retrouver sa trace. »

« La pluie a dû effacer les traces » répondit le paresseux.

« Prenez une torche sans discuter, s'il vous plaît. » Il en avait assez d'écouter ces idioties. Il était sur le point de se tourner dans une direction, vers une clairière entourée d'arbres, lorsqu'il entendit un cri dans la direction opposée. Tournant les talons, il se précipita vers l'origine du bruit, en tâchant d'éviter de tomber sur le sol glissant.

Tout occupé qu'il était à suivre le son qu'il avait entendu, il ne s'arrêta que lorsqu'il fut profondément enfoncé dans la forêt. Il avait entendu les hommes derrière lui, et l'un d'entre eux avait pris une torche, car il pouvait voir un peu devant lui.

Il leva un bras pour intimer aux autres de s'arrêter. Il l'avait *vue*. Ce salaud avait attaché Sela à un arbre, mais il semblait avoir disparu.

Il se tourna vers l'homme à la torche et dit : « Restez près de moi dans la clairière. Je vais m'occuper de parler. Ne faites rien, sauf si je vous le demande. »

Connor se précipita alors dans la clairière, se laissant aller à croiser le regard de Sela pendant une seconde, dans l'espoir que ce contact suffise à lui montrer qu'il l'aimait.

Dès que Hord l'aperçut, il se précipita derrière Sela et pointa une dague sur sa gorge.

Connor évalua la situation, en tenant compte de sa vision périphérique. Hord n'avait que deux armes – celle qu'il tenait en main et les araignées. Deux sacs, qui ressemblaient exactement à ceux que Sela avait décrits, étaient posés sur un tronc creux. Il savait à quel point Hord aimait ses araignées.

Sela était attachée, incapable de bouger, ce qui ne l'aidait pas. Il ne savait même pas si elle pourrait de se pencher pour esquiver s'il voulait lui tirer dessus.

Il sortit son arc et son épée, mais Hord s'écria : « Lâchez vos armes et posez-les au sol. Tous autant que vous êtes. »

Lui et ses gardes obéirent et laissèrent tomber leurs épées. Ce mouvement retint l'attention de Hord assez longtemps pour que Connor puisse prendre discrètement la flèche spéciale que lui avait donnée Gregor. En l'espace d'une seule seconde, il dirigea la flèche vers la torche pour l'enflammer, comme Gregor le lui avait dit.

Il encocha soigneusement la flèche, puis tira sans hésiter sur l'un des sacs remplis d'araignées.

Hord poussa un hurlement en laissant tomber son couteau pour se précipiter vers le sac, en essayant d'éteindre les flammes. « Non, j'ai besoin d'elles ! Je les ai choisies spécialement pour ma femme, ma Sela ! »

Connor porta une autre flèche à la torche, et lorsque Hord se retourna pour lui faire face, les yeux furieux et la bouche ouverte, il tira une deuxième flèche enflammée dans sa poitrine. Ses vêtements prirent feu, bien qu'assez lentement à cause de leur humidité.

Connor s'avança en courant vers Sela avec sa dague, prêt à la jeter vers son ennemi si besoin, mais Hord se précipita vers son autre sac d'araignées, qu'il saisit et serra contre sa poitrine, ce qui l'enflamma. Le sac émit alors un étrange grésillement.

Connor coupa les liens de Sela et la tira derrière lui, inquiet de voir le scélérat se lancer à leur poursuite. Il devait admettre qu'il avait un peu joué sur sa chance. Les flammes auraient pu s'éteindre à cause de la pluie.

Hord s'effondra au sol, ses vêtements toujours en feu, tandis que les sacs d'araignées s'enflammaient de plus en plus.

Hord, le collectionneur d'araignées, était mort, et il ne ferait plus jamais de mal à Sela Seton.

CHAPITRE 28

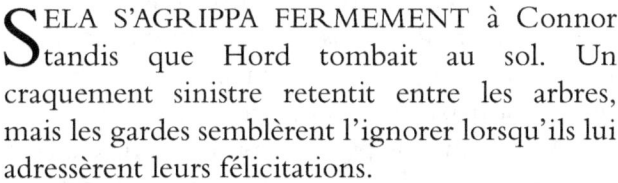

SELA S'AGRIPPA FERMEMENT à Connor tandis que Hord tombait au sol. Un craquement sinistre retentit entre les arbres, mais les gardes semblèrent l'ignorer lorsqu'ils lui adressèrent leurs félicitations.

« Vous avez abattu ce salaud, pas vrai ? »

« Je n'arrive pas à croire qu'il ait pu s'enflammer sous la pluie. »

Toute son attention était tournée vers Sela. Il se retourna et lui prit les mains, mais elle se jeta dans ses bras, enfouissant son visage dans son cou en sanglotant. « Allez vous occuper d'éteindre les flammes et de ramener le corps » dit-il aux hommes. « Je vais la raccompagner à l'intérieur. » Il la prit dans ses bras et la serra contre lui, tout en espérant que la mort de ce bâtard mettrait un terme à ses cauchemars et à sa torture.

Probablement pas complètement, mais…

« Comment as-tu su que tu devais revenir, Connor ? » demanda-t-elle tandis qu'ils avançaient dans la forêt.

« Je ne peux pas te l'expliquer, mais j'ai eu un pressentiment. Tu m'as appelé, et je t'ai entendue. En vérité, je n'avais aucune envie de partir parce que j'avais l'impression que quelque chose clochait, mais je ne savais pas quoi faire d'autre, parce que je n'avais aucune preuve de sa présence. Mais je t'ai entendue quand tu m'as appelé. » Il passa devant un banc et s'assit, s'efforçant de dégager les mèches mouillées du visage de la jeune femme. « Et j'en remercie le Seigneur. Je suis également tombé sur une de tes connaissances après avoir fait demi-tour. Cet homme qui veillait sur toi à Inverness. »

« Oui, Vern. J'espérais qu'il ne soit pas mort. Je ne l'ai pas revu depuis Berwick, et je m'étais dit qu'il était parti avec les hommes de Dubh. »

« Apparemment pas. Il était à Berwick quand Hord est revenu. Il est venu m'avertir que Hord avait quitté Berwick il y a quelques jours. Tu avais raison. Il était là à attendre le bon moment. »

« Je sais. Il m'a dit qu'il s'était caché dans les sous-sols. Il était en colère que tu sois venu me voir. J'ai eu tellement peur. Merci beaucoup. » Elle l'embrassa, en suçotant un instant sa lèvre inférieure.

Il se força à se dégager. « Je ne m'attends pas à ce que ça t'ait fait changer d'avis à propos de m'épouser, mais j'espère que ça t'aidera à te remettre. Il ne te fera plus jamais du mal, ni à toi, ni à Claray. »

Elle reposa sa tête contre son épaule, profitant de ces quelques instants ensemble. Elle ne se lasserait jamais de cet homme, mais Hord n'était pas la seule raison pour laquelle elle avait tant de mal à se remettre. « Je le sais. Et je t'en suis tellement reconnaissante, je ne sais même pas comment le décrire. J'aimerais te dire que je suis prête, Connor, mais je suis encore tellement confuse. »

Il se leva et la mit sur ses pieds, puis passa ses bras autour d'elle pour l'embrasser sur le front. « Je vais t'emmener à l'intérieur. Tu dois changer ces vêtements. »

« Ne peux-tu pas te trouver des vêtements de rechange avant de repartir ? »

« J'en ai dans ma sacoche, mais je ne peux pas rester plus longtemps. »

« Pourquoi ? » demanda-t-elle d'une voix brisée. « Ne peux-tu pas attendre un peu ? »

« Parce que ça me fait trop mal d'être si près de toi et de savoir que tu n'es pas mienne. Je suis désolé, mais je dois partir. » Il ne savait pas comment l'expliquer autrement. Le besoin qu'il ressentait était si fort que c'en était douloureux. Tout ce qu'il voulait, c'était l'emmener dans la chapelle, l'épouser et la ramener chez lui.

Il la raccompagna jusqu'à la porte et lui adressa un profond baiser. « N'oublie pas que je t'aimerai toujours. »

Et sur ce, il s'en alla.

Sela se retrouva incapable de mettre des mots sur ce qu'elle ressentait tandis qu'elle regardait l'homme qu'elle aimait s'éloigner d'elle. Mais elle devait le laisser partir – elle le savait de tout son cœur.

La mort de Hord mettrait-elle fin à ses
cauchemars ?

Était-elle parvenue à se racheter de toute la
douleur qu'elle avait causée aux jeunes filles
enlevées par le Canal de Dubh ?

Parviendrait-elle un jour à se faire pardonner
ses péchés ?

Tellement de questions, et si peu de réponses.
Elle devait faire mieux avant de pouvoir s'engager
auprès de lui.

Elle resta les pieds plantés dans le sol, secouée
de sanglots d'une puissance incommensurable.

Quelques instants plus tard, Connor enfourcha
son cheval après avoir enfilé ses vêtements de
rechange, lui adressa un signe de la main, puis
indiqua à ses gardes de prendre la route.

Elle l'observa pendant qu'il empruntait le
chemin qui l'éloignait d'elle, et elle sentit son
cœur se briser en de si nombreux morceaux
qu'elle fut incapable de rester immobile. Même
si rien n'avait changé, ses pieds se mirent à courir
vers lui et elle cria son nom à plusieurs reprises.

Lorsqu'il s'arrêta et se retourna pour lui faire
face, elle déclara : « Je t'aime de tout mon cœur,
Connor Grant. »

Il lui adressa son merveilleux sourire, puis s'en
retourna à nouveau en tirant sur ses rênes.

Elle ne pouvait pas encore le laisser partir.

« Connor, je t'en prie ! »

Il s'immobilisa une nouvelle fois et elle se
précipita vers son cheval, se pencha contre lui et
ajouta entre deux sanglots : « Tu me promets que
tu ne cesseras jamais de m'aimer ? »

« Jamais, je t'aime pour toujours. »

Et Connor Grant chevaucha avant de sortir une nouvelle fois de sa vie.

Elle demeura sans bouger pendant un long moment, sanglotant si fort que sa respiration devint saccadée. Elle ne pouvait pas s'arrêter de le regarder tant qu'il n'avait pas disparu à l'horizon. Lorsqu'enfin il fut parti, deux sœurs s'approchèrent à ses côtés, la prirent chacune par un coude et s'en retournèrent avec elle en direction de l'abbaye.

———— ❧ ————

Une semaine plus tard, Sela était assise sur le sol de sa chambre, en train d'observer sa fille. Claray était une si belle enfant. Heureusement qu'elle avait emmené un chiot avec elle pour lui tenir compagnie. Pouvoir les regarder jouer ensemble était devenu l'un de ses rares plaisirs.

Sela avait passé du temps loin de Connor à essayer d'atteindre ses objectifs. Mais toutes ses prières et ses corvées n'avaient pas réussi à alléger le sentiment de culpabilité qui l'affligeait au quotidien.

Elle n'avait fait qu'un seul cauchemar depuis la mort de Hord. Et encore, il avait été très léger. C'était arrivé le lendemain de l'incident. Elle s'était réveillée en tremblant, mais la sensation s'était dissipée dès qu'elle s'était souvenue que ce bâtard était mort.

Puis les cauchemars n'étaient jamais revenus, ni pour elle, ni pour Claray.

Le seul rêve récurrent de Sela était désormais

celui d'un séduisant jeune homme aux cheveux sombres qui lui descendaient juste en dessous des épaules. Ils étaient raides, mais bouclaient dès qu'ils étaient mouillés, ce qu'elle adorait en secret. À chaque fois qu'elle pensait à son Highlander, son cœur souriait.

Pourtant, elle n'était pas encore retournée auprès de lui.

Elle ne se sentait pas digne d'un tel homme. L'un des mots qu'avait prononcés Hord s'était incrusté dans sa mémoire.

Catin.

La sœur Grace toqua à sa porte ouverte et entra dans la chambre. « Bonjour, très chères. Sela, mère Matilda voudrait vous parler. Je vais rester avec Claray. »

« Merci, ma sœur. J'y vais tout de suite. »

Tandis que le son de ses pantoufles résonnait dans le couloir, elle ne put s'empêcher de se demander de quoi l'abbesse voulait lui parler. Avait-elle décidé qu'il était temps pour elles de partir ?

Elle entra dans le solarium et inclina la tête. « Bonjour, mère Matilda. »

« Asseyez-vous, Sela. Nous devons parler. »

La jeune femme prit place sur la chaise devant elle et croisa les mains sur ses genoux. Puis elle prit une profonde inspiration et attendit que l'abbesse prenne la parole.

La mère Matilda s'inclina sur le dossier de sa chaise et demanda : « Alors, à qui appartient votre cœur ? »

Sela ne s'était pas attendue à ce qu'elle se montre

aussi directe. Elle sentit le rouge lui monter aux joues et dans le cou. Elle eut envie de mentir à nouveau, mais elle s'était promis de ne plus le faire.

« Connor Grant » murmura-t-elle.

L'abbesse hocha la tête avec un sourire. « Je suis ravie que vous le reconnaissiez. Je le vois sur votre visage, à tous les deux. Vous a-t-il déjà demandée en mariage ? »

« Oui. »

« Mais vous avez refusé ? »

Elle poussa un soupir, en se demandant comment lui expliquer la situation. « Je ne l'ai pas rejeté directement, mais je lui ai demandé d'attendre. Je ne suis pas encore prête. »

« Qu'est-ce qui vous retient, mon enfant ? Une abbaye n'est pas le lieu idéal pour élever une petite fille, ni pour vous. Ne sentez-vous pas que vous avez guéri ? Vous ne faites plus de cauchemars. »

Des larmes se mirent à couler sur ses joues. « Oui, de certaines façons. Mais pour d'autres… » Comment pouvait-elle prononcer le mot 'catin' devant l'abbesse ?

« Qu'est-ce qui vous retient ? » persista la vieille femme.

« Le sang noble » lâcha-t-elle, ravie d'avoir vu apparaître ces mots dans son esprit. « Connor devrait épouser une jeune femme de sang noble. Je ne suis pas une personne importante. Je ne le mérite pas. »

« Jeune fille, je ne veux pas vous soumettre à cet interrogatoire plus longtemps que nécessaire, mais j'aimerais que vous m'écoutiez un instant.

Dans ce monde, on organise très souvent des mariages entre des familles puissantes qui souhaitent forger des alliances, et la plupart sont des mariages malheureux. Vous avez trouvé un homme qui vous aime, et si j'étais vous, je me jetterais dans ses bras. »

Elle voulut répondre, mais l'abbesse leva une main pour l'interrompre. « Non, je n'ai aucune envie de vous entendre dire que vous avez eu un enfant hors mariage. Vous avez été forcée, dans ce domaine comme dans beaucoup d'autres. Vous devez cesser d'y penser. Connor n'y accorde aucune importance, alors pourquoi persistez-vous ? Comme tous les autres, vous avez un but dans ce monde. C'est Dieu qui en a décidé ainsi. Il vous indiquera quel est votre but, mais vous devez L'écouter. Dans mon cas, mon but est de servir notre Seigneur. Mais ce n'est pas le vôtre, alors de quoi s'agit-il ? Vous devez bien y réfléchir. Parfois, le but d'une personne est d'aimer et de prendre soin de quelqu'un. Quel est le vôtre ? »

Son but ? Elle n'en avait aucune idée.

« Allez y réfléchir. Et priez pour que le Seigneur vous donne une réponse. Vous devez aller de l'avant. »

Sela se força à se lever pour partir, non sans lui adresser auparavant une nouvelle révérence. Elle se dirigea tout droit vers la petite chapelle utilisée par les nonnes. L'abbaye disposait d'un autre lieu de culte plus grand pour la messe, mais celui-ci lui convenait très bien.

Elle s'agenouilla et se mit à prier, exactement comme le lui avait conseillé l'abbesse. Puis elle attendit, dans l'espoir d'obtenir une réponse rapide, comme cela lui était arrivé pour le bâton.

Lorsque rien ne se produisit, elle sentit son cœur se serrer. Au bout d'un moment, elle se releva et reprit le chemin de sa chambre, où elle observa Claray en train de glousser avec Torry.

« Mes amies me manquent, maman » lui dit sa fille. « On pourra retourner bientôt les voir ? »

Incapable de répondre à cause des larmes qui lui nouaient la gorge, elle se contenta de hocher la tête.

Son but ?

Elle était plus perdue que jamais.

CHAPITRE 29

A U MILIEU DE la nuit, Sela bondit de son
lit, ce qui lui était arrivé bien trop souvent
dans sa vie. Mais cette fois-ci, ce n'était pas à
cause de Hord ou des araignées. Elle parcourut
frénétiquement la chambre du regard à la
recherche de ce qui l'avait réveillée. Claray et
Torry étaient allés dormir avec la sœur Grace
ce soir-là, car Sela ne voulait pas que sa fille la
surprenne en train de pleurer avant de dormir.

Il y avait une femme dans l'encadrement de la
porte.

Elle cligna des yeux trois fois, mais la silhouette
était toujours là. Elle ne connaissait pas cette
nonne. Il n'y avait pas de vent, mais la robe de
cette femme tourbillonnait autour d'elle. Sa tenue
était blanche avec une bande bleue au milieu, si
longue qu'elle semblait lui couvrir les pieds. Elle
avait un collier de perles autour de son cou, et
des cheveux presque aussi clairs que ceux de Sela.

« Bonsoir, ma chère » dit la femme avec un
sourire chaleureux et accueillant. « Je vois que je
t'ai surprise. » Elle eut du mal à le croire, mais ses
yeux brillaient littéralement dans l'obscurité.

« Qui êtes-vous ? Je ne vous connais pas. » Étrangement, même si Sela ne savait rien au sujet de cette femme, elle lui faisait entièrement confiance. Il y avait quelque chose chez elle…

« Mon nom n'a aucune importance, seul mon but compte. Je vois que tu ignores quel est *ton* but, alors je suis venue t'aider, si tu me le permets. »

« Quel est *votre* but ? » demanda-t-elle avec hésitation, d'autant qu'elle soupçonnait cette femme de ne pas être une nonne comme les autres, mais elle désirait tout savoir sur elle.

« Je suis la gardienne des jeunes âmes innocentes. Nous sommes nombreuses. J'ai été appelé ici deux fois auparavant. En fait, Connor m'a déjà vue, même s'il n'y croit toujours pas. J'y travaille encore. »

« Pourquoi êtes-vous ici ? »

« Parce que tu es complètement perdue. Tu dois cesser de te sentir coupable pour ton implication dans le Canal de Dubh. Ton but là-bas était de protéger ces femmes sans défense, et tu l'as fait. Quant au reste, tu as fait ce que tu avais à faire pour survivre. Dieu te pardonne tout. Tu as accompli ta pénitence. Il est temps pour toi d'aller accomplir le deuxième but de ta vie. Une fois que ce sera fait, tu vivras une existence merveilleuse et remplie de joie. »

Elle s'approcha de la femme, surprise de constater que plus elle était près d'elle, plus elle lui paraissait transparente. Était-elle un esprit ?

« Oui, je suis un genre d'esprit. » Son rire léger emplit la chambre de chaleur – une autre étrangeté chez elle.

Cette femme pouvait lire dans ses pensées. Était-ce seulement possible ? Elle n'était pas encore tout à fait convaincue, mais elle désirait entendre la réponse à la question qui la tourmentait. « Quel est mon but ? Je vous en prie. »

« Tu en avais deux, mais tu as déjà accompli le premier. Il t'en reste donc un. Eh bien, ton but est l'un des plus nobles qui existent. Tu es mère, et tu accomplis cette tâche à merveille. Claray aura bientôt des frères et sœurs, mais tu n'as pas encore compris ce qui est attendu de ta part. Tu dois l'accepter pour aller de l'avant. Ton futur époux t'aime, et il t'attend. »

Elle écarquilla les yeux, sidérée par cette révélation. Être mère ? Était-ce son but ?

Comme l'esprit commençait à disparaître, elle s'approcha encore un peu. « Attendez, je vous en prie. Comment pourrai-je être assez bien pour Connor ? J'ai eu un enfant hors mariage. Cela ne fait-il pas de moi une… » Elle frissonna avant de terminer sa phrase : « … une catin ? »

« Non, mon enfant. Tu as le cœur pur. » Elle sourit et lui adressa un petit geste de la main. « Dis à Connor que mon travail ici est enfin terminé. »

Et sur ces mots, elle disparut.

Dès qu'elle se réveilla le lendemain matin, Sela entreprit de rassembler ses affaires. La sœur Grace entra dans la chambre quelques instants plus tard et lui demanda : « Vous partez ? »

Elle hocha la tête. « Oui. L'abbesse a raison.

Il est temps pour moi d'aller de l'avant. Je vais aller dire au revoir aux Cameron et demander une escorte pour les terres des Grant, où j'espère pouvoir épouser Connor Grant. »

Claray lui tira le bras. « Il y a des filles avec qui je pourrai jouer là-bas, maman ? »

« Oui, il y en a sûrement. Va chercher tes jouets et les affaires de Torry. » Puis elle se tourna vers la sœur Grace, « Pourriez-vous rester ici un instant pendant que je vais parler à l'abbesse ? »

« Bien sûr. Je vais aider la petite à rassembler ses affaires. »

Elle se précipita dans le couloir, ses pas chargés d'une énergie nouvelle. Au moment où elle passa devant la chapelle, elle faillit renverser la mère Matilda qui en sortait. « Excusez-moi, mère Matilda. Je n'ai pas fait attention. »

« Vous semblez très heureuse ce matin. Êtes-vous déjà revenue pour m'annoncer quelque chose ? »

« Oui. J'ai trouvé mon but : être mère. Je vais épouser Connor. » Elle poussa un soupir, tellement soulagée de pouvoir le lui en parler.

« Qu'est-ce qui vous a fait changer d'avis si rapidement ? »

Oserait-elle lui avouer qu'elle avait vu un esprit ? Non, elle se dit qu'il valait mieux y penser comme un genre de songe. « La réponse de Dieu m'est venue dans un rêve. »

« Félicitations. Je suis ravie de l'apprendre. »

« Merci infiniment. Vous avez toute ma gratitude pour votre patience. »

« Vous l'aviez mérité, mon enfant. Vous avez

traversé tellement d'épreuves. Il est temps pour vous de connaître le bonheur. Je suis ravie que vous compreniez enfin que vous le méritez. »

Elle fit mine de rebrousser chemin dans le couloir, mais s'arrêta ensuite pour se retourner. « Y a-t-il une nouvelle nonne ? Avec des cheveux un peu plus clairs que les miens ? » Elle devait lui poser la question. C'était peut-être une nonne qui lui avait rendu visite. Le reste était probablement le fruit de son imagination débordante.

« Une nouvelle nonne ? Non. »

Elle hocha la tête et se retourna pour partir, mais elle entendit la voix de l'abbesse.

« Faites confiance aux esprits de Dieu. Ils ont de drôles de façons d'obtenir ce qu'ils veulent. » Puis elle s'éloigna sans ajouter un mot.

Quelques instants plus tard, elle prit congé des Cameron, et Sela serra Jennie contre elle. « Merci pour tout. »

« Il n'y a pas de quoi. Vous et Connor ferez un couple merveilleux. J'ai hâte de voir mon frère assister au mariage de son fils cadet. Il va être tellement heureux. Alex a été comme un père pour moi pendant de nombreuses années, alors ses enfants ont une place toute particulière dans mon cœur. »

Sela se mordit la lèvre, essayant de trouver les bons mots pour dire à cette femme merveilleuse à quel point elle comptait pour elle. « Je vous dois tellement, surtout pour avoir veillé sur Claray lorsqu'elle a eu de la fièvre. Je ne peux pas vous dire à quel point c'était important pour moi de savoir qu'on s'occupait bien d'elle. Et Tara et Riley sont si gentilles... »

« N'en dites pas plus. Nous serons bientôt de la même famille, ne l'oubliez pas. Gardez en mémoire les bons souvenirs de vos parents, mais autorisez-vous à oublier le reste. »

« Pensez-vous que votre frère et sa femme m'accepteront ? »

« Absolument. Nous les parents, nous voulons avant tout le bonheur de nos enfants. Et vous rendez Connor très heureux. Bonne chance à vous. »

CHAPITRE 30

ONNOR SE DIRIGEA seul vers le champ de tir en milieu d'après-midi. Il devait admettre qu'il avait espéré que Sela fût déjà revenue auprès de lui. Mais il n'avait pas eu de ses nouvelles depuis la mort de Hord, et chaque jour lui paraissait un peu plus lugubre.

Nombre de ses proches lui avaient rappelé qu'il devait l'attendre, mais il avait l'impression d'être arrivé au bout de sa patience. Voilà une semaine qu'il n'avait pas vu Sela, et il s'était juré que cette fois, c'était à elle de faire le premier pas.

Il tira dix flèches et toucha le centre de la cible à dix reprises.

Il poussa un soupir, puis s'assit sur un rondin pour réfléchir. C'est alors qu'il la vit.

La femme fantomatique que Roddy et lui avaient rencontrée à l'abbaye de Sona il y a de nombreuses lunes se tenait à l'autre bout du champ, en train de lui sourire et de lui adresser un signe de la main. Il l'avait aussi vue avec Daniel, mais cette fois-là, elle portait une gemme rouge en forme de cœur autour du cou. Elle était vêtue de la même robe blanche agrémentée d'une bande bleue autour de la taille.

Il se précipita vers elle, mais sa silhouette blanche et tourbillonnante commençait à disparaître. Sa chevelure rousse volait au vent, et elle avait un collier de perles autour du cou.

« Les perles sont revenues, cette fois » murmura-t-il. « Je m'en souviens. Mais la couleur de vos cheveux a changé, n'est-ce pas ? »

« Au revoir, Connor Grant. Tu as mérité une vie heureuse. Tu feras un merveilleux père. »

Une seconde plus tard, elle avait disparu.

Il laissa tomber son arc et se frotta les yeux. Bon sang, il était en train de perdre la raison. Il aurait voulu que Roddy fût avec lui afin qu'il puisse l'interroger à son sujet. Il l'avait vue une deuxième fois, lui aussi, mais ses cheveux étaient différents. Était-ce avec Daniel ou Braden ?

Il se pencha pour ramasser ses affaires, mais il entendit soudain qu'on l'appelait.

« Connor ! »

C'était une voix qu'il crut reconnaître – une voix qu'il mourait d'envie d'entendre – mais c'était impossible, non ?

Il s'avança dans la prairie, jetant un coup d'œil d'un côté puis de l'autre, jusqu'à ce qu'il aperçoive un groupe de dix chevaux en train de galoper dans sa direction. Puis il l'entendit une nouvelle fois.

« Connor ! »

Une femme sauta de son cheval et se mit à courir tout droit vers lui. Il aperçut l'éclat de boucles rousses sur le cheval derrière elle. Une enfant qui chevauchait avec un garde.

Sela était-elle venue le voir ?

Son cœur se remplit d'espoir, envoyant une décharge de chaleur dans tous ses membres.

Il s'approcha à la hâte, ne voulant pas courir au cas où il s'était trompé, mais plus elle se rapprochait, plus il était certain que c'était bien elle. Elle était presque arrivée à sa hauteur lorsqu'elle s'écria : « Je t'aime Connor Grant ! »

Il lui ouvrit ses bras et elle se jeta contre lui, passant ses bras autour de son cou. « Sela ? » fut tout ce qu'il parvint à articuler.

« Oui. Je t'aime et j'accepte ta demande en mariage, mais seulement si tu réponds à ma question. »

« Laquelle ? » Il était tellement fou de joie qu'il était prêt à lui dire tout ce qu'elle voulait.

Elle lui adressa un regard plein de malice et demanda : « Tu ne m'as pas oubliée, n'est-ce pas ? »

Il éclata de rire, la souleva dans les airs et répondit : « Non, jamais. »

ÉPILOGUE

Une semaine plus tard, Connor et Sela arrivèrent sur les terres des Cameron, et ce simple fait provoqua une drôle de sensation dans l'estomac de la jeune femme. Il lui semblait étrange de se trouver à nouveau si proche de l'endroit où elle avait été agressée, mais ç'avait été une partie du voyage qui l'avait ramenée auprès de Connor, et elle n'avait jamais été aussi heureuse.

La mère de Connor s'était montrée incroyablement compréhensive face à sa détresse. Elle savait pourquoi Sela avait attendu si longtemps avant d'accepter de devenir la femme de Connor, et ses gestes de sympathie et d'encouragement avaient compté plus que tout pour elle.

Sela n'accordait plus aucune importance à ceux qui pensaient qu'elle n'était pas digne de Connor, tant que lui et ses parents connaissaient la véritable nature de son cœur.

Claray passait de très bons moments sur les terres des Grant. Maddie s'était occupée d'elle tous les jours, comme si elle était sa propre fille. Elizabeth, la sœur cadette de Connor, avait emmené Claray partout où elle allait, même pour aller rendre visite à sa cousine nommée Ashlyn.

Sa petite fille, Ishbel, venait d'avoir une portée de chiots, ainsi Claray et Torry avaient passé des heures à jouer avec eux.

Sela jeta un coup d'œil à sa chère petite juchée devant la selle de Connor, qu'elle appelait désormais 'papa'.

Sa famille les avait accueillies à bras ouverts, et elle leur en était reconnaissante. Elle commençait vraiment à avoir l'impression d'être enfin à sa place.

Ils étaient de retour sur les terres des Cameron afin que Connor et elle puissent être mariés dans l'abbaye de Lochluin, en compagnie de Gregor et Linet. Elle était un peu nerveuse à l'idée de revoir l'abbesse et les sœurs, mais elle savait qu'elles leur adresseraient tous leurs vœux de bonheur.

Connor, Claray et Sela chevauchèrent avec ses parents, ses frères et ses sœurs, bien que les femmes enceintes aient été installées dans une grande charrette recouverte d'épaisses fourrures.

Le visage de Claray s'illumina lorsqu'ils s'approchèrent de l'écurie du donjon des Cameron, et la petite désigna de son doigt minuscule le groupe de gens rassemblés devant le bâtiment.

Connor lui jeta un coup d'œil et dit : « C'est mon cousin Loki et tous ses enfants. Je t'expliquerai plus tard, mais lui et sa femme, Bella, ont ouvert leur foyer à de nombreux enfants qui ont perdu leurs parents. » Thorn, qui chevauchait avec Alex, sauta du cheval et se précipita pour rejoindre le groupe.

Loki se tenait au milieu d'une foule de petits

garçons. Les seuls que Sela reconnut furent Nari et Thorn, désormais à ses côtés. Une jeune femme aux cheveux d'une belle nuance de blond-roux se tenait près d'eux avec deux bambins, et à la façon dont ils se regardaient, elle comprit qu'il s'agissait de la femme de Loki.

Elle vit également un petit poney à côté du groupe, qui se cabrait comme un cheval sauvage.

Brodie Grant, le père adoptif de Loki, se tenait aux côtés de Braden et de Cairstine. Sela avait déjà rencontré Cairstine et leur garçon, Steenie, lorsque la famille s'était rendue sur les terres des Grant. « Paddy veut une entrée spéciale » geignit Steenie.

Celestina, la grand-mère du jeune garçon, posa ses mains sur ses épaules et dit : « Rappelle-toi, Steenie. Les chevaux ne parlent pas. Paddy aura une très bonne place dans la procession du mariage. Nous ne l'oublierons pas. »

« Paddy sait très bien me parler, mais d'une autre façon » rétorqua Steenie à l'adresse de sa grand-mère.

Comme pour montrer son approbation, le poney s'ébroua.

« Il veut avoir une place spéciale, c'est tout. Et moi aussi. » Steenie leva des yeux pleins d'espoir vers sa grand-mère.

« Bonjour, Connor » dit Loki en levant les yeux vers eux. « Nous sommes en train d'organiser la procession, mais est-ce que tu veux t'en occuper toi-même ? Tu es l'un des mariés, après tout. »

Connor secoua la tête. « Non, vous faites du très bon travail, Loki. » Il aida Claray à descendre de cheval, et la petite se dirigea vers le groupe de garçons sans trop s'approcher, juste pour observer leurs pitreries.

« Qu'est-ce qu'il y a ? » demanda Thorn.

« Steenie et Paddy veulent chevaucher seuls pour avoir une place spéciale » expliqua Nari. « Mais je lui ai dit que c'est moi qui dois avoir une place spéciale, parce que j'ai aidé à sauver Gregor et Linet. »

Thorn, l'air indigné, rétorqua : « Mais moi, j'ai sauvé toutes ces filles parce que j'ai parlé de la ruse à Connor ! »

« Non, tu savais même pas ce que c'était, une ruse » dit Nari. « C'est Connor qui a dû te le dire. »

« *Si*, je le savais. Et j'ai aidé à sauver toutes ces filles parce que j'avais entendu parler de la ruse. Moi aussi, je veux avoir une place spéciale. »

Steenie s'interposa entre les deux et déclara : « Moi, je suis spécial parce que j'ai trouvé Paddy le poney et qu'il m'a emmené sur les terres des Grant pour trouver Braden pour qu'il sauve ma mère de ces méchants hommes. Et on a sauvé d'autres filles, aussi. »

« Oui, mais c'est moi le plus spécial » dit Thorn.

« Non, c'est moi » renchérit Nari.

Paddy se cabra et se mit à faire des bruits étranges.

Loki leva les mains en l'air dans un geste indiquant qu'il ne savait plus quoi faire. « Y a-t-il quelqu'un qui pourrait contrôler ce petit poney ? »

« Moi, si tu veux » intervint Alex. Il descendit

de sa monture avant d'aider Maddie à faire de même.

« Non ! » s'écria Brodie. « Steenie a un lien particulier avec cette bête. »

Alex se contenta de hausser un sourcil en direction de son frère tandis qu'il passait devant le groupe pour se diriger vers le donjon. « Amusez-vous bien, alors. Moi, j'ai hâte de prendre une bière et l'une des tourtes à la viande de ma sœur. »

Sela ne savait pas vraiment quoi faire – parfois, elle se sentait toujours un peu submergée au milieu d'une famille si grande et aimante – aussi se rapprocha-t-elle de Connor, qui passa un bras autour de ses épaules pour l'attirer vers lui. Elle remarqua que les ennuis de Loki le faisaient sourire d'une oreille à l'autre.

Les garçons se chamaillaient, le poney s'ébrouait et les autres se rassemblaient autour d'eux en gloussant de leurs pitreries. Puis Sela sentit son cœur se serrer lorsque Claray se mit à courir pour se planter juste devant le poney sauvage.

« Connor, le poney pourrait la blesser » dit-elle en lui poussant l'épaule pour l'inciter à intervenir.

Mais elle n'eut pas besoin de s'inquiéter. Au grand étonnement et à la surprise du reste du groupe, Paddy se pencha vers Claray et poussa du museau la petite main qu'elle lui tendit. Elle se mit alors sur la pointe des pieds et l'embrassa juste au-dessus des naseaux.

Steenie se précipita vers eux et observa son animal, choqué. Puis il fit un grand sourire et se tourna vers le groupe.

« Paddy a dit qu'il fera tout ce que veut Claray. »

La fillette gloussa tandis que Paddy inclinait la tête vers elle. « Maman, je peux avoir un poney, moi aussi ? »

Deux jours plus tard, Connor se tenait dans la cour des Cameron, vêtu de son *leine*² et du plus beau plaid Grant aux couleurs rouge, vert et noir en sa possession. Son père était auprès de lui, ainsi que ses frères, Jamie et Jake, tous habillés de la même façon.

Jamie lui saisit l'épaule et déclara : « Je dois admettre que je ne pensais plus voir ce jour arriver, Connor. »

« Tu t'es choisi une excellente épouse » ajouta Jake.

Connor jeta un coup d'œil à son père, ravi de constater qu'il le surplombait légèrement. « Et toi, père ? Pensais-tu que ce jour allait arriver ? »

« Je n'en ai jamais douté un seul instant. Lorsqu'un Grant trouve la bonne personne, il ne change plus jamais d'avis. C'est pour la vie. »

« En selle, les Grant » entendirent-ils de la part de Logan Ramsay. « Ces plaids bleus des Ramsay sont bien les plus beaux ici, pas vrai ? » Il sourit et enfourcha son cheval.

Jamie n'était pas le seul à douter que ce jour finisse par arriver. Connor l'avait désiré de tout son cœur, mais il avait commencé à s'inquiéter. C'était toujours l'hiver, mais il ne neigeait pas, et le soleil perçait parfois à travers les nuages.

Le mariage aurait lieu dans la magnifique

---

2   Tunique écossaise (NdT).

abbaye, mais les anciens avaient insisté pour inclure une belle procession afin de célébrer la fin du Canal de Dubh. Depuis que Hord avait connu sa fin dans les flammes, il n'y avait plus eu aucun signe d'activité de ce réseau.

La herse se souleva et la procession commença. Connor parcourut du regard les terres qui s'étendaient entre les portes des Cameron et l'abbaye, et il sentit une boule se former dans sa gorge en pensant à tous les gens qui étaient venus participer aux mariages des deux couples.

Le groupe était mené par Aedan Cameron, son frère Ruari et Drew Menzie.

Will et Maggie les suivaient en se tenant la main tandis qu'ils se dirigeaient vers l'abbaye. Derrière eux vint le reste de la Bande et leurs épouses :

David et Anna

Daniel et Constance

Braden et Cairstine

Roddy et Rose

Gavin et Merewen

Gregor et Connor furent les derniers, attendus par leurs mariées qui les rejoindraient dans l'abbaye, mais elles s'étaient placées dans le public pour observer la procession.

Le groupe fut bientôt rejoint par un autre, très spécial :

Micheil Ramsay et Diana Drummond chevauchaient aux côtés de leurs fils.

Logan Ramsay chevauchait à côté de Gavin, tandis que Brodie et Robbie Grant chevauchaient également aux côtés de leurs fils.

Gregor était flanqué par Quade Ramsay et le chef Torrian.

Alexander Grant était le dernier, chevauchant aux côtés de Connor, suivis de près par Jamie et Jake.

Au milieu du champ, la procession ralentit alors qu'un petit cavalier les rejoignait.

Steenie traversa le champ à toute allure sur le dos de Paddy le poney, qui ne manqua pas de se donner en spectacle pour le groupe. Deux faucons et un hibou les suivirent, tourbillonnant dans les airs en formant ce qui ressemblait à une danse. Deux autres poneys arrivèrent, cette fois conduits par Thorn et Nari, souriants de fierté à l'idée de participer à ce grand événement.

Les invités, qui portaient fièrement leurs plaids, se séparèrent pour rejoindre la procession et acclamer les membres de leurs clans.

Lorsqu'ils atteignirent l'abbaye, des hommes sortirent pour récupérer les montures de Connor et Gregors, qui mirent pied à terre pour se diriger vers l'abbaye, suivis par les membres les plus proches de leur famille. D'autres invités furent autorisés à entrer jusqu'à occuper tous les sièges.

Tout devint silencieux.

L'abbaye bondée était décorée de rubans et de fleurs séchées. Connor et Gregor se tenaient l'un à côté de l'autre au fond de l'église. Le père MacGregor se trouvait déjà derrière l'autel. Connor jeta un coup d'œil à son cousin, en se demandant si Gregor était aussi nerveux que lui. Il avait les mains si moites qu'il eut envie de les essuyer sur son plaid.

Gregor haussa un sourcil dans sa direction. « Nous y sommes enfin, Connor. »

Deux processions de jeunes femmes entrèrent dans l'église, l'une menée par Steenie et Thorn, l'autre par Kenzie, le fils adoptif de Loki, et Nari.

Les femmes se mirent à chanter un hymne lorsqu'elles se rejoignirent en traversant l'allée centrale de l'église, chacune portant un bouquet de fleurs. Connor n'arrivait pas à croire qu'il y en eût autant. Dès qu'ils se mirent en marche, de nombreux invités se mirent à pleurer. Puis peu à peu, tout le monde se leva.

La procession était composée d'un grand nombre des jeunes filles sauvées du Canal de Dubh, toutes vêtues de blanc, qui chantaient en marchant. En les regardant, Connor se sentit rempli de fierté pour tout ce qu'avait accompli la Bande. Leur groupe n'était plus, mais leur dur labeur avait changé des vies.

La dernière de la procession était Claray, qui adressa un immense sourire à tous les invités avant de murmurer : « Bonjour, papa » et de s'avancer vers l'autel. Elle portait un grand panier de fleurs.

Au bout de la procession, Sela arriva d'un côté de la chapelle, et Linet de l'autre.

Linet portait une robe rose brodée de nombreuses fleurs, cousues avec soin par sa sœur. Ses cheveux sombres, qui tombaient dans son dos, étaient agrémentés de rubans et de fleurs joliment agencées par la tante de Gregor, Avelina.

Elle était ravissante, mais dès que Sela entra dans la chapelle, Connor n'eut d'yeux que pour elle. Elle était vêtue d'une robe bleu glace, de la même teinte que ses yeux. Elle s'avança la tête haute, les épaules droites et un grand sourire aux lèvres. Connor eut du mal à se retenir de pousser une exclamation étouffée. Sa robe, simple mais élégante, tourbillonnait derrière elle. Ses cheveux blonds si clairs étaient coiffés à la mode nordique, en deux tresses sur les côtés attachées pour rejoindre le reste de sa chevelure détachée qui tombait dans son dos. C'était la plus belle femme qu'il eut jamais vue. Mais aujourd'hui, elle n'était plus la Reine au cœur de glace. Son sourire illuminait l'abbaye.

Elle le rejoignit et lui prit la main, puis se pencha pour lui murmurer à l'oreille : « Alors, tu ne m'as pas oubliée ? »

───────※───────

Deux nuits plus tard, Connor et Sela se tenaient sous le ciel nocturne, à l'endroit préféré de son oncle et sa tante, derrière l'abbaye. Ils avaient profité de deux journées de célébration, et s'ils avaient passé un très bon moment, ils étaient à présent épuisés et recherchaient un peu de tranquillité. Sela lui prit la main et la serra dans la sienne tandis qu'ils levaient les yeux vers les étoiles. C'était une nuit sans nuages, parfaite pour admirer le ciel.

Elle ne lui avait pas parlé de l'esprit qu'elle avait vu lors de sa dernière nuit à l'abbaye, mais elle se souvenait que la femme lui avait mentionné le fait qu'elle avait déjà rendu visite à Connor. C'était probablement le meilleur endroit pour aborder le sujet. « Connor, est-ce que tu crois aux esprits et aux fées ? »

Il tourna si rapidement la tête pour la regarder qu'elle se dit qu'il avait dû se faire mal au cou. « Pourquoi cette question ? » Il plissa les yeux.

« Je ne te l'ai pas dit, mais j'ai rêvé d'une femme la veille de mon retour auprès de toi. C'était une femme magnifique vêtue d'une robe blanche. »

« Avec une bande bleue autour de la taille et un collier de perles ? »

Elle en resta bouche bée. « Alors tu la connais ? »

Il lui prit les mains. « Oui, je l'ai vue pour la première fois avec Roddy à l'abbaye de Sona. Je lui ai fait promettre de ne jamais en parler à personne. C'était au beau milieu d'une tempête. Que t'a-t-elle dit ? »

« Elle a dit qu'elle était une gardienne des enfants, et que mon but dans la vie était de devenir mère. »

« Je l'ai revu juste avant ton retour. Ce n'était que pendant un instant, mais elle m'a dit que je méritais le bonheur et que sa tâche ici était terminée. » Connor leva les yeux vers les étoiles, comme pour essayer de trouver du sens à toute cette histoire. Puis il l'embrassa sur la joue et ajouta : « Elle a aussi dit que je ferai un merveilleux père. J'espère qu'elle a raison. »

« C'est peut-être elle qui vous a guidés, toi et tes cousins, pour retrouver le Canal de Dubh. Pour sauver ces garçons et ces jeunes filles. »

Connor poussa un soupir en passant un bras autour des épaules de sa femme. « Mon père croit aux fées et aux esprits. Ma grand-mère y croyait aussi. Alors pourquoi pas moi ? Tante Avelina a un lien spécial avec l'autre monde, d'après ce que m'a raconté père. Il dit qu'il a vu le ciel lui donner les réponses à ses questions. Il jure encore qu'il n'avait jamais rien vu de pareil. C'est pourquoi il ne pose pas de questions à propos de Paddy le poney. »

Une étoile filante passa dans le ciel, laissant une traînée de lumière derrière elle.

Sela la désigna du doigt. « Regarde. Qu'est-ce que ça veut dire, d'après toi ? »

Tante Jennie et oncle Aedan arrivèrent au sommet de la colline juste à temps pour entendre la fin de leur conversation. « On dit qu'une étoile qui file comme celle-ci annonce l'arrivée d'un bébé dans le ventre de sa mère » répondit Jennie.

« Un bébé ? » répéta Connor.

« C'est une légende sur les étoiles. Une parmi tant d'autres » dit Aedan. « Croyez-y si vous le voulez. »

Ils discutèrent un moment avant de décider de retourner ensemble au donjon.

Lorsqu'ils furent presque arrivés, Sela réalisa qu'elle avait fait tomber un carré de lin et rebroussa chemin pour aller le récupérer, suivie de Connor. Elle le ramassa au sol, puis leva une nouvelle fois les yeux vers les étoiles.

« Connor, penses-tu que nous aurons un enfant ensemble ? L'esprit a dit que oui. »

L'ombre tourbillonnante de l'esprit qu'ils avaient rencontré passa devant eux, un sourire lumineux aux lèvres. « Ta tante avait raison, Connor. Cette étoile filante, c'était votre premier enfant qui vient de trouver le chemin vers le ventre de sa maman. Félicitations ! »

Neuf mois plus tard…

Connor faisait les cent pas dans le grand hall au milieu de la nuit, son père et ses frères en train de glousser pendant que sa mère et sa sœur souriaient. « C'est trop long » déclara-t-il en les regardant tour à tour, comme s'ils pouvaient faire quelque chose pour accélérer le processus

La porte qu'il surveillait à l'étage s'ouvrit enfin, et tante Jennie sortit de la chambre. « Connor, as-tu envie de faire comme ton père et t'asseoir à ses côtés ? Le bébé va bientôt naître. »

« Oui ! » s'écria-t-il, assez fort pour réveiller tout le clan. Il monta les escaliers quatre à quatre, ignorant les railleries et les taquineries de ses frères, qui avaient connu cette situation avant lui.

Tante Jennie lui ouvrit la porte et il entra en trombe. Le visage de sa femme était aussi rouge qu'une pomme mûre. La douleur qui l'envahissait sembla se calmer quelque peu, brièvement, car elle poussa un soupir bruyant et retomba sur son oreiller.

« Connor, si ton enfant ne sort pas bientôt, je vais aller le chercher, le prendre par la jambe et le sortir de là moi-même. » Elle leva les yeux vers lui, les dents serrées.

Il avait déjà entendu parler de ça – les femmes criaient parfois sur leurs maris avant de mettre au monde un enfant – aussi décida-t-il d'ignorer son commentaire.

Il s'assit sur un tabouret auprès d'elle et demanda : « Comment puis-je t'aider ? »

« Pourquoi es-tu ici ? Les hommes ne participent pas à ce genre de chose » dit-elle en lui écrasant la main tandis qu'il lui essuyait le front.

« C'est vrai, mais mon père a assisté à chacune de nos naissances. J'aimerais bien rester, si ça ne te dérange pas » répondit-il.

Tante Jennie, qui était en train de fouiller dans ses affaires, ajouta : « Mon frère n'a pas manqué une seule naissance. C'était impossible de le faire partir, et mon neveu est encore plus grand que lui. Je ne pense pas pouvoir le faire sortir de la chambre. »

Sela croisa son regard et le soutint. « Oui, j'aimerais bien que tu restes. Mon premier accouchement n'était pas une partie de plaisir. Ça me ferait du bien de t'avoir à mes côtés. » Elle prit son visage dans ses mains, mais écarquilla ensuite les yeux de douleur. Sa femme chérie se pencha alors en avant et poussa, les mains agrippées à ses genoux, en laissant échapper un grognement féroce.

Tante Jennie vérifia son avancement, tante Caralyn derrière elle. « Je vois la tête du bébé, on dirait qu'il a des cheveux clairs. » Tante Caralyn jeta un coup d'œil et renchérit : « Oui, un petit bébé nordique. Nous n'en avons pas beaucoup. »

« Vous pensez que c'est une fille ? » demanda Connor.

Tante Jennie lui sourit. « Tu as déjà trois neveux,

Connor. Je suis surprise que tu ne veuilles pas d'abord avoir un garçon, comme tes frères et ta sœur, mais pour toi, j'espère que ce sera une petite fille. Elle s'amuserait beaucoup à taquiner ses cousins, tu ne crois pas ? »

Sela se pencha en arrière et murmura : « Peu m'importe si c'est un garçon ou une fille, tant qu'il finit enfin par sortir. Je t'en prie, tante Jennie. »

« Je pense qu'il devrait sortir à la prochaine poussée » dit Caralyn en lui tapotant le genou.

Connor embrassa sa femme sur le front. Ils étaient tellement heureux ensemble dans leur nouvelle vie. Ils vivaient avec Claray dans leur propre cottage dans la cour. Sela s'affairait à en agencer tous les détails pour le rendre chaleureux et agréable. Ils avaient passé beaucoup de temps à apprendre à pêcher dans le loch, et Claray éclatait de rire à chaque fois qu'ils poursuivaient un poisson rebondissant sur la berge. Avec ses boucles rousses et ses petits gloussements, la fillette était devenue la coqueluche du clan.

Sela émit un autre grognement et se pencha en avant, poussant si fort que Connor aurait souhaité pouvoir l'aider. Un cri bruyant s'échappa de ses lèvres tandis que le bébé venait au monde, tombant dans les mains expertes de tante Jennie.

Tante Caralyn avait préparé un linge pour nettoyer le bébé qui hurlait pendant que tante Jennie terminait les taches qu'elle avait à faire. Toutes deux parlaient d'une voix douce pour s'adresser à la nouvelle vie qu'elles tenaient entre leurs mains.

Connor se força à détacher son regard du bébé pour s'occuper de sa femme. Il serra sa main dans la sienne et l'embrassa sur le front. « Tu as fait du bon travail, Sela. Je t'aime. »

« C'est un garçon ou une fille ? » demanda Sela en jetant un regard plein d'admiration au petit bébé.

Tante Jennie leur tendit le nourrisson pour qu'ils puissent le constater par eux-mêmes.

« Félicitations à vous deux. C'est la petite fille que tu attendais, Connor, et elle a aussi les cheveux blond clair que tu voulais. Avez-vous déjà pensé à un nom ? »

Connor sourit, son cœur rayonnant de joie, et il embrassa une nouvelle fois sa femme. « J'aimerais l'appeler Dyna, comme ta mère. »

Sela éclata en sanglots et le prit dans ses bras. Puis elle se tourna vers tante Jennie et dit : « Oui, Dyna. »

~FIN~

www.keiramontclair.com

CHER LECTEUR, CHÈRE lectrice,
Merci d'avoir lu l'histoire de Connor !

Est-ce la fin des aventures des Grant et des Ramsay ?

Le prochain livre s'appelle Les épées des Highlands, de la troisième génération, puis Les guérisseuses des Highlands, qui raconte l'histoire de Brigid et Jennet à Black Isle.

Bonne lecture !

Comme toujours, j'apprécie grandement vos commentaires. Consultez mon site web à l'adresse *www.keiramontclair.com*

Keira Montclair
www.keiramontclair.com
http://facebook.com/KeiraMontclair/
http://www.pinterest.com/KeiraMontclair/

AUTRES LIVRES DE
KEIRA MONTCLAIR

LE CLAN DES HIGHLANDS

Loki
Torrian
Lily
Jake
Ashlyn
Molly
Jamie & Gracie
Kyla
Sorcha
Bethia
Le Conte de Noel de Loki
Elizabeth

LA BANDE DE COUSINS

VENGEANCE DANS LES HIGHLANDS
ENLÈVEMENT DANS LES HIGHLANDS
CHÂTIMENT DANS LES HIGHLANDS
MENSONGES DANS LES HIGHLANDS
COURAGE DANS LES HIGHLANDS
RÉSILIENCE DANS LES HIGHLANDS
DÉVOTION DANS LES HIGHLANDS
FORCE DANS LES HIGHLANDS
MAGIE DE NOËL DANS LES HIGHLANDS

À PROPOS DE L'AUTEURE

KEIRA MONTCLAIR EST le nom de plume d'une auteure qui vit en Caroline du Sud avec son mari. Elle écrit des romans historiques au rythme soutenu, souvent avec des enfants comme personnages secondaires.

Lorsqu'elle n'écrit pas, elle préfère passer du temps avec ses petits-enfants. Elle a travaillé comme professeure de mathématiques dans un lycée, infirmière diplômée et chef de bureau. Elle aime le ballet, les mathématiques, les puzzles, apprendre de nouvelles choses et créer de nouveaux personnages dont ses lecteurs pourront tomber amoureux.

Elle considère que son travail est bien fait lorsque ses lecteurs versent des larmes en lisant ses histoires, toutefois les fins heureuses sont toujours au rendez-vous !

Sa série à succès est une saga familiale qui suit deux clans écossais médiévaux sur trois générations et compte aujourd'hui plus de 40 livres.

Contactez-la sur son site web, *http://www.keiramontclair.com* ou directement à l'adresse keiramontclair@gmail.com.